从某一点开始，退路便不复存在。那一点必须达到。

—— 卡夫卡

布隆夫曼
脱单历险记
EXTRA-ORDINARY ADVENTURES

[美] 丹尼尔·华莱士 Daniel Wallace / 著 宁蒙 / 译

江苏凤凰文艺出版社
JIANGSU PHOENIX LITERATURE AND ART PUBLISHING, LTD

目 录

第一天

非凡冒险

晚饭后得到的消息，一个名为“非凡冒险”的机构派人打来电话。四月八日，正值傍晚时分，太阳刚坠到 C 楼背后，残余的橙色渐渐暗淡，消散下去，就像碎了壳的蛋流出的黄儿。

“我找爱德塞尔……布隆夫曼？”一个女人说道，或是问道。“我也不知道念得对不对，”她听上去很疲劳，有些泄气，光他的名字就够闹心的，“是布隆夫曼还是……布朗夫曼？”

“是爱德塞尔·布隆夫曼。”爱德塞尔·布隆夫曼字斟句酌地说，就好像实际上他也有可能不是爱德塞尔·布隆夫曼，或是被迫承认的一样。他等着那个女人回答，时间似乎变得非常缓慢。他做好准备，八九不离十是个坏消息。多半是他的母亲又出事了，要不就是他被公司开除了，也可能是他的医生带来了什么噩耗。可他上周才去做过检查，一切正常——正常！但也可能是他的验血报告刚出来，医生发现了什么非常非常严重的问题。“你三十四了，”医生会说，“这是逃不掉的。你这副德性能活这么久已经是万幸了。”布隆夫曼在任何情况下都能预见最坏可能性的能力是从孩提时代起就反复历练出来的，他已经驾轻就熟了。

但都不是那些事。背景里他隐约听见七嘴八舌的说话声交织成不和谐的交响乐，其他男男女女叽叽喳喳、嗡嗡嘤嘤、咳咳喘喘、絮絮叨叨。一辆卡车从紧挨着他家住宅楼的小型高速公路上呼啸而过，让人毛骨悚然的巨响吓得他一哆嗦。他几乎已经习惯了，反正他是这么对自己说的。

终于，她开腔了。

“我的名字是卡尔拉·达安琪罗，布隆夫曼先生，工号 61217，我代表‘非凡冒险’给您打电话。出于质量监督和培训的目的，通话可能会被录音，希望没有打扰到您，因为我有好消息要通知您，布隆夫曼先生。”

这出乎他的意料。他不记得有谁对他说过这样的话，从来没有。

“好消息？”

“非常好的消息。您中奖了！”

感叹号有些牵强，但她还是用到位了。卡尔拉有一把烟嗓，对女人来说略显毛糙和低沉。这让他隐约想起了他的母亲，她的嗓子借一天一包烟的光也具备同样质地。就在听到他中奖的消息到他消化吸收这条消息的这段时间内，爱德塞尔·布隆夫曼听到电话里又传来三四五个不同的声音，此起彼伏地附和着：您中奖了！您中奖了！您中奖了！

“我中了什么？”他问，“怎么中的？我不是很明白你的意思。”

“是的，”她说，并不是在回答他的问询或他的疑惑，她听上去就像在照本宣科，“您中了由沙景公寓提供的在佛罗里达州德斯坦欢度周末的机会。您那个周末的住宿是赠送的，完全免费。还附赠欧式早餐，也不需要您付任何费用。作为交换，我们仅需要您参加一个关于沙景公寓以及佛罗里达德斯坦的长达一小时的简短介绍。这可是您梦寐以求的度假时光，布隆夫曼先生。我们要让德斯坦成为您的世外桃源，您将亲身体验沙景公寓无瑕可谪的卓越与奢华。非同凡响——我敢保证，这将是一场非凡的冒险！这就是为什么我们机构的名称要叫‘非凡冒险’。”她深深地、幽幽地吸了口气。

“我还是不明白，”他说，“我是怎么中的奖？”

他转身背对落日，晃进了厨房。他的小木桌上僧斋般清简，最后几根意大利面和红色面酱几乎凝结成了一种黏糊糊的永恒，和现在某些餐馆橱窗里展示的塑料食品模型也相差无几。一盒喜瑞欧麦片，一包方便面，还有一份电视导报在灶台边。

"怎么中的？"

"是的，到底怎么中的？"

布隆夫曼与其说是怀疑还不如说是好奇，因为这事儿实在是令人难以置信。他从没中过任何东西，他活过的整整三十四年中一次都没有。不过他其实也没有真正尝试过去中什么奖。

"您有没有把您的名片扔进过那种罐子？"她问他，头一回听上去像个大活人，"饭店、餐厅、酒吧之类的地方都有的那种罐子。"

"我不知道，"他说，"有可能。"真有可能。就一次，在他每月都会光顾一两次的那家快餐店，他把自己的名片扔进了那儿的一个罐子里。真有可能发生过。

尽管违背了他的本能，但布隆夫曼还是兴奋了起来："所以你是说，在罐子里所有的那些名片中，我的被抽中了？所有的那么多名片中？"

"是的，抽中的是您的卡。"她说。

"哇，"他说，他终于接受了这个事实——他中奖了，奖品是免费的，他唯一需要做的只是活着，"真不可思议！"

"我知道，"她说，"就像美梦成真一样，不是吗？"他是不是听见了她的笑声？没有。但也有可能。这会儿她应该笑。尽管他知道这个奖谁都可以中，其实真的和他这个人没有任何关系，但这都无所谓。抽中的也可能是另一张名片，甚至在类似的情况下他很可能会输，但这一次他没有输。他赢了！生活有时就是被这些玩意儿决定的——随机电话，大宗邮件，公司休息室里的传单，华丽的路边广告。他会住在现在住的这个地方——国王公寓，就是因为那块醒目的广告牌上承诺“第一个月免费！”确实，国王公寓不是伯明翰最安全的住宅区，社区里历来恶性事件不断；也不是最静宜的地方——窗外就是一小条高速公路，一百码开外，藏在一排树后，有个流浪狗收容所，那儿的狗可知道该怎么吼了，有时候一直吼到半夜。尽管如此，但“免费一个月”！他现在正享受着他免费的第一个月。每天总有那么几回，特别是有卡车经过的时候，他会禁不住想：我住在这儿可是完全免费的。他收到的大多数邮件都是寄给“现居民”或“住户”的，但这和寄给他也没什么两样，因为他就是现居民，他就是住户，而他就是把这些传单当作直接寄给他本人的来加以利用的。他期待着收到并清点他的邮件，到处都是优惠券。

“所以，”布隆夫曼说，“我要做的只是到佛罗里达德斯坦的沙景公寓露个面，除了那一小时的介绍完全没有其他的附加条件？”他觉得自己有义务问一下，因为总有什么附加条件。但卡尔拉·达安琪罗向他保证：除了那个简短的介绍——这她已经提到——没有任何别的条件。

“很慷慨的馈赠。”她说。

“听上去是这样。”

“德斯坦很美，您和您的伴侣——”

“等等，”他说，“等等。我的伴侣？”

“这个奖是双人的：您和您的一位伴侣。您的妻子、女朋友，您的……男朋友——您知道的，这类伴侣。”

“但我没有伴侣。”他说。

布隆夫曼听到电话线另一端的卡尔拉停顿了一下，背景中远远传来一个女声：“祝贺您！”接着，卡尔拉说：“罐子上是这么写的，布隆夫曼先生，奖励将授予您和您的伴侣。您必须有一位伴侣。”

“为什么？为什么要有伴侣？我不明白。”

“我也不知道。”他的碎碎念已经把她逼到了极限，她只想交了差回家看电视睡觉，“我只是负责打电话的，我不是制定规则的人。这和销售业绩有关，相比单身汉来说，伴侣订购短租公寓的可能性更大。”

“好吧，”他说，叹了口气，“这就是条件。绝对是条件。”

“你说什么？”

“这是附加条件。你刚才说没有任何别的条件。”

“罐子上是这么写着的，白纸黑字。条件是无形的。所以技术上来讲，这不是条件。”

“还有什么？我是不是还得有一米八二的身高和一头金色的卷发？”布隆夫曼有一米七八，棕色直发，在左边分开，朝后梳成贝壳头。

“没有了，”她说，叹了口气，“但还有——”

“什么？”

“还有一件事。中奖者必须在某个期限之内领奖。对于你来说，有效期是六月二十六日。六月二十七日就过期了。”

“卡尔拉，”他说，恰到好处的愠怒，也差不多就是布隆夫曼平时愠怒的程度，“对不起，但这听上去像是另一个附加条件。”

“这也写在罐子上，布隆夫曼先生。我不知道该怎么说。你必须有位伴侣，而且必须在——让我算一下——七十九天之内领奖。事情就是这样。”

他听得出她在思考。她再次开口的时候声音温软了许多：“你就没有可以邀请的人吗？”

“谢谢你的关心，”他说，“但是我想没有。”这个现实——其中严峻而难以抗拒的真相——让他有些泄气。他很希望能有个伴儿，但他为此付出的努力与他想要找个伴儿的欲望不相称。他没有释放自己，他妈妈会这么说——也不管释放到哪里。布隆夫曼的脚困在了水泥鞋子里。“另外，这次我真的没有。没人能让我踏踏实实地在海滩边的公寓里与之共处一室。整整一周，那可是一件非常严肃的事。”

“确实，”卡尔拉说，“你不会随便找个人就带去的。不过，你可以把这作为采取下一步大行动之前深入了解对方的契机。”

“想法不错。”他说，装作在考虑。但其实布隆夫曼连采取什么小行动的对象都没有，最近没有，前段时间也没有，严格地说，从来没有。他连想一想然后否定掉的人都没有，除非算上他妈妈。明天是她的生日，这可是份完美礼物。但这不是“非凡冒险”想要的那种伴侣，连布隆夫曼都知道。而且也不是他想要的。他们想要他带个爱情伴侣，但他没有。四年之前他约会过一个叫雪芮儿·琼斯的女人，一共两次——第一次是共进晚餐，第二次是参加杰弗森公园的蓝草音乐会，音乐会期间她被恙螨咬了腿。不管他们之间曾有过些什么，但这成了结束的信号。三年前他约会过在收款处工作的那个迈克·迈克菲的妹妹，柯特妮。她的发型和布隆夫曼三年级时候的发型一模一样：毛寸，头发短得可以看到头皮上的包，而且还坑坑洼洼。他们本来打算吃个晚饭然后去看电影，但前菜的基围虾让她食物中毒，他俩只能打道回府。他们才认识几个小时，但布隆夫曼认为这也算约会。自那以后布隆夫曼再也没约过谁，参加的都是那种一大堆人挤在一起的有情侣也有单身男女的同事大联谊。

“没有强大的社交网络，成年人交新朋友很难。”他在一篇文章上读到。他知道有解决这类问题的手机应用，还有那种像卖汽车、卖沙发，仗着很可能是虚构的自我评估来推销自己的网站，但他还没法对无形的数码世界敞开心扉——他根本不信任那个世界。就像生活在养猪场里的素食主义者，布隆夫曼觉得自己跟二十一世纪格格不入。只要有几样现代化的便利设施他就能过得很开心：汽车、电、热水。他没有智能手机，家里连电脑都没有。虽然他办公室有一台，上班的时候用用也不错，但电脑对他来说只是工具，不是生活方式。他的生活很简单：他有一份工作、一套公寓，还有他的母亲。他的生活就是这样三点一线，从 A 到 B 再到 C。字母表的前三个字母就能概括他的全部生活。

布隆夫曼注意到空气中飘浮着一丝烘干机的棉絮。一群摩托党呼啸而过。他还能听见卡尔拉的呼吸声，她非常耐心地等着他。但他的气管略微收紧，就像他正套着个袜子呼吸，握着话筒的手指有些颤抖。

卡尔拉·达安琪罗，工号 61217，打破了他的沉思。她再次开口时，传来的是窃窃私语：“你就不能搪塞一下吗？”

“搪塞？”

“哪怕没有人也先答应着。到时候你就一个人去公寓，就说你太太生病了什么的？”

“不行，”他说，“这我不干。我从不搪塞。”

“好吧，这是优点。”

“谢谢。”

卡尔拉·达安琪罗深深吸了口气，然后直接呼在了她的话筒上。她累坏了。房间里其他人的声音越来越响，渐渐到达刺耳的顶峰。显然她还有别的电话要打，打给别的“优胜者”。但她没有挂，还在和他说话。这样做很友好，布隆夫曼好不介意这样的关注。

“那么，”她说，“你怎么想的，布隆夫曼先生？对我来说海滩周末听上去真不错。”

“我怎么想的？我也觉得这听上去是不错，但我想我做不到，”他说，“听上去很好，非常好，甚至有些非同凡响，但你提到的那些要求把我排除在外。显而易见。”

“并不一定。”她说。

“不，”他说，“非常肯定。”

“布隆夫曼先生？喂？”信号有些微弱，断断续续，时有时无。现在卡尔拉·达安琪罗听上去就像是从世界另一端的某个铁皮罐子里对他说话，或是从宇宙中。他不得不竖起耳朵。外加她还在窃窃私语，这真是雪上加霜。

“我的意思是，你有七十九天时间，布隆夫曼先生。七十九天，几乎是整整三个月！什么事都有可能发生。你听上去是个好男人，女人们喜欢好男人。我就喜欢。相信我，男人大多数都不怎么样。

说轻了就是，大多数男人都喜欢搪塞了事。谁知道呢？你或许都不需要这么久。生活日新月异，爱德塞尔，可以说瞬息万变，你必须对生活敞开胸怀，面对你最大的恐惧，发现活在世上的意义。”她的话煨煮着他的心灵，“你就这么想，或许这些不是这份大奖的附加条件，或许它们是生命的线索，是你必须完成的使命。”

她停顿了一下，就像在给他时间消化她的话。过了一会儿线路又通畅起来，就像老鞭炮上受潮的导火线那样“啪”地闪了一下，然后就通了。他又能听见其他工作人员烦人的叽叽歪歪。真奇怪，或许她出门抽了根烟。

“但是，”她继续说道，“如果这对你来说并没多大意思，或者真的行不通，我能理解。事实上，爱德塞尔——”

没人叫他爱德塞尔，她为什么要叫他爱德塞尔？

“——我很讨厌说这样的话，但那个罐子里的确有好多别的名片。”

现在她显然急着想要挂电话，好和她的工友们八卦一下他。这个家伙，这个叫布隆夫曼的家伙，毛病还真不少。不用怀疑，她一定是拿提成的。尽管如此，她对他说的那句“或许它们不是附加条件，或许它们是生命的线索”，这句话听上去很重要。听上去像是很有价值的信息，大概是卡尔拉·达安琪罗不会和每个人都分享的信息。

她陪着他浸淫在共享的沉默中，连接他们的是布隆夫曼完全无法理解的电话系统。

他沉溺在这一瞬间，宛如潜水，无声无息。他那小而简陋的公寓，就像州际汽车旅馆里便宜的房间，都是些仿木材料，还有淡青柠色的地毯，感觉很安静，悄无声息，满怀期待。收容所里的流浪狗都收住了嘶吼声。连他那个善于制造恼人高分贝噪音——音乐、尖叫、大笑、鬼魅般的破碎声——的邻居现在都是安静的。他居住的这一整个疯狂的小区都处于非同寻常的宁静祥和之中。

“行。”他说。这个词脱口而出，就像一颗被连根拔起的烂牙——很疼，但势在必行。他必须说出来，尽管这对他来说毫无意义，但他还是必须说出来。这是与他自己的生活之间的一场信任练习。

“行？”她听上去和他一样吃惊，“你确定？”

她等待他的确认。正当他打算确认的时候，他想起了往罐子里扔名片那天的事。那是两个月前的一天，二月份，在高斯坦快餐店——他在伯明翰最喜欢去的餐馆，因此也是他在这个世界上最喜欢去的餐馆。那天天很冷。他戴着一条他母亲很久以前送他的橙色羊毛围巾——一个同事告诉他这是条女士围巾，布隆夫曼当时说（现在依然坚信不疑）：“围巾不分男女。”他记得那天甚至下了点雪，一小阵雪，伯明翰难得下雪。他还记得，他吃了他的午餐，高斯坦明星鲁宾三明治，味道好极了。一如既往，他吃了个精光，正准备回办公室。那个罐子就放在桌子上，紧挨着口香糖贩卖机——那种他已经很久没有见过的红蓝黄各色口香糖堆在一个大透明玻璃球里的贩卖机，那儿存放着一个更色彩缤纷的宇宙，对布隆夫曼来说有点老古董的意思，就像黑胶唱机和投币电话——之前一直是用来装高斯坦明星冰茶的，现在半罐子都是名片。看上去有上百张，形形色色，但大部分形状和颜色都很传统，都跟他的一样——白色，3.5 英寸长，2 英寸宽。他记得自己当时从钱包里抽出过一张名片。爱德塞尔·布隆夫曼，海运业务员，马丁进口公司。他从来不用他的名片，他根本不知道为什么公司要给自己印名片。他从没陪同过任何其他基层海运业务经理，也没有出席过需要为方便联络交换名片的会议。但他还是为了以防万一在钱包里留了几张，那天他毫无缘由地在其中一张背后留了自己家的电话号码并扔进了罐子里。

“布隆夫曼先生？”她说。

或许这就是缘由，或许就是为了这非凡的冒险。或许从卡尔拉·达安琪罗这里接到这通电话就是某种征兆。因为这个人今天像平时任何一天一样下班回家，开了信箱（三封办理低息信用卡的邀请函，一张在一个他从没去过的地方再次消费九折优惠的明信片，一张他的水费账单），做了饭（红酱意大利面，清蒸西兰花，一片面包），刚坐到面朝电视的椅子上，手拿遥控器，想看个关于囤积症的节目，但突然想起了落日，就站起身去窗前观看。他还穿着今天早上换上的衣服：灰色宽松裤、浅蓝色牛津衬衫，红蓝条纹领带，还有黑色的鞋。他松了松领带并解开了最上方的扣子。不知道为什么，他总是忘记自己的领子有多紧，直到像前一天或第二天那样解开扣子的时候才发现，这是一天以来第一次可以真正呼吸，可以感觉到氧气通到各个肢端的时刻。布隆夫曼很瘦。他的身形显示着某种构造缺陷。胳膊肯定不应该这么高耸地安在肩膀上，腿再短那么几寸是不是就会丧失功能？现在这个样子，鼻子就像个无用的装饰，能不能再平缓一些或干脆换掉？他是个不完美的男人。话说回来，他大体上还并不招人厌，也并不是毫无潜力可挖。诚然，他看上去什么样子其实并不重要，因为他觉得自己很少被人看见。他是个谁都可以对其视而不见的人。也许是因为他在同一个地方站得太久的缘故。

但这通电话，这个卡尔拉·达安琪罗、德斯坦、非凡冒险，似乎有着什么特殊的意义。凡事都有意义。他宁愿相信一切都事出有因，这件事也是。感谢卡尔拉·达安琪罗，现在他的生活出现了一条裂缝——一条几乎难以发现的裂缝，但从那儿照进了一丝光芒，而且透过这条缝他窥见了外面的世界。他窥见的世界很大，很明亮，充满让人不能自已的可能性，外加一片海滩。

布隆夫曼想要去那儿，他想找个伴儿一起去那儿。

“喂？”卡尔拉·达安琪罗说，“地球呼叫布隆夫曼先生。您还在吗？”

“在，”布隆夫曼说，“我还在这儿。”

但他希望不会在这儿停留太久。

第二天

动物世界

一、留山羊胡子的邻居

阳光蜿蜒穿过松树的树枝，钻进毫无遮挡的窗户，慢慢从他的眼皮底下掠过，在卧室的地上绽开一面湖光，把他唤醒。布隆夫曼觉得这很美。黑咖啡，炒一个蛋，外加一片抹黄油的土司，冲个澡——就像他每天做的一样，但今天早晨一切都更美好。“我们会给您寄一个邮包，”卡尔拉·达安琪罗对他说过，“请在七到十天内查收。”他向她保证会照做。他并没有告诉她从现在开始到今后的六天之内他都会去查收，因为收这个重量级的邮件本身就是非常磨人的事。

布隆夫曼走进新的一天，在门廊上停下脚步，四下打量一番，侦察潜在的危机。国王公寓就是一圈兵营似的公寓楼，围着一大片破破烂烂的黑色沥青，停车场的分割线都是匆匆忙忙手绘的，时不时会有陌生人趁夜聚集到停车场上。布隆夫曼见过他们——半人半影——嬉笑、咳痰、戏谑地认真互相推搡。啤酒罐堆满了小区管理员称作“绿地”——名副其实，就是一小片围着一尺高铁丝网的草皮——的地方。流浪狗收容所在最后一个单元背后，小区和收容所之间仅有的分隔是一两行松树。他的隔壁邻居坐在自己家的门廊上，穿着四角短裤，他那两条绵软的长胳膊荡在他的红色无袖 T 恤外。他当然是在抽烟。他总是在抽烟。在这样四月天的早晨，他看上去有些冷。

“早上好，阿托。”布隆夫曼说。

他的邻居名叫托马斯·爱迪生，但他坚持让别人叫他阿托，因为这样就不会有人把他当成那个“发明灯泡的家伙”。但布隆夫曼觉得他就是爱迪生本人。布隆夫曼搬来国王公寓的那天，托马斯·爱迪生主动帮他搬了床、沙发和一些箱子。布隆夫曼很感激。托马斯居然是那种知道怎么调整抽屉柜的角度绕进门框，怎么在墙里找到可以挂画的木龙骨，怎么修接在洗衣机上那个执拗而疯狂漏水的水龙头的人。布隆夫曼就不知道。说实话，布隆夫曼什么都不会。他能做他的工作、吃饭并收拾残局，旧电池没电以后买新电池更换，给他的车加油，但他没有托马斯·爱迪生那样渊博的知识，知道所有东西的工作原理，以及知道它们不工作的时候是哪里出了问题。布隆夫曼可以成功地在美国城市的市郊生存下去，而托马斯·爱迪生到哪儿都能生存下去。不管什么地方，给他一把刀，一包火柴，外加一段线，把他扔到雨林里，他都能造个小木屋、生堆火、杀头野猪。

鉴于他的邻居对这个世界——真实世界——的了解，当托马斯·爱迪生告诉布隆夫曼自己没有工作的时候，他大吃一惊。一个无所不能的男人，布隆夫曼心想，就这么无所事事干闲着？他高大强壮，毛发浓密。他的山羊胡子，厚得就像熊鬃，只要他愿意随时能长成一把完整的络腮胡。布隆夫曼想，要是留山羊胡子的话，他下巴上看上去肯定更像是粘了层铁屑而不是长了胡子。（所以对布隆夫曼来说，留胡子这件事代表了他尚未达成，或许永远达不成的男人味。）有时候托马斯·爱迪生会脱了衬衣，只穿不系皮带、满是油污的紧身牛仔裤走出家门。汉字文身，肌肉紧绷，左边的胳膊因穿着短袖开车而晒得半黑。这又让布隆夫曼瞠目不已。他无法想象自己会在什么情况下半裸着身子出门。

但托马斯·爱迪生并不完美，离完美还差得挺远。他总是通宵达旦留朋友在家里饮酒作乐，让布隆夫曼整夜——真是整整一夜——没法合眼。有人在那儿尖叫，起哄，砸酒瓶；有人冲另一个人嚷嚷，威胁要打断那人的骨头或者毁了他整张脸。然后，一下子又会安静得让人毛骨悚然。布隆夫曼可以投诉他，但没人喜欢投诉的人。再说，他有什么资格对邻居花天酒地的生活指手画脚？布隆夫曼才搬进来几个星期。或许阿托找到工作以后生活就会收敛一点儿，只要给他一个早起的理由。

托马斯·爱迪生打招呼的时候几乎都没抬起他毛茸茸的下巴。有时候他呼朋唤友，能言善道，但另一些时候他累得嘴皮子都懒得抬，勉强抬起来也只能塞进一根烟。这天早晨他就是这样。不过倒也挺好，因为布隆夫曼忍不住想告诉他发生了什么——他中了一场沙滩之旅——但他其实不想告诉他。秘密可以说等价于奖励本身：两者都完完全全属于他。虽然在清爽的晨光中他很清楚，他符合领奖要求的机会非常小，但仅他被选中这件事本身就带来了小小的快感，就像在口袋里摸到一块巧克力。

突然“咳”的一声，托马斯·爱迪生从他的喉咙深处咳出了什么又浓又黏的东西，他背对布隆夫曼一口吐了出来，然后用手背擦擦湿答答的嘴唇。

“好吧，希望你今天过得开心。”布隆夫曼说着挥了挥手。托马斯·爱迪生还是什么都没说。他的邻居只是几乎让人无法察觉地点了点头，布隆夫曼由此推断这个人听到了他说的话。

二、克兰斯顿大厦

克兰斯顿大厦是布隆夫曼的另一个家，在那儿他总觉得比在哪儿都自在。这栋位于中心区域的大厦就是为了承载各种各样的商务活动而构筑的，克兰斯顿大厦成就了高楼大厦应该成就的一切。它并不完美（空气流通有问题，15 楼的男厕所总是又潮又黏，电梯慢过“一月的糖蜜”[①]），但完美并不是关键，持久才是。它处处显露出自己的年龄又如何？八年前布隆夫曼第一天上班就已经挂在那儿的雨篷破旧不堪、水渍斑斑又如何？刻在雨篷上方混凝土立面上的字——克兰斯顿大厦，建于 1924 年——彰显着这是一栋举足轻重的建筑，一栋需要关注的历史名楼：未来的考古学家们，小本子记好！你们找到了克兰斯顿大厦，形形色色商户和客服中心的家，其中包括一所著名的整形外科诊所，一家西印度贸易公司，一个数据采集中心，以及至少七家律师事务所。

自动门两侧的大理石柱威严而庄重，它们在布隆夫曼身上产生的作用可能本来就是设计意图——它们让他觉得自己是特别的。柱子让他觉得自己很重要，他的工作很重要，如果不是这样的话，他也就不会存在于这座大厦中。克兰斯顿大厦——更胜于他在五楼的办公室，甚至更胜于他自己的小隔间——就是他的庇护所，

---

① 1919 年 1 月发生在波士顿的糖蜜灾难，糖蜜储存罐爆炸之后，整个街区淹没在 60 到 90 厘米厚的糖蜜中。由于糖蜜的阻力，在其中行动非常缓慢，从此美国人用“一月的糖蜜”来形容速度缓慢。

他的圣母院。这正是他心里需要的东西，恒与定。日复一日，年复一年，一成不变，直到永远，因为其余的一切都终将改变。

工作！工作就是工作，不多不少，恰如其分。他打开他的电脑，在他的隔间里坐好，但他的思绪立马飘到了海滩上。其实他从没真正喜欢过海滩，但现在那儿却成了他一心想去的地方。他这辈子一共只去过一次海滩，当时还只是个十岁的孩子。他在海浪的边缘玩耍，绝不冒险跨过泡沫边境。而他的母亲，戴着宽檐帽，架着太阳眼镜，坐在太阳伞下抽着烟。她给他涂了防晒霜，但涂得乱七八糟，所以他还是晒伤了，晒得一条一条的，像粉色的虎皮纹。那天晚上他都没法睡觉，床单一直在伤害他，短裤的裤边就像割进了他的腿。他们再也没有去过海滩，这对他来说挺好。

在休息室里，他给自己倒了一杯温水。回办公桌的路上他和所有工作伙伴打了招呼，那些他在白天觉得亲近——甚至是亲密——一下班就毫无往来的男同事和女同事们。斯基普·索斯比占着他这面墙对面的隔间，据布隆夫曼估计，在所有同事中，他和斯基普讲过的话最多。并不是布隆夫曼想这样，只是斯基普·索斯比这人实在是躲不过。布隆夫曼能听见他哼歌，能听见他喘气，能听见他不停地窃笑。觉得这些真不像是成年人发出来的声音。但斯基普·索斯比仍然是布隆夫曼“发牢骚”的对象。其实就是说些无关痛痒的话，这是他们办公室的传统，或许是美国所有办公室的传统——尽可能地消磨时光，直到心里的某个声音强迫自己坐到办公桌前真正做一点他们拿着工资应该干的活儿。但今天有所不同。哪怕布隆夫曼说“早上好”的时候都带着一丝疑问，喜悦和焦虑的怪异融合，任何用心听他说话的人都能察觉出来。

但没人用心听他说话。他本来可以说："对我来说今天早上很好，对我来说特别好，但同时又让我心神不宁。"但这样听起来很荒谬。

保守秘密渐渐让他有些不堪重负，他感觉心口的间歇泉就快要爆发了似的。他继续行使着自己每天的职能：打电话、发邮件，填浅蓝色的拷贝纸把粉色那一联转给会计师，下了三个订单，熄了一场火，点燃了另一场……其间一直想要找个人说说，但找谁呢？

他把手头的可能性都斟酌了一遍，从左到右数着隔间。盖里·卡斯洛、加勒特·柯南、杰伊·米勒，也许可以告诉在收货处工作的那对兄弟——米切尔和阿莱克斯·康恩——他们看上去挺友好的，甚至可以告诉斯基普·索斯比。他想象着对每个人都说了一遍，每次一个人，闭上眼睛想象着告诉他们以后可能会有的感觉，以此来考核说给谁听最合适。海滩边的短租公寓！但想象中他们的反应都配不上他想分享给他们的好消息。因为他还必须说明一下其中的圈套：生命的线索——按卡尔拉·达安琪罗的说法：伴侣。他当然需要一些指导，才能让故事发生——寻找伴侣的步骤，当然，这势必牵扯到一系列至少他自己认为自己做不到的事。但一定有人知道，因为这样的故事时时刻刻在发生。就像星座的名称，或者电的原理，或电视机的壳子里究竟装了些什么东西，总有人知道。他只需要开口问。

三、有蹄类动物

电梯战战兢兢地降下去，里面挤满了人，摩肩接踵前心贴着后背。到达底层大堂后，电梯门刚一打开，拥出电梯的人们就受到了前台接待员希拉·麦克纳布的热情欢迎。

“午餐大出逃开始啦！”她吆喝道，像个欢乐的乡村报话员，“最后一个通过山谷的人可能会被消灭哦！”

希拉是接待员——不是他的，也不是他们这一层的，而是整栋楼的。她是你走进克兰斯顿大厦时见到的第一个人，也是你离开的时候见到的最后一个人。“欢迎光临克兰斯顿大厦！”当你跨进玻璃自动门的时候她会这么说——这不是一栋很宽敞的大楼，她那张昂贵的金属办公桌离入口处只有几英尺的距离。然后，当你离开的时候，她会说：“您走好！”向公司雇员、职员、访客——包括销售、邮递员，和从送包裹到送比萨的各种快递员说。来来往往之间的时间里，她会接电话：“克兰斯顿大厦。您找哪位？”而既没有电话需要接也没有人需要打招呼的时候，你总是能看见她拿着一支笔奋笔疾书，有时候她也会看看书、读读杂志。她没有什么实权。当然了，一个前台接待员能有什么实权，但她的办公桌离入口近在咫尺的地理位置让她显得非常神圣、不朽。布隆夫曼看着她，觉得她的身形可以追溯到古埃及或是古希腊，一个女祭司站在庙宇前，在你进进出出的时候祈个福，也许还会朝你洒点水，鼓励你为庙宇的修缮捐点功德钱。

希拉·麦克纳布，可能二十过半，完美无瑕，巧克力色的头发齐于笔挺的肩膀。她有一副不设防的友好面容，客观地讲很漂亮，但并不是那种肆无忌惮的漂亮。她有一种美国中部乡村女孩的漂亮，这是布隆夫曼得出的结论，虽然他并没有下过乡，也没去过美国中部。

他通过几声问候、几句道别以及数回友好的挥手和希拉·麦克纳布建立起了某种关系——如果那能叫关系的话。她对他的了解，据他估计，就跟她对所有陌生人的了解一样，不多不少。他们从未进行过任何正式谈话，但他觉得他们应该会谈得来。他们可以，只要他停下几分钟好好向她介绍介绍自己。但他一直都没有这么做，因为他是布隆夫曼。

那天中午他走出电梯，快步经过她的办公桌，简单地挥了挥手，便冲向那扇通往外面的世界和一盘热狗的门。

“您走好！”希拉在他背后说。

但这时他停下脚步，然后转过身。布隆夫曼想起了卡尔拉·达安琪罗——工号 61217——说过的话：你必须对生活敞开胸怀。他现在又听见这句话，仿佛是来自宇宙的回声。希拉·麦克纳布就是生活。他是生活的震源。他看见她已经打开了她的笔记本，动起了笔。但当她意识到布隆夫曼并没有像别人一样消失在自动门背后时，她笑了起来。

“我以为你走了，”她说，“但你却——没有。”她又笑了起来，“确认你已经离开之前我不应该说‘您走好’。我太鲁莽了。这句‘您走好’太鲁莽了。我应该等到此刻再下结论。”她点了点头，有点像以前大家喜欢装在汽车后座上方架子上的那种丝绒小狗。她点头就像是在同意自己说过的话，或是她希望他能同意，所以他微笑了一下，也点点头。

“呃，”他说，“我想，我想……为什么不停下来问个好呢？”

他这是将计就计，临场发挥一下。目前为止，一切顺利。

“你真可爱，”她说，“稀有物种，就像黑眼树蛙。”

“就像什么？”

“黑眼树蛙。”

“它们很稀有？”

“非常稀有。”

“哦，”他说，“好吧。”这句话他不知道该怎么接，或许根本没法接，于是他就这么杵着，一声不吭。

“你叫什么名字？”她问。

“布隆夫曼，爱德塞尔·布隆夫曼，或者就叫我布隆夫曼。大家都叫我……布隆夫曼。”

她微笑起来。她的眼睛在一层潮湿的釉彩下闪烁。“布隆夫曼，”她说，就像用舌头“试驾”了一下，“布隆夫曼。为什么你这么认为？”

“这么认为什么？”

“为什么是布隆夫曼？”她问，“为什么大家都叫你‘布隆夫曼’而不是‘爱德塞尔’，或是‘爱德’，或者‘阿德’‘快腿阿德·布隆夫曼’什么的？”

“我也不知道这背后的科学根据，”他说，“我猜有些姓就是会产生这样的效果。”

“就像雪儿[①]，”她说，“或是博诺[②]。”

“我从来没这么想过。”他这么想了一想。雪儿，博诺……布隆夫曼。不合适。他们的名字都是包装出来的，是知名人士的徽章，但布隆夫曼绝对不是什么知名人士，他是知名人士的反义词。

“我叫希拉，希拉·麦克纳布。就像名牌上写的那样。”她指着办公桌上摆在最前面刻着字的黑色塑料名牌。他其实并不需要看，因为他知道她的名字，但他还是念了一遍——希拉·麦克纳布。“我才来了六个星期就有了名牌，是不是很神奇？”她笑了，摇摇头，然后叹口气，“那么，我能为你做点什么，布隆夫曼？愿为你效劳。”

她的办公桌上零零散散地堆着许多撕得粉碎的打印纸，纸本来就已经裁得不能再小，然后再撕了一遍又一遍。旁边有一个龟背发卡和一支自动铅笔，一块在布隆夫曼看来是颠倒着的速记板上好像写着一串城市的名字：伊斯坦布尔、克拉科夫、萨尔茨堡、贝鲁特。

“我的梦想城市榜。”她注意到了他的视线，“有朝一日。”

“对不起！”他说，“我多管闲事了。真不应该——”

她挥手打消他的焦虑：“你想去哪儿？有一天，假如你想去哪儿就能去哪儿的话。”

“我？”海滩，他想。海洋，德斯坦，佛罗里达，我的世外桃源。

---

① 美国女歌手、演员，曾获一座奥斯卡金像奖、一座格莱美奖、一座艾美奖，和三座金球奖。

② 爱尔兰摇滚乐队 U2 主唱。

这对他来说感觉就像萨尔茨堡一样遥远而异域，像贝鲁特一样刺激。他耸耸肩。“我不知道，”他说，“我还真没想过。”

“想想。”

“巴黎。”他不假思索地说，并不是因为他真的迫不及待地想去那儿，而是因为巴黎感觉就是那种如果没去过应该会想去的城市，“你去过吗？”

“我小时候住在那儿，”她说，“从七岁到十二岁。其实我们搬回来的时候我法语可溜了，当然现在基本上都忘光了。C'est la vie！”

“我觉得这听上去很法国。”他说。

这时候一个比平均身高稍矮的男人拎着撑得满满的皮手提箱大步流星经过大堂。

“欢迎光临克兰斯顿大厦！”希拉对他喊。那个男人点点头，肉乎乎的脖子在衣领上方扭动，脚步不停。他猛按了两下电梯“上行”按钮，手法凶猛，就像电梯欠他什么似的。

她和那个人直接的交流也就几秒钟，但当她把视线转回来的时候，布隆夫曼知道她其实已经不是很确定自己到底为什么会和他聊上的。他感觉就像得从自我介绍开始从头来一遍似的。她把目光投向他身后的宇宙，就像人们把目光投向夜空等待流星的出现。

“那个男人，”她说，“他看上去就像只鼹鼠，不是吗？”

“什么？”

“那个刚进来的男人，”她说，“他看上去就像只鼹鼠。”

布隆夫曼朝电梯望了一眼，那个人已经消失其中。他真的想不起来那个人长什么样。“鼹鼠”是布隆夫曼唯一能想到的回答，“嗯……”

“我告诉你个小秘密，”她用很低甚至可能有些挑逗的声音说，小声到布隆夫曼除了靠近她的桌子并俯下身去别无选择——他那姿势就像一棵头重脚轻的树，“每次有人经过大堂，我就会想他（她）是哪种动物。每个人都是某种动物。”

“真的？”

“差不多吧。特征、性格特点、他们穿怎么样的衣服。有时候是他们的眼睛，他们浓密或稀少的毛发，身材高大或娇小，或者，你知道的，各种。有一次我看到一头獾、一匹斑马，和一只狨在同一天经过。”

“狨是什么？”

“是一种迷你猴，脖子周围毛茸茸的，它脸上永远是那副‘你吓到我了’的表情。”

“一只狨，”他说，“有意思。”

“而且偏偏出现在了克兰斯顿大厦，”她说，“不是吗？”

他笑了，她也笑了。他在一面玻璃里瞥见了自己的映像，这些玻璃作为墙把这个大堂包围起来供人行道上的路人观赏，像极了动物园的展示厅。他看到自己有多瘦，自己的脖子有多长，自己的头发多无精打采而踏踏实实。他的领带太短，他的衬衫在裤子下鼓鼓囊囊，让他看起来就像个有袋类动物。

“我知道你在想什么。”她说。

“你知道？”

“我灵力可强啦。你在想你是哪种动物。”

“我大概是在想这个。”

“我就知道！”

她打量他一番，从头开始，他的脸，他的眼睛——她在他的眼睛上停留了很久，很长时间……很可能从来没有哪个女人在他的眼睛上花过那么长时间——然后慢慢向下，经过他的脖子，他的胸腔和腹部，他的筷子腿和铅笔脚。她让这些视觉信息入了入味。

“嗯，你看起来就像一头——长颈鹿！”

他掂量了一下：“一头长颈鹿？”出于某种原因，这让他挺失望。一头长颈鹿？他不是很确定这是他想成为的动物。不过他也不知道自己到底想要成为哪种动物。但他说：“我猜还不错。”

她的嘴角耷拉了下来：“还不错？你什么意思呀？很棒才对呀！我们来查一查。”

她转过脸去在键盘上飞快地打了几个字，她又点了几下鼠标，然后深吸一口气：“好了。”然后开始念起来：“长颈鹿，学名：吉拉法·卡迈罗帕尔达利斯，是一种生长在非洲的有蹄类哺乳动物，是现存世界上最高的陆生动物，也是最大的反刍动物。”

她瞪着屏幕，迷茫片刻，然后转向他：“哇，你是最大的反刍动物。”

“还是有蹄类，”他说，“听上去像那种你会给不喜欢的人起的绰号。比如‘你可真是个有蹄类’。”

“或者‘别这么有蹄类好不好！’”

“或者……或者……”但他再也想不出别的关于有蹄类的笑话。

“你很高，”她说，“你是高中之高。”

“我没那么高，”他说，“我认为我的身高算中等，在人类当中。”

“长颈鹿中就算袖珍了。不过维基百科就是这么说的。”

他们又嬉笑了一阵，直到所有的欢笑消耗殆尽，再也没什么可笑的。希拉冲他眯起眼，重启了一下大脑：“你有——什么事吗？我在这儿反刍呀、狨猴呀没完没了的，而你说不定还有事需要我做。这是我的工作。我有工作。”她这么说就像在试图让自己相信，她确确实实有一份工作。

我不知道，他心想。我在对话的森林里迷了路。我也不知道是怎么进来的，或者要去哪儿。

“欢迎光临克兰斯顿大厦！”她说。

他以为她是在循环播放，而他们即将要把刚才的整场对话再从头进行一遍，只要他待在这儿就会一遍又一遍进行下去。但是，有人走进了大厦，一个留着胡子的高个子男人，穿着挺括的蓝色西服。对挺括的西服知之甚少的布隆夫曼认为，那是件意大利货。对布隆夫曼来说，所有好西服都是意大利货，所有好车都是德国货，所有好葡萄酒都是法国货。

“你好。”那个男人经过的时候说。

“您好！”希拉说，“祝您鸿运高照哦，先生！”她可真会找彩头。

她等那个男人走进电梯才转回头看着布隆夫曼。“怎么样？”她说。

“什么怎么样？”

“哪种动物？”

电话响了。她竖起一根手指：“克兰斯顿大厦。您找哪位？”

她停下来，听着，然后在控制台上按下一个按钮，挂上电话。

“怎么样？”

他咽咽唾沫，想了想。这个问题的答案似乎比实际情况更重要，或者说比它应该承载的重要性更重要。他心跳加速，感觉自己的手心渗出一层黏糊糊的油汗。

“我不知道。”他说。

“冒险猜一个，相信你的直觉。加油。”

“好吧，”他说，“好吧。土拨鼠？”

她想了想，还挺认真，然后点点头：“没错，就是只土拨鼠。”对于这个答案，她似乎比他自己更满意。他们一起让那个瞬间发生，然后就结束了。这场对话已经走投无路，再延续就会显得古怪而尴尬。

“那么……”她说。

“那么，好吧，”他叹了口气，“我想我需要去假装工作一会儿。”他的肚子咕咕叫起来，提醒着他的初衷是去吃午饭。但现在看来是不可能了，他已经决定从哪儿来回哪儿去。

她挤出一声干笑，他也是，然后她看着他，又转开视线。但她没有说任何回应的话，她什么都没说。时空仿佛平衡于时钟针尖——希拉，布隆夫曼，大堂，克兰斯顿大厦，城市，地球，太阳系，宇宙。

当然，这本来是一切可以为布隆夫曼而改变的时候。更准确地说，是他改变一切的时候。也就是改变他的生活、他的余生、他剩下每一天的天平的时候。他只要对她说一个字，打一个微乎其微的手势——这个瞬间对他的召唤仅此而已——这样就足以再创他的人生。这时他应该说点什么，比如说："我能不能约你出去——咖啡、午饭、晚饭，甚至喝一杯？我什么都行。我们甚至可以几个月之后一起去海滩度个周末。"

但就这样，那个瞬间稍纵即逝。稍纵即逝是因为又有谁做得到？谁能就这样改变自己的一生？这对他来说要求太高。这对谁来说都要求太高，除非是那些专业级别的情场高手。但他不是那种人。而且说真的，小说和电影之外还有谁是呢？

他转过身，走向电梯，按下上行按钮，抬头看着头顶闪烁的数字慢悠悠地服从他的意愿开始下降。然后它停在了十二楼，数字灯在那儿徘徊滞留了好一会儿，电梯才又回归它的航线。这时他转过身，惊讶地发现她的视线并没有从他身上移开。

"你和我们之前的前台接待员很不一样。"他说。

"因为我不是前台接待员，"她说，"我有别的身份。"

她的语气就像在提示她是个卧底或是女巫，身份浪漫而暗藏危险。

"哦？那你是干什么的？"

"我是个……自由撰稿人，"她说，"我猜你大概可以这么称呼我。"

"啊，自由撰稿人。"虽然她显然既不是间谍也不是巫婆，但她还是引起了布隆夫曼的兴趣。从小他就梦想着成为自由什么什么人，"自由人"这个词让他激动不已："你都写些什么？"

她张开嘴想要告诉他，嘴就这么张着，但嘴里一个字都没有冒出来。她低头看看她的写字台，又抬起头，然后说："好吧。就像——你见没见过，你买东西的时候，包装盒里或者盒子上有那种教你如何使用、如何安装、如何把一个部件安到下一个部件上的说明书？”

“哦，当然，肯定见过。”

“我就写那个。”

“我还是不确定你在说什么。”

“我写说明书、操作指南、指导手册。”

“第一步，第二步，第三步——这类东西？”

“就是这类东西。但有的时候我也会用A、B、C——看情况。”她低头瞪着她的手袋，打开，摸出一个没有商标的处方药药瓶，塑料的，老橘子皮的颜色。她照着瓶身念起来：“‘上床前用水吞服两片。’这就是我——我写的。”

“哇。”

“但干这行可不容易，竞争非常激烈，所以现在我屈居于此。本姑娘还要交房租，不是吗？”

“是的，”布隆夫曼说，“该交还得交。”

她笑了。她微笑的时候脸颊鼓起葡萄大的小丘，她的眉毛仿佛在她的额头上延展开来，就像手风琴一样。他看着那对眉毛开了又合。

电梯终于到了，门闷吼一声打开，他感觉被人逼着上了电梯，虽然他并不愿意。他几乎是倒退着进去的，因为她仍然看着他，半张着嘴，而他也仍然看着她。

“对了，布隆夫曼？”她说，语气一半肯定一半疑问，“长颈鹿——是我最喜欢的动物之一。实际上，它就是我最喜欢的动物了，没有之一。”

这时门关上了，而布隆夫曼，她最喜欢的动物，坐着电梯上而上，一路都在思考他这样庞大笨拙的有蹄类动物，本应漫步在草原、森林或阳光明媚的稀疏莽原，怎么就流落到了这个狭小的金属盒子里，孤苦伶仃呢？直到电梯上到十五楼，他才鼓起勇气按下那个可以把他带回大堂重拾良机的按钮。那个曾经惨白的电梯按钮，让他一按，绽放出明亮而充满希望的橙色光芒——橙色，宛如那天早晨钻进他公寓的阳光。“电梯下行。”电梯对他说。但就在门关上的那一瞬间他跨出了电梯，尽管他记起自己忘了吃午饭，但他还是回到了自己的隔间填起订单来。一张接一张的订单。因为，他告诉自己，订单是填不完的。

四、隔壁间混蛋

斯基普·索斯比偏偏选在这个时候从他的隔间那边探过头来。或许是听见了布隆夫曼翻箱倒柜的声音，他想找块巧克力或者口香糖，什么都行。他的办公室就是这种办公室：一窝死不认错的近亲工蜂，朝着同一个终点奔波，即努力完成各自任务以留在工蜂这个岗位上。这很适合布隆夫曼。这种全然的透明让他心安。

索斯比身高一米九，宽背溜肩，一挂浓密的棕色乱发，孩子气般难以打理；浅蓝色的眼睛，面带推销员或双重间谍式的微笑。他嗓门大，意见多，完全没有底线。他就像神一样俯视着布隆夫曼。“哟，布隆夫曼，”他说，“你个傻蛋，都还好吗？”

“都挺好，索斯比。”布隆夫曼说话的语调谁都能听出来他过得不怎么样。索斯比将他打量一番，点点头，轻轻哼了一声，近乎同情。然后他清了清嗓子。这就是索斯比，一方面他知道有什么不对劲，另一方面他根本不关心别人发生了什么。

“我找不到宜家的发票了。”索斯比说。宜家每六个月左右都要从他们的分销商那里购买一集装箱餐具。这是他们最性感的账单之一。“消失了，不知怎么就删掉了，无影无踪。如果是我自己删掉的话应该还能在回收站里找到，但是你看看，不在。大概文件中毒了。”

“对不起。”布隆夫曼说，就好像这是他的错。

索斯比看上去很困扰，摇头晃脑咬牙切齿：“你不是个电脑达人吗，布隆夫曼？”

“我不是，”布隆夫曼说，然后还思维发散了一把，“实际上，我觉得自己什么达人都不是。”

索斯比没听进去：“昨晚我遇到了同样情况，布隆夫曼，就像我对你说过的那样。”

听太多遍了，布隆夫曼想。

“你又被‘附身’了？”布隆夫曼问。索斯比就是这么强调的。这句话的意思是他睡了好多不同的女人，人数多到索斯比自己都数不清。非常“累人”，索斯比几乎每天都这么说，而且看起来真是这样。就索斯比每天完成的工作量来看，过劳大概是他的唯一托词。

“也不知道这是福分还是魔咒，非此即彼，有时候我都分不清。”索斯比笑道，眨眨眼睛，低头藏进自己的隔间，自言自语起来，但几码之内都能听见他的声音，“你必须学会说不，斯基普！你必须和上帝说清楚。怎么就是做不到！”

“我不觉得这是魔咒，”布隆夫曼想了想说，“挑战，或许算是……”

但索斯比才不管布隆夫曼想不想。“我得更新一下系统，猜猜她管‘那活儿’叫什么？双背禽兽。嗷嗷。”索斯比叹了口气，然后布隆夫曼听见他冲着宜家的发票破口大骂。接着他听见他拿起了手机一边打字一边念叨，还时不时窃笑一声，布隆夫曼知道他显然是在和某个女人交流。

“斯基普？”布隆夫曼透过隔间的墙说。

“等等……”打字，叹气，狡黠的笑声，打哈欠。“什么是什么，布隆夫曼？”

“我想问你一个问题。”布隆夫曼说，把声音压低，要是有人在听，他这就是在鼓励他们凑近一点听。虽然布隆夫曼只是想问一个简单的问题，一个男人对另一个男人发问，但哪怕只是这样做都让他觉得他跨出了自己的安全区，或许就那么几寸。但是，一旦跨出了那一步，咫尺即天涯。“是女人的事。”

打字声停了下来。“女人的事？布隆夫曼，情圣，你吓到我了。”他再次出现在隔墙上方，跟踪狂的架势，“请叫我‘答案先生’。如果我答不上来的话，我很乐意回去调查一下明天给你答复。考我吧。”

索斯比身上没有任何与本真、可靠、诚实或善良相关的特质，但这并不意味着他不能帮助布隆夫曼解决问题。事实上，或许正是这些特质的缺乏赋予了他那些知识，那些布隆夫曼一窍不通的知识。毕竟布隆夫曼格外地本真、可靠、诚实、善良。“问吧。”他说。

“好吧。是这样的，要是你遇到……一个女人，聊天了，两个人都聊了，进行了一场彼此都乐在其中的谈话，但是谈话告一段落，如果你想回头再聊，换个时间，甚至换个场合，你会怎么完成这个任务？”

索斯比茫然地瞪着布隆夫曼：“你等我谷歌翻译一下。”

他消失了，布隆夫曼能听见他在假装打字。很容易区分真实的打字和嘲讽的打字，索斯比现在显然是在嘲讽。

索斯比又冒了出来：“我想你的意思是，怎么邀请一位女士出来约会。”

“拜托小声一点，”布隆夫曼说，“不对，我不是这个意思。”邀请一位女士出来约会——或者是这位特殊的女士——对布隆夫曼来说就是高难度的三角函数问题。现在他需要先学习简单对话——入门的加减法，而不是与世界周旋的物理学。一切发生得太快！卡尔拉·达安琪罗说他有七十九天：可怎么一下子所有事情都涌来了，就在他收到“非凡冒险”邀请的第一天！他不知道该怎么办。他对什么是真正的约会只有一个初步印象，实践太少，对于该如何操作他压根没有明确把握。他有种感觉，他的体验并不真实，就像他觉得他在市区中餐馆吃的中餐和住在中国的中国人吃的不一样是一回事。

“我只是想聊天。”

“你几岁了，布隆夫曼？”

“三十四。”他说。

"你比我大十岁。"

"你在说什么呀？我是不是要找个经验更丰富的人问问？"

"不是，"他说，"或许应该找个经验少一些的，说实话。我的困惑在于，一个三十四岁的男人怎么会在他十二岁的时候还没学会和女孩聊天？因为有些家伙天生就会这个，有些婴儿刚剪断脐带不久就已经约上了操刀的护士。你知道吗，布隆夫曼？真事儿。"

"那可不是真事儿。"布隆夫曼说。

"好吧，不是。我只是用夸张的手法来强调一下一个男人到了你这个年龄还不会和女人交谈有多奇怪。"

布隆夫曼不喜欢斯基普·索斯比，他从来不喜欢斯基普·索斯比，每天都会有这样那样的事情发生，来提醒他为什么会有这种感觉。"好吧，谢谢你，你讲了些很有帮助的笑话。"

索斯比眨了眨眼。

"你看，如果我是那种就会说些冠冕堂皇的话的大混蛋。比如'直接问她好了'，但我们俩都知道，事情要比这复杂得多。关键是怎么问。问的时候你是什么样子。你想做到多风淡云轻、漫不经心？或者，你是不是想不那么漫不经心？还有，你知道的——跟我无关——但你是不是想过要健健身，塑塑型，展示一下更好的包装？"他把布隆夫曼上下打量了一番。"我身材也不完美，"索斯比说，他前一阵子正在练腹肌，"但对我来说这是一种生活方式的选择。对你来说增肥食品或许更好，不过你好像根本无所谓。"

这倒是真的。布隆夫曼试图不去考虑自己衣服下面的样子，他躲镜子就像躲迎面撞上来的汽车。

索斯比咬咬自己下嘴唇内侧，说："我想大概就是这些了。"他闭上眼睛，双手合十，慢慢沉到自己的隔墙背后，或许还吟诵着什么瑜伽经文，然后就销声匿迹了——布隆夫曼希望他永久消失。

布隆夫曼没有动。办公室的聒噪把他包围起来：空调机、电话和愤怒打字的声音，大笑、吮咖啡的声音，恼人的"电脑塔"背后十几台风扇的呻吟声。然后他从装满夹子的塑料小盒子里拿出三枚银色的夹子放到他的鼠标右侧，以刻意的、准确的，但又从容的动作打开、拉伸、翻转这些轻巧的金属，直到所有夹子都神奇地夹在一起，看上去很像——很可能就是—— 一头长颈鹿。或是类似长颈鹿的东西。

"直接问她好了。"那个混蛋说。

好建议。

五、临时女孩

他对自己说他本来就打算早退，而且事出有因。今天是他母亲的生日。她七十岁了。她的年纪越来越大，要求他报到的时间也越来越早。（今晚，五点半。如果她活到八十岁，他们就得把早饭当正餐吃。）但事实上他怎么也做不到不去想希拉·麦克纳布，一分一秒都做不到，整整一天。哪怕在想别的事情时他也在想她，即使不是想她，也会想到长颈鹿、狨、黑眼树蛙，或者生活在法国巴黎的样子。这和想她也没什么区别，因为如果没有她，他根本不可能去想这其中任何一样东西。所以他提前了将近三十分钟下楼，就是为了还能再和她聊上一回，在他已经和她聊过一回的同一天，再聊上一回。

他想知道这样做会发生什么。

于是，他整理了办公桌，穿上外套，搭上了前往大堂的电梯。其他大楼的电梯都是以那种真空穿梭机的流畅速度划过时空的，而这部电梯吱吱嘎嘎、哼哼唧唧、慢慢吞吞、踉踉跄跄，比两条腿的狗还慢。但今天他很高兴下楼要花这么长时间，因为他还没想出要对希拉·麦克纳布说点什么——能恰到好处地沾点边的话。与他的本能和毕生经验相违背的是，他觉得到那儿以后总会发生点什么似的。今天中午他们聊上的时候就发生了什么——与他之前经历过的一切都大相径庭——他希望这一切重演。他希望上演一些异常情况，但电梯着陆的时候他的脑海里还是一大片荒芜的空白。门呻吟一声打开，他迈步走向自己的未来，这个女人将在那里等待，迎接他的到来。

但希拉·麦克纳布不在那儿。她桌前站着的是克劳福德，克兰斯顿大厦的维修工，他盯着电话插座面露刻意的轻蔑。克劳福德是从得克萨斯州来的，长着牧场主常有的那种硬挺的鼻梁，对待坏掉的东西向来不说二话：它们打算坏到底也好，愿意坏到底也罢，只要他在就得把它们修好——不是今天就是明天。布隆夫曼见过他组装隔间、安装软件，从死掉的插座中召唤出电来。他像老战士一样顽强，自从他六年前戒烟以来，他一直在嘴里留一根搅咖啡的麦秆，直到嚼得稀烂再换根新的。他是个老“嚼头”。

克劳福德望着迷茫的布隆夫曼。

有什么不对劲。她的名牌不见了。

“我能为你效劳吗？”克劳福德问他。

“希拉，”布隆夫曼说，“希拉·麦克纳布，那个前台接待员，你知道她出什么事了吗？”

克劳福德耸耸肩：“这事儿我不知道。但要我猜她只是个临时工，我想她已经走了。”

“走了？”

“是的，走了。她现在变成了曾经在这里工作过的女孩。就像她的前任一样，还有再前面那个，好多女孩。”克劳福德嚼着麦秆。布隆夫曼觉得他实际上就是在吃麦秆。

布隆夫曼点点头。“啊，我明白了。”他说，“你觉得有什么办法可以联系到她吗？”

“肯定有办法，”克劳福德说，“每个人都总有个去向。但根据我的经验，这样的信息总是由克兰斯顿的盖世太保们严密监管的。怎么了？她欠你钱吗？”

克劳福德冲他眨眨眼。一天中第二次被人眨眼。

“没有，”布隆夫曼说，“我只是有事要告诉她。今天早些时候我还和她聊过——”

“我懂了。你差这么一点就上垒了，但她却让你白举了半天。我也和她聊过好几回。不错的姑娘，长得清新脱俗，但盖子一掀就是一瓶滚烫的开水。我是这么猜的。‘歪歪’的好素材，你懂我的意思。”

布隆夫曼不懂他什么意思，他不熟悉这种表达方式。但是根据克劳福德的一脸淫笑来判断，不是很好就是很坏，很可能很坏很坏。“我只是希望能联系到她。”他说。

克劳福德没在听。“不过这样的女孩肯定很作。前一分钟还笑得跟个涨潮时的蚌壳似的，下一分钟就忧伤得像马戏团的大象了。好几年前我就放弃理解女人的念头了，其实也不知道到底有什么需要理解的。你明白我的意思吧。”

“我明白。”布隆夫曼说，但他完全不明白他在说什么。布隆夫曼不知道怎么把话题继续下去。

克劳福德也对布隆夫曼失去了兴趣，转身回到插座跟前。“那好吧，”他说，“那就再见了。”

布隆夫曼转身离开希拉·麦克纳布曾经坐过的办公桌。他已经调成了自动驾驶模式，迷失在了无名的情感中，还在困惑什么是“歪歪”，迷迷瞪瞪地走在取车的路上。他心里绷得紧紧的，就像里面打满了结，越拉越紧。他想她了。他甚至觉得没有她有些寂寞。但这是为什么？今天之前他甚至都没和她说过话。这种感觉完全没有道理，但他寂寞的灵魂的黑暗深渊里还是闪了一下火星。星星之火可以燎原。但火星熄灭了，布隆夫曼又成了布隆夫曼，恍惚中突然醒来，他已经坐在自己的车里，行驶在伯明翰的街头，直奔他母亲的家。

六、妙丽妈妈

布隆夫曼为他母亲的七十大寿准备的礼物是一双电热袜，因为她说她的脚总是冷的。去她家的路上路过一家酒类专卖店，他进去买了她最爱的苏格兰威士忌，这酒贵到他连名字都叫不上。布隆夫曼不得不把酒名写在便签纸上递给店员看，就像是来打劫似的。他自己并不怎么喝威士忌，他更倾向于白葡萄酒，夏天偶尔来一杯桑格利亚。他找了个射灯看了看酒瓶，上面写着调制罗布·罗伊的配方。一点这个一点那个的，有人动了脑子写出了这个配方。可能是希拉。这可能是某种征兆。

他停好车，拾掇起他的礼物。然后他振作起精神，呼吸。因为尽管布隆夫曼爱他的母亲胜过爱地球上任何其他人——尽管他的生命中还没有出现过几乎可以让他爱的人，对她来说也是一样——但她有时候还是会很招人烦，甚至惹人恼火。但最近几个月里，他对她的探望却变得异常微妙。她开始变得很怪异——可爱、风趣、尖刻、健忘。也不能说她不是向来都拥有一个自由奔放、赫然粗暴的灵魂，但布隆夫曼心里清楚，目前发生的一切并不是她个性的延伸和夸张，他担心的是她的脑子很可能快不行了。

房子里非常安静，但其实几乎总是这样。他有时候注意到，老年人除了清嗓子的时候几乎不发出任何声音。但每次他走进这片无声的阴霾时脑子里还是会出现最糟糕的画面，一幅接着一幅。

“妈妈！”他喊道，“母亲！妙丽！”

悄无声息。他又喊了一遍。他感觉到自己心跳加速，静脉在耳朵附近悸动。

后门开着。奇怪。他朝门外张望，看到通往后院的大门——以前总是关着的，总是——正顺着一阵妖风撞击着栅栏。布隆夫曼已经在脑海中排练起那句台词来：我就是在那儿找到她的。

他就是在那儿找到她的——没死，生龙活虎的，背对着他跪在地上，手拿一把小铲，在那儿挖土。她穿着她那条黄色莉莉普利策高脚裤、一件什么什么五公里跑纪念T恤，没有穿鞋。她的脚踝像剑龙的角般隆起着，她的脚干瘪而布满深纹，黑漆漆脏兮兮，看上去不可救药。

"妈妈，你在干什么？是我，爱德塞尔。"几周之前她管他叫弗兰基，此刻他想明确地表达身份。但她还是没有转身。他打量了一下四周，后院从来就没什么后院的样子。几株瘦小的、先天不良的树状杂草，渴望着阳光；一团絮状葛藤挂在栅栏上；寸草不生硬如岩石的泥土；两棵枫香树。

终于，她转过身看着他笑了。她的脸上刻着深深的皱纹，还沾满了泥土，看上去就像是为参加什么土著人魔法派对化好了妆。

"在找巴尼。"她语调明快地说。

"巴尼？"

她转回身去继续挖，像是在出土一些他看不见的宝藏。巴尼是他小时候养的狗，从他十岁养到十一岁半。四分之一个世纪之前他们一起把巴尼给埋了，他们在路边找到它的时候它身上没有任何伤痕——只是死了，他们估计是被车撞死的。土都是她挖的，布隆夫曼基本上就是在一旁看着。她把她的烟搁在一根木栅栏的边沿，让烟保持平衡，隔空燃烧。她挖完墓穴之后把尸体塞了进去，用一把尘土填上墓穴（布隆夫曼看到一小部分裹着巴尼的塑料裹尸布从草皮的下面露了出来）。她拾回香烟，深深地吸了一口，然后伴着响彻肺腑的咳嗽说："尘归尘，爱德塞尔。"

她现在真老。连她的耳朵都显老，颓萎着，就像丢弃了自己的壳爬出海洋的怪物似的，附着在她的脑袋两侧。她戒烟多年，现在嚼戒烟口香糖成瘾。他其实挺怀念她的烟，烟味让他想起家的味道，挺好的。他想鼓励这种嗜好，因为他无法忘怀母亲年轻时的样子，他孩提时期就已经深深烙印在心的她的样子。虽然妙丽生他的时候已经三十六岁，但她还是比他同龄孩子的母亲们显得更年轻——也更漂亮、更时髦、更聪明。单身母亲，从没提起过任何有关丈夫或儿子父亲的名字，因为从来就没有，除非严格按照生物学角度的定义。布隆夫曼是一夜风流的产物，那个男人叫罗伊还是什么。如果他是场意外——他就是场意外——而她就是个意外怀孕的母亲。尽管她尽职尽责地参与了所有应该由母亲参与的活动（生日聚会、足球比赛、邻里野餐、学校活动等），但是她参加时的态度总是有些戏谑。就好像她要伪装成一个单身白人中产母亲——比方说，一名助理律师——而实际上她完全不是这么回事。

诚然，她巧妙地利用了自己的魅力。她有点放荡。她穿牛仔靴和裙子，衬衣的扣子总是多开那么一颗。她嚼口香糖的时候有一种特殊的技能，总能在受人瞩目时把泡泡吹破。她的嘴唇上方还有一颗痣，右侧，鼻子下方。她看上去就像是个会抢你老公的单身妈妈。他后来才知道，是她亲口告诉他的，她就是这么做的。

布隆夫曼有好多“叔叔”。他们在他生命中、他的房子里晃进晃出，就像那些只有几句台词的小配角一样，偶尔登场露个脸。其中有几个律师，其他都是雇这些律师为他们辩护的老狐狸。他们看上去还算友好，但总保持着那种宁租不买的距离感。

但从最后一个——拉吉夫叔叔——之后，到现在已经有段时间没人来了。现在布隆夫曼是她生命中唯一的男人，而他正看着她盗他狗的坟。他该怎么办？把她拉开？找人来？没什么看上去像是应该做的事，但怀里揣着一瓶苏格兰威士忌和一双电热袜站在那看上去好像更不应该。

这时她停了下来。她转身看着自己的儿子微笑起来，笑容灿烂地崩掉了她腮帮子上的几块泥巴。

“我找到它了。”她说。

布隆夫曼跟着他的母亲沿小径回家。她走得如此缓慢，连布隆夫曼都搞不清楚她的动力够不够推动她前进，感觉就像她随时都可能向后倒，或者向左向右倒。如果她真的倒下来，他得随时准备接住她。她怀里还捧着巴尼的头盖骨。

所幸他们安然无恙地进了家门。她重新找回平衡和一点体力，就好像空调（她总是惊人地寒冷）还有补气宁神的功能——加了咖啡因的空气。她把头盖骨拿到不锈钢水槽边，就像放脏盘子似的往里一放，打开水龙头。布隆夫曼站在她身后，不知所措。

水缓缓地流淌着，泥土顺着棕色的细水流从头盖骨上洗下去。他从小就熟悉的泥土，他触摸过的泥土。同样的泥土沾染过他的手指，同样的泥土浸润过他的眼泪。

“快看，”她说，“太神奇了。那是巴尼，巴尼还在里面。塑造它的一切都在这一小包骨头里。”

布隆夫曼扶扶母亲瘦骨嶙峋的肩膀，她能感知他的担忧：“别担心，只是研究一下生死轮回。毕竟下一个要走的是我。”

她大笑起来，把注意力转向他怀里的包裹——袜子、酒，她咧开嘴。

“我们吃饭吧，”她说，“然后再喝点儿。”

他应该带晚餐的。他为什么没有买晚餐？她仅剩的食物是一个包着锡纸的冷鸡腿、一盒全麦饼干、一包变味儿的美国奶酪：每一片与上面一片和下面一片之间都精心地用塑料蜡纸分开，还有一瓶法式芥末酱。

他们用一个盘子分着吃。她把咬了一半的鸡腿推到他面前，他推让着。如果他稍微向左移动一下视线就能看到厨房里巴尼的头骨正在那儿晾干，在厨房荧光灯下闪闪放光。“还以为你会带吃的来，”她说，语气飘忽，“不过隔间生活也不容易。”

“对不起，你说什么？”

“隔间，你那个小办公室。我很高兴你能过来。”

他有点跟不上她的思路。

“你坐地铁来的吗？”她问。

“伯明翰没有地铁。”

她注意着他的用词，从新调整，就好像要调到他的频道上。她知道她说了一些不是很正确的话。

“我的意思是，打个比方。”

“那样的话，”他说，“我想是的。”

他们以破纪录的速度吃完了晚饭，然后回到客厅里。她坐上塞满垫子的高背靠椅，靠椅上的印花图案还挺喜庆——黄色、蓝色、橙色衬在红底上，他坐在靠近门口的沙发一角。苏格兰威士忌闻起来像清洁剂，但她就像享用山泉似的一口灌下去。他没有加入她。她拆开她的袜子，套到脚上。

“暖和，”她说，“从里到外。”

“你得按边上那个按钮才能加热。”

她照办了。“更棒了。”她说。

她抿一口她的威士忌，又闻了闻，一种满足的神情笼罩着她，让布隆夫曼觉得她都快融化了。

她满意地吧唧一下嘴唇，说：“好了，说说大新闻吧。”

“你什么意思？”随着巴尼头骨的介入、她的每况愈下，以及在海上漂的感觉——打个比方——他暂时忘记了那个改变命运的电话。

“你有什么大新闻的时候我总能感觉出来，”她说，“你得了全‘良’的那一次，你还没告诉我我就知道。还有你通过驾照考试的时候。这是第五感。”

“第六。”

“我觉得我的嗅觉已经丢了，我就让它升个级。”

四月中旬，天算是温暖，但汽炉还是燃着，和空调一起。汽炉里的木柴是染色的混凝土刻出来的，看上去像木头的样子。它们骗过不止一个人。火苗本身也和三十年前的火苗一模一样，从同样的预制节孔中冒出来，就好像有某种现实可以一成不变地周而复始。从某种意义上来说，布隆夫曼的生活就是在模仿这人造火焰。

“好吧，”他说，“没什么，真的，但还是——我也不知道。”

“什么事？”

“几乎不值一提。”

“你在折磨我，爱德塞尔。”

他深深地、持久地吸了口气。“我中了个奖，”他说，“海滩上的免费周末，在德斯坦。全新短租公寓的套房，听上去——怎么说呢，很不错吧。我很期待。”

“然而？”

“然而什么？”

她闭上眼睛微笑起来，然后像老夜店的爵士歌手为一段旋律着了魔那样摇起了头。“天下没有免费的午餐！”她大声宣布，就像面前有一大群人，“总是有什么‘然而’‘如果’或‘但是’。是哪个？”

他想，严格说起来，是这所有三个。“真没什么。我只需要带个人，一个伴侣——你知道的，女朋友之类的，约会对象或者妻子！哈哈！因为——好吧，我也不知道是为什么。就是这规矩。”

“那你有伴儿吗？”

“我没有，”他说，“现在没有。虽然还没有，但截止日期前我还有两个多月的时间，我想要是我真的下定决心的话，我或许能在那之前找到伴儿。你不觉得吗？”

他的母亲——妙丽·布隆夫曼，看着他，审视着他，掂着他的分量，然后从小酒杯里呷了一小口酒，晃晃酒杯，皱起眉头。“不觉得，”她说，“说实话，我不觉得。我很怀疑。我非常怀疑。”

然后，显然为他自己明显的泄气而感到泄气，她说："你难道不怀疑吗？"

"好吧，我觉得……我觉得不会那么容易。但是——"

她轻哼着笑了一声："你应该去竞选总统。"

"为什么？"

"你说话的方式，翻来覆去，换汤不换药。"

莫名其妙。最近和她在一起时总是这样，她像是存在于另一个时空维度，他们像在同时进行两场不同的对话，而在平行时空的某个地方，他们再次相遇。他们陷入一两秒的沉默，然后她把目光凝聚到他身上。

"所以，你没在谈恋爱，爱德塞尔？"

"目前没有，"他说，"但是……那又怎么样？这世界上也不是每个人此时此刻都在谈恋爱。但是，或许——"

"或许什么都没有。你已经掉在队伍最后头了。我是说，老实告诉我，爱德塞尔，老实说，你到底谈过恋爱吗？高中里——如果我的记性还管用的话，天知道已经不怎么管用了，真没有——我不记得你谈过恋爱。我不记得你和任何人谈过恋爱。你从来没带任何一个女孩、女人或者其他类似的东西回家来见过我。据我所知，你也没出去见过谁。一个都没有。你这一辈子——你意识到没有？"

"我意识到了没有？我当然意识到了。差不多就是这样。但你并不了解一切。我谈过恋爱，谈过几次。"

她摇摇头："谈过几次恋爱……我的天！谈过几次恋爱？这太奇怪了，爱德塞尔，你都三十四岁了。"

夜幕降临。布隆夫曼无法直视她，于是他看向她背后插满花和古怪植物的花瓶——鸢尾、康乃馨、褪色柳。他此刻才注意到，没有一样是真的。康乃馨是布做的，褪色柳看上去像涂成棕色的泡沫塑料。这就是布隆夫曼成长起来的家。他去上大学之前一直都住在这里，而这些花从他有记忆开始就在那儿，但他一直没有注意到它们不是真的。

“你知道我是连响屁都不会放一个的，爱德塞尔，但要是你是同性恋的话就告诉我。没什么可害羞的。”

“妈妈。”他不是同性恋，对那些是的人完全没意见，但她觉得他可能是同性恋这个念头很伤他的心，就好像他在女人问题上的失败只能代表这一种可能。另外“响屁”是什么意思？

她点点头，双唇紧闭，就好像他不是同性恋是个坏消息。她看着他，就像肉食动物用餐前看着自己的猎物。“爱德塞尔，”她说，非常缓慢，非常仔细，眼睛眯了起来，“你是不是连——”

他知道她接下去想说什么，他拦住了她的话头：“当真？妈妈。你当真？拜托，别再说下去了。”

她不会问他的。她不会。

不，她会。

“——女人都没碰过？你有过真正的性经验吗？干过那活儿吗？你做过吗……天哪……你是不是……你是不是？……你难道从来都——”

“做过！”他吼道，抬高嗓门，或许只是撒谎，“我的老天爷呀，我当然做过了！”

她举起一双颤抖的小手，就像要抵挡他即将到来的怒火似的。

但他的怒火马力不足，还没跑到她跟前就半道熄火在客厅中央了。

因为，当然，没有什么好“当然”的。

布隆夫曼一生中与女人的亲密接触只有一次，那时他只有十五岁——十九年前。一个女孩，真的，她是唯一的一个，就是那次，唯一的一次，他和女性之间这样的状况只出现过那么一次，两个人都几乎全裸，蓄势待发。实际发生了什么还有待商榷，然而，这么多年来他一直在和自己商榷。确实发生了什么，但因为发生的事情从那以后再也没有发生过，他完全没有参照的基础，他也不确定。简而言之，有可能布隆夫曼，实际上，从技术上讲真的没有和女人发生过性关系——那样的话，三十四岁的他就还是个处男。

他的母亲叹了口气，然后微笑着耸耸瘦骨嶙峋的肩膀。

“窃以为汝辈过甚其词。”[①] 她小声说道，洋洋自得地点点头，噘起她的嘴唇，咽咽唾沫，“我得多用用这个说法——窃以为。窃以为。窃以为我喜欢。”她抬起腿，蠕动一下脚趾，自顾一笑，看上去几乎有些高兴，但紧接着她充满血丝的老眼就润满了泪水。“是我的错，对不对？”她说，“我把你宠坏了。我应该更使劲地把你推出这个暖巢，但我好担心你会飞走。”

她摇摇头，擦擦她的脸颊，她的眼神好遥远，就像在注视一场过往的闪回。

“不是所有人都必须飞的。”他说。

这还没完。她的注意力飘到了别的事情上——像源源不绝的

① 出自莎士比亚《哈姆雷特》第二幕：窃以为女子过甚其词。

尘埃，飘到她从没读过却很想读的书，飘到小猪超市[1]的收银员——直到酒过三巡，她开始抽泣，然后哭了起来。只有几滴眼泪，但已经足以在她的脸颊上反射出身边台灯的光来。但这些眼泪还是有些做作，不真实，就像她的眼睛有点渗漏似的。

“妈妈，怎么了？”

“你父亲死了，”她说，她用手背擦擦自己的鼻子，“他死了。真遗憾，以这么突然的方式告诉你。但我再也忍不住了，一分钟都不能。”

“我父亲？什么父亲？你怎么——？我以为……你一直对我说——”

“我和他在一起的时间比和小猪超市收银员在一起的时间还短。他哪怕咬我一口我大概都认不出他来。没错，某种程度上是这样。但他来看我了，爱德塞尔。”

“他来看你了？在哪儿？这儿？他是死在这儿的？”布隆夫曼拥有假想死亡现场的天分。

“不是，当然不是，是之后。来的是他的灵魂，或者随便你叫它什么，就是什么都消失之后剩余的那个东西。我不知道。但他在那儿，就在你现在坐的地方。”

布隆夫曼在椅子上突然感到一阵不自在，就好像他坐在了某种灵质的残骸上一样。

“我知道你在想什么，”她说，“你在想他为什么要来见我。”他可没在想这个。“但对我来说却是显而易见的事。这些人，他

---

① Piggly Wiggly：美国中西部和南部连锁超市品牌。

们什么时候会回来？他们回来是有原因的。他们是来捎信的。人死后就是这样，我想，成为圈内人，成为知情者。”

“大概是真的吧。”他说。

“大概？千真万确。真相现在就在那儿，爱德塞尔，飘在天上。我们在下界看到的只是劣质油印件。但死了以后就不痛了，死了以后什么都知道。”她向后靠到椅子的靠垫上，湿润的眼睛闪烁着，“他帅极了，还非常温柔。三十五年来第一次。”

“现在我倒想知道，”他说，“为什么是你？”他是对着她仅剩的那点——也不知有多少——理智发问。或许他用逻辑帮她分析一下，她会意识到什么都没有真正发生，而这个男人的鬼魂回来看她这件事一点都不符合逻辑。那个男人或许有许许多多其他的、更重要的地方要去，因为他那么漫长的一生中，与妙丽一起度过的时间仅仅两个小时。“你几乎不认识他。你们的关系发生在熄了灯的房间里。除了来看你，他肯定有更有意思的事可以做。”

“不是我，”她说，“他不是来看我的。他是为了你来的！他给你捎了个信。”

布隆夫曼深深地埋进椅子里——他的“鬼父亲”最近刚刚坐过这里——清点了一下这个夜晚发生的事：挖狗坟，鸡腿饭，威士忌，烟，侵犯隐私的话题……现在又是这个。他的母亲到底怎么了？她的脑子就像只被困住了的松鼠，疯狂地想方设法要逃离她的脑袋。她什么都能说出口！迄今为止，他的父亲从未作为人类在谈话中出现过。他很可能只是颗出了轨的精子，在暴风雨中飞得迷失了方向。现在，他居然从另一世界专程跑来给他的意外私生子捎信！

“但你说你从没和他提起过我。”

“我没有，爱德塞尔，”她说，她已经对他失去耐心，“但就像我说的那样，现在我再说一遍，他死了，他现在知道你的事了。”

“好吧，对不起。”

她举过杯子来想再添点威士忌。他给她倒了一点，但她没有喝，也没有缩回她的手，他只好又倒了一点。她喝了一口。然后花了一秒钟思考，或者是在构思，下面该发生什么。

“他很后悔没能在死之前找机会认识你。他很郁闷。”

“郁闷？郁闷的鬼最糟糕。”

“你是在取笑我。”她说。

“没有，妈妈，我没有，”他说，“只是如果他回来——”

“如果？”

“什么？”

“你说‘如果’？”

“是的。如果他回来的话。”

“但他真的回来了。我刚告诉你他回来了，没有什么可如果的。”

她等待着他的认可，等待着，她又快哭了。

“好吧好吧。但如果他有什么话想对我说，为什么不直接来找我？亲口告诉我？”

她的眼睛颤动了一下，闪一闪，然后亮了起来：“他知道我不介意再见见他，我猜。这样做挺贴心。”

“好吧，”布隆夫曼说，“我认了。他说了什么？”

“他说……做你自己。”

“做我自己？”他的失望触手可及，“这是我这辈子听到过的最差建议。”

“不是那个自己，爱德塞尔。听着，罗伊把这个世界都攥在小指缝里。这就是你父亲的简介。他是我见过最有魅力的男人，没有之一。他的笑容是用灵魂跟魔鬼换来的，多情种！别这么看着我。你或许不想知道这些信息，但你就是从这家伙那儿来的种，你应该知道。你需要知道。我在他那些卧房鬼把戏面前就是个白痴，他啃我脖子的时候我就被催眠了。他的手掌在我胳膊、肩膀、屁股、大腿上蹭着蹭着我就晕了。他生活过，爱德塞尔，关键在这里。我就是想让你知道这个，他也是。他活出了本色，活得圆满。玩味生命每一刻，珍藏宛如杯中雨。日日深杯满。”

“妈妈！”他说。

“最后他希望你能从他这本书中取走哪怕就一页。”

“我父亲回来就为了说这个？希望我像他一样？”

“是的，”她说，“就是这样。”

布隆夫曼不相信她的话，当然不信。从这个越来越糊涂的女人脑子里冒出来的这个故事没有哪怕一丁点值得相信的地方！或许这都是她编出来的，为了让他好受一些。他说过，他是个开明的人，愿意相信言外之意、弦外之音，只要是为了他好——他也想有个父亲能在儿子达阵[1]时站在看台上欢呼一下。他从来没想过要个父亲，也没想过要达阵，但他现在发现自己两样都想要！就

① 达阵：橄榄球比赛中的重要得分方式。

好比你赌咒发誓再也不吃甜点，服务员拿来菜单一看，怎么看上去什么都这么好吃。

“那他是觉得我能做到？”布隆夫曼问她，“在七十八天之内找个伴儿？”

她耸耸肩。“绝对可以，”她说，“如果你全力以赴的话。”

“但你并不觉得我能做到。”

“我可没那么说。”

“嗯，其实，你就是这么说的，基本就是你的原话。”

她向后靠了靠，凝视着他。她的下巴看上去像是消失在了脖子里：“爱德塞尔，亲爱的，我是你妈妈，我比谁都更了解你。没什么峰回路转的前景，但也没关系，因为这样才真实。你总是表里如一，犹豫不决，马后炮，后面再跟个车。我生你的时候难产了整整两天半，因为你不肯出来。你就是不肯。你就是这么个谨慎的孩子。安静、乖巧得让人难以忍受。你两岁的时候就知道自己把儿童椅周围都收拾干净，五岁就自己叠被子了。只要天气预报说下雨，你就坚持一定要带两把伞去学校，以防弄丢一把。乖孩子，我爱你，拿什么跟我换你我都不干。但你从来都不……接地气。不像我，不像罗伊。”

“哦，真的吗？像你们会怎样？”

她转过那个好耳朵来对着他：“再说一遍。”

“像你说的‘接地气’会怎样？因为据我观察，从我既安全又安静的观察点看，这个女人一半时间孤独，另一半时间里的一半时间在给我介绍新‘叔叔’，其中还时不时出现个把老面孔——这都没什么，当然，完全没有评判的意思——剩余的时间她都在用来意识到上一个是个天大错误并着手寻找下一个。还有这个罗伊——我的父亲——我今天了解到的他比之前三十四年加起来都多。但这也没什么大惊小怪的，因为你本来能告诉我的也真没多少，是不是？不管怎么说，你认识他的时间也不比我多太多。所以如果说我是个谨慎的人，照你的话说，或者是个犹豫不决的人，或就算是个纯粹的呆子——我觉得你想表达的就是这个意思——或许是因为我看到了反面教材。”

他停下来，意识到自己已经很久没有喘气了，他喘了口气。他的母亲像死了一样沉默，但她没有死——死了吗？没有，她还活着——她更像是自己的一尊蜡像。他说了什么？甚至现在，他的话音刚落几秒钟，他就已经记不清了。但他的话一定很伤人，这他能肯定。从那些话在嘴里留下的味道中他能尝出来——苦涩，像多年不用而锈迹斑斑的金属。他从母亲身上也能看出来，她看上去就像战斗终结前伴随着最后一两下倒数还要挣扎着站起来一样。

她脸颊泛红，呼吸轻浅，眼睛下方的三股静脉由于循环不畅而颜色发紫。她重重地靠倒在她的椅子上，就像被情感的重力推了一把。她闭上眼睛，让自己平静下来，几秒钟后又恢复了过来，状态好多了。实际上，她浅浅地笑了起来。她的眼里闪烁着的，毋庸置疑，是爱的光辉。

“非常，”她说道，“了不起。看来你还有希望。”

空调哼哼着跑起来，窗帘也随着翻滚起来，就像有个鬼魂，满足于事态的进展，转身做着最后的告别。

布隆夫曼决定留下来过夜。明天他可以穿着今天的衣服去上班。他把母亲送到她自己的卧房门前，在她关上门之前，他说：“我明白你为什么觉得我做不到——二话不说就领一个回来——但我有我的打算。我要释放自己，我要出去交朋友，因为我觉得交到朋友就能让我觉得自己是这个世界的一部分。我甚至打算多锻炼，很有可能，我的大目标是面对自己的恐惧。只要我这么做就会有积极的事情发生。反正这就是我的计划。”

母亲用他都不敢相信的力道紧紧抱住他，然后松开手，看着他。

“我的小男孩，”她说，“计划永远跟不上变化，这就是刺激的地方。全都靠巧合、运气和时机。我从来没想过要孩子，从来没有，但是你看，我有了你。为此我很高兴。你是我儿子，这让我难以置信地幸福。但我想你还不明白生活是怎么回事，或许那是我的错，但见他的鬼，我的任务都已经完成了。”她踮起脚在他的脸颊上吻了一下：“哦——帮我把巴尼再埋了吧。洞还在那里，把它扔进去填上土就好。谢谢，亲爱的。晚安。”

他走遍每一个房间，关上所有的灯。她一个人的时候喜欢把灯全开着睡觉。半夜里她的房子就像天鹅绒夜空下的远洋客轮般闪闪发光。他从厨房捡回巴尼的头骨，借着手机时明时暗的荧光想把它再埋回去。但在把它塞回原来那个洞里去之前，他在手里将它攥了足足有一分钟。他想象着巴尼在这世上的最后一刻，自由地奔跑着，整个世界在它面前展开，满满的希望，未来是一根接一根的肉骨头。然后那辆车开了过来。很难想象这堆骨头曾经是它的。巴尼，作为一条巴吉度猎犬它并不是很活泼，但它很有个性。性情平和、宠辱不惊，甚至有些忧郁；耳朵尖总是湿湿的，因为喝水的时候总是垂在水盆里。它常戏剧性地叹气，失落的气质总让它显得很低沉。对布隆夫曼来说，它是一条完美的狗。

布隆夫曼把它埋好，跌跌撞撞地翻过乱石和树根，回到屋里。他从酒瓶里直接抿了一口威士忌，差点要了他的命。门上了锁，灯也关了，他上楼回到自己的老房间，直到离家之前他一直住这间房，他在那儿做的那些隐秘的梦。十五岁那年，他差点在那儿脱掉凯西·碧格思——那个校花协会副会长的衬衣，她在最后一刻反悔了。际遇、时机、运气，他想到她，又想到他的母亲，还有巴尼。他想到玛丽·黛·麦考利，那个他经常想起的女孩，玛丽·黛·麦考利——他很可能在十九年前睡过的女孩——还有希拉·麦克纳布，那个他再也见不到的希拉。运气？差。当然——他反复告诫自己——哪怕那天下午她在她的办公桌边，他也不知道会发生什么。也可能他根本没法和她说上话。哪怕他们说上了话，并把话题继续了下去——或许是在一间酒吧，面前摆着一盘奶酪——他们也可能根本无法喜欢上对方。但他不这么想。他觉得如果那天晚上他能把她约出来的话，事情会接二连三地发生。他们会来电，“吧嗒”一声。他很可能会和她吻别——幻想，如果可以的话——然后在她转身离开的时候，他会告诉她佛罗里达那套短租公寓的事。“可以考虑考虑。”他会说。而她会微笑。虽然似乎有些仓促，但不管怎么说，她还是可能会喜欢上他。

他躺在那张他学会自慰并长期实践自慰的床上自慰的时候，想象着他们俩——他和希拉——不是在阳台上手拉手看潮起潮落、感受阳光海风，甚至不是在卧室里，二人赤身裸体地躺在有些扎人的公寓新床单下。他想象着他们肩并肩坐在会议室里准备做那个简短的介绍，坐着不怎么舒服的折叠椅，看着老老少少、高高矮矮、胖胖瘦瘦的男男女女，枚举着沙景公寓的种种妙处——便利的地段、方正的房型、实惠的奢华。但他们根本听不进去。他们会默契地分享彼此的想法，比如穿山甲、鸬鹚、笑翠鸟和水牛。

七、第一个情人

玛丽·黛·麦考利，他的第一个情人，他唯一的情人。

玛丽并不是他的初恋，他的初恋发生在三年级。他当时八岁，那个女孩的名字是艾兰·彼得斯。她拥有一头丝般光滑的金发，虽然当时布隆夫曼只是觉得她的头发很柔软很好看。他从没触摸过，但当时那是他的毕生追求——触摸一次，甚至上百万次，不只是用手指，而是用他的掌心，他的右手，温柔地抚摸，就像抚摸猫背那样。他是个笨拙的男孩，呆头呆脑；他的裤子太短，衬衫又太紧，太安静，不够机灵，或者说还没有笨到安静都做不到。他当时也分不清是哪种情况，可能一辈子都分不清。艾兰的皮肤一年四季都是金棕色的。她曾为了显摆带来一张照片，是从地方报纸上剪下来的，照片上她和一头海牛躺在海滩上。她穿着不知道是什么颜色的游泳衣，报纸是黑白油印的。她的下半身被那个庞然大物挡住了，你可以想象——或许布隆夫曼是这么想的——艾兰是条美人鱼，一条年轻的美人鱼。这下她出名了，这让他既神魂颠倒又望而却步，但更多的是神魂颠倒。

她怎么会知道他的感受？他甚至从未和她说过话。她坐在三行开外，他的两排之后，他唯一得以好好看看她的机会是他们解散去吃午饭或是去操场的时候。她能感知到他的迷恋，他自以为是的欲望，然而——尽管只有八岁，她已经智慧过人——情人节那天她并没有接受他的情人节礼物，哪怕那时的规矩是要给班级里的每一个同学都准备情人节礼物，每个人也都会带礼物来。他试图把他的礼物——封在一个白色小信封里——递给她，但是她转身走开了。不存在偏爱，恰恰相反：偏不爱。冷酷的拒绝在他身上烙了印，如同文身。烙下的不是他的过去，而是他的未来。

单相思。对布隆夫曼来说，这个词太大了——概念太宏大，用在这里并不合适。单相思至少还暗含着某种可能性，不管多遥远，相思总有其可能性。但在艾兰这儿没有，无论是今生还是来世。当时是这样，后来也是。艾兰·彼得斯成了他心灵的母题，包装简陋地快递过来的爱情，这个头发像神兽般美丽的女孩，这个海牛的朋友，风情异域而闻名遐迩，永恒的金棕肤色，完美而遥不可及。

下一个？玛丽·黛·麦考利，几乎过了十年之后，事情是这样发生的。

自从九年级起玛丽·黛·麦考利就开始在布隆夫曼的脑海里游来游去，就像他闭眼时眼前出现的那些浮尘。这么多年过去了，她的存在不只是一段记忆。记忆会褪色，会随着时间而晦暗。而玛丽·黛·麦考利，却注定永远鲜明——是在他潮湿泥泞的脑子里无法磨灭的恒印。

在伯德文中学的时候，他总能看到她，远远地，就像他受制于某种自发的法令：在学校里，在镇上，在周末的大型派对上——他们称这种派对为“疯会”，连他都收到了邀请。他总是看着她和她的那个朋友，考瑞·斯宝丁。他只是四次撞上他们接吻：一次在学校的大堂里；一次在校门口，他们靠着考瑞·斯宝丁的车；一次在商场里，布隆夫曼正和他妈妈一起购物；还有一次在药店的走廊上，考瑞·斯宝丁在那儿买了一包“特洛伊”牌避孕套。

考瑞是个十六岁、金发粗硬的滑板少年，笑容冰冷，苍灰色的眼睛总是像从水下瞪着你。他大多数时候都醉醺醺的，不过那时候大多数人大多数时候都醉醺醺的。玛丽·黛当时十五岁。中学女生总喜欢找比自己稍大的男孩，大男孩看上去不像布隆夫曼这么战战兢兢。女孩——哪怕是那些孱弱、矮小、害羞的女孩，那些同样不完美的女孩——总是让布隆夫曼害怕。考瑞看上去天不怕地不怕，踩着滑板，叼着烟，在车流中来回穿行。考瑞作为玛丽·黛的男朋友有两年多时间，其间二人分分合合——他们有几次非常公开、非常激烈的分手——要不是后来他染上了可卡因或冰毒之类的毒品，他们很可能交往得更久。他吸毒以后完全乱了套，后来他干脆消失了。

玛丽·黛并不野，她只是风趣而开放。她如此美丽而玩世不恭——她母亲管她叫“烈女子”——是那种很稀有的女孩，明明很漂亮，但仍然保持甜美。棕色长发，发带，绿色眼睛，微笑的时候像脸上挂着一弯银月牙儿。她总是优雅而充满活力。她曾帮助贫困家庭盖过房子，每年圣诞节她都会参加巡演合唱团，为无家可归的人唱歌，并为他们提供一顿配肉汁土豆泥和甘蓝菜的火鸡热餐。布隆夫曼根本不需要美化她，因为她就是完美的，是这个世界上的奇迹，就像巴比伦的空中花园或意大利的比萨斜塔。

当时经常在卡拉维公园的露天剧场里举行周六午后音乐会，

车库乐队们会表演一些又吵又弱智的歌，那些歌从来都没有结尾，而总是渐弱，就好像那些乐手只是玩累了。布隆夫曼知道公园里的大多数人都抽了点什么，当然，他什么都没抽。他从没有掀开这层窗纱的冲动，无论是当时还是现在。一对顶着破帽、留着乱须的古怪老头显然是想卖他点什么，鼻烟壶和其他一些名字神神秘秘的东西，但他只是挥手，让他们离开了。“对不起，”他说，“谢谢你们，但我不需要。”他直接坐在斑驳的草地上听着那些乐队的歌，膝盖顶着胸膛。他身边是一对学校里的同学——弗兰克·布劳尔、马尔克斯·考利尔。这两个男孩和他一样，生活既不复杂也不刺激。那个下午有些完美的特质，空阔的自由让他的生活有些魔幻。阳光穿过树枝就像穿过天堂的裂缝，时而一阵微风，歌声、飞盘、无忧无虑的欢笑。好时光。

公园里那个周六的午后，草地是一片葱翠的绿床，天空是汪洋般的深蓝，阳光是鼓动着的奶黄，甚至影子都显得更真实，像投下影子的树一样触手可及。布隆夫曼穿着妈妈给他买的蓝色牛仔短裤——不是剪出来的，而是真正的短裤！——还有一件扎染的T恤，很可能是海外企业生产的。他把鞋脱了，藏在一棵橡树背后。他踩到了块岩石，伤到了脚踝，玛丽·黛·麦考利在他身边坐下的时候他正试着无视疼痛。

“嗨，爱德塞尔。”她说。

嗨，爱德塞尔。他无语了，无言以对。她为什么要和他说话？这很没道理。他首先想到的回答是，“你知道我的名字？”他很明智地没有说出口。

“嗨，玛丽·黛。”他说。话说出口很奇怪，生硬而呆板，就像他在课堂上回答问题，而且他还不清楚自己知不知道答案。她穿一件粉色意面条纹的衬衣和剪短的牛仔裤，没戴胸罩。她的乳房——尽管他没有刻意去看，但还是看见了——实际上还挺小，挺简单，完美。

她冲乐队做了个手势：“他们不错。”

“我也这么认为。”他说，心里想的却是他对他们其实没什么特别评价。他们或许挺好，或许挺糟糕，但现在他知道了——他们不错，“鼓手还真会打。”

“尼古拉斯·布朗，”她说，“我从学前班就认识他。他以前喜欢疯狂地挖鼻屎然后擦到短裤背后。”她大笑着用手掌拍拍额头。“我的天！这事儿说出来真糟糕。”她躺倒在草地上继续笑，“我好差劲。”

“你一点都不差。”

她收起笑容，但仍然躺在那儿，瞪着天空。“我喜欢李思，”她说，“你认识她吗？李思·亚历山大？”

他摇摇头。

“她有时候会来这儿唱歌，”她说，“美极了，很长的金发。她也是伯德文的。”

他又摇摇头。他真希望自己别再摇头了。他希望自己能知道点什么。

“快看。”她说。

“看什么？”

“快躺下来。”

他向后倒下身去，直到和她一起躺在草地上，她圆润的裸肩触碰着他。他没有呼吸，因为害怕吸口气就会把他们分开。他已经爱上了她。毋庸置疑。他想向她表忠心，只要她一声令下，他就会去偷辆车、轧条狗。

他向上望。

“看到那棵树的树枝是怎么插进云的屁股里的吗？”她问他。

“看到了。”

“看上去就像插在竹签上的棉花糖，等着让太阳烤一烤。”

“是的，真的就是这么回事。”

而且他也并不只是说说，看上去真的就是这么回事。他自己绝对想不出来，但现在听她这么一说，他看得真真切切。插在竹签上的棉花糖。他们安静了一分钟——完完整整的一分钟。布隆夫曼那时候就已经是个人肉计时器了。他能感觉到时间，就像有些人的耳朵有固定音准一样。

然后她开口了。

“你爸妈给你起了个车的名字。”她说。

“抱歉，你说什么？”

“爱德塞尔，是那款旧车，不是吗？”

“家里有人叫这个名字。”

“我明白了。”他注视着她，她仍然看着天空。“家里人的名字挺奇怪。”她说。

“亨利·福特的儿子就叫爱德塞尔。”布隆夫曼模仿着他妈妈的话，他听她这么理性地解释过上百遍。“我的外公是爱德塞尔·福特的挚友。”

“那就不是你家里人的名字，”玛丽·黛说，“那就是别人家有人叫这个名字。”

“哦，是的。我想是这样。”布隆夫曼说，然后他们大笑起来，不停地笑。

现在她的胳膊更频繁地靠在他的胳膊上，就这么持续了一个小时。他们漫无边际地聊着天——灰尘夹在脚趾中间的感觉，怕痒的草，云可能的味道，地铁上最棒的恶作剧，还有可恶的华生夫人——伯德文中学的校长。这是布隆夫曼与他妈妈之外的人进行过的最长的交谈。

然后她停了下来，他也停了下来，他们让摇滚乐侵袭过来，直到布隆夫曼确认她是在注视他。他轻轻侧过头，是的，是的，她是在注视他，她的脸离他那么近，他都能感觉到鼻子上她的呼吸。她的嘴唇粉红而湿润，她的脸颊缀着雀斑。她的睫毛长而浓密，几乎可以接住雨点——眼睛的雨篷。

“那……”布隆夫曼说。

她牵起他的手——不用看就找到了手的位置，呼吸浅而短促。“你身上有我喜欢的地方。”她说。

“什么？”

“我说你身上有我喜欢的地方。你的一切。一切。你是个人。”

“我不明白你的意思。”

“我也不明白！我只是这么觉得。”

但她没有哈哈大笑，她对他微笑。他们都不明白她是什么意思也没什么，真的没什么。

他再也不想说什么别的话，说不出。他们的目光交织成永恒的注目，他沉浸在她的目光里宛如陷入牵引光束。她的手指抚过他的脸颊，一直到他的唇边，就像她试图用食指打开他的嘴角，但她并没有在那儿逗留。她勾勒着他下巴的轮廓，然后探索了他耳郭的内部构造，她这么做的时候一直观察着自己的手指，就好像她也不知道它下一步要干什么，只想要看个究竟。布隆夫曼看着自己躺在她身边，像片落叶般盘旋在他们上空。

“我吃了点摇头丸，”她说，“但你知道的，不多，就一点。”

“哦。”他说。他不是很清楚摇头丸是什么，但这对他来说不重要：“听上去不错。”

“是不错，”她说，“真的，我喜欢这种感觉。”

然后她说她有个朋友，或者是朋友的朋友，又或者是她姐姐的朋友。反正那家伙在公园旁边有个地方，一幢房子里的一个房间，她知道那家伙把钥匙藏哪儿了。“跟我走吧。”她说，她把他从草地上拽起来，然后他们一言不发地走，一步一步经过那段距离。钥匙藏在一块久经鞋底摩擦的黑色橡胶垫下，垫子上写着“欢迎”——欢迎，布隆夫曼，欢迎进入你未来的人生。他们走进房间。欢迎来到新世界，布隆夫曼，外面七月天的明媚衬得屋内异常昏暗，布隆夫曼什么都看不见。玛丽·黛点燃一根蜡烛。这个地方很简陋：地铺边有个蓝色的牛奶箱，一面墙上贴着一张破碎的海报，上面的摇滚明星布隆夫曼叫不出名字，但总觉得他应该能做到。墙角有一只寂寞的袜子。

“来。”她拉着他的手腕坐到地铺上，双臂环绕着他。她的身子紧靠着他，大口喘着气，她温暖的气息打在他汗津津的脖子上。然后，突然之间，她紧紧地抱住他，就像她即将穿过地板跌落深渊而只有他救得了她。这时，他能感觉到她满载的欲望，她的全身心，造就着她的坚韧与活力。

他回顾的时候总觉得一切那么不真实，但其实一切在发生的下一秒就已经不真实起来。他记得自己真的和她在一起的时候有多希望别去想和她在一起这件事，但哪怕是当时，一切正在发生的时刻，他都无法不去想象，未来会觉得这一切有多不可思议，多难以置信，和玛丽·黛在一起将成为他终生难忘的事。看着她就这样把她的衬衣掀过头顶，就像为他揭示一件艺术品。这场经历如果可以再来一遍，他愿意用一年生命来交换。真的，一年生命。

然后他失去了感知时间的能力。总是能感知时间的布隆夫曼——或者不是失去——终于摆脱了时间。不知不觉她已经解开了他的皮带，用她的脚脱下了他的裤子。接着，尽管他从未接受过任何类似的指导——从来没有，从来没人教过他，是不是应该由父亲教他这些事？——他发现自己正趴在她身上。一缕阳光从百叶窗的缝隙中炸了进来，空气稠密、凝结、闷热，有个风扇在转动。他记得风扇的声音，白色的塑料风扇并不能阻止他们汗流浃背。还有那只突然出现的黄猫，用疯癫的黑色眼睛瞪着他们。猫是从哪儿来的？与玛丽·黛面对面，四目相对，她把膝盖高高举起，弯曲双腿，用右手引导他进入她体内，左手轻轻扶着他的背。

但他知道出了什么岔子，哪怕他之前从来没干过这事。他知道一切对他来说发生得太快，还没有开始就已经结束。他还没完全进入她体内就已经射了。他进去了，至少他这么认为，从某种程度上来说。但到底有多深？一英寸？半英寸？更浅？可以科学测量的值？然后就结束了。她拍着他的背，很温柔地说："没关系，爱德塞尔。没关系。我们就在这儿躺一会儿。"

他下一次见到玛丽·黛的时候（两天以后？）她拥抱了他，还给他使了个眼色——神秘的眼色，类似“你知我知天知地知，永远，怎么样”的意思。

但这就是问题：他不知道究竟发生了什么，到现在都不知道。只有她知道。她现在在哪儿？或许在纽约，或许是巴黎，或者好莱坞。他再也见不到她了。他永远不能问她，他永远不会知道。肯定别人也有过类似的遭遇，但别人都有机会重新来过。但布隆夫曼没有。而且他再也没有找到藏在树后的鞋子，它们被人偷走了。

“至少你光着脚走了一趟，”黄昏时分，他妈妈来接他的时候说，“我猜那感觉不错。”

“是的，”他说，“我也这么觉得。”

第三天

寻找爱德塞尔

一、入室行窃

母亲生日第二天的早晨，爱德塞尔下楼的时候，在母亲一直称作“晨室”的那个房间的桌子上发现一杯橙汁。那并不能算是个房间，只是厨房里凹进去的一隅，里面放着一张小圆桌和一对柳条椅，春天和夏天阳光总是明亮地在此流淌。今天的阳光像泛滥了一般，他不得不眯起眼睛挪开视线让眼睛适应。窗户另一边的鸟食被松鼠捷足先登了。

“早！”传来妈妈雀跃的问候。

他坐到一把椅子上。她端上一杯咖啡：“加奶加糖，如你所愿！”——还捋了捋他头顶的头发，从他有记忆以来她都有这个习惯。

她坐下。她已经洗过澡，脸上画的脸谱不见了。她从桌上的一个碗里捡了两颗芥末花生朝窗户扔过去。窗框上突如其来的嗒嗒声吓跑了那些松鼠，至少吓跑了那么几分钟。

“它们快把我逼疯了，”她说，“完完全全彻彻底底疯了。”

但她没有疯。她很好——看看她！昨晚的妈妈去哪儿了？或许事情并没有看起来那么糟糕。或许她只是经历了一次极小的、完全无害的中风。他听说那就像大脑中的减速包，完全没什么可担心了。

“好了，亲爱的。”她说。

他吮着果汁，抬起眉毛。“嗯？”他说。

她有话要说。这就是她引出重要话题的方式。

“你搬去新公寓的时候，我猜你是登记了我的名字，作为你的紧急联络人。”

“是的，”他说，“除了你我还能写谁？”

“很好，”她说，“当然。只是——你们公寓的楼管，他叫什么来着……我记不住他的名字。”

“安迪克特，”他说，“他给你打电话了？”

“就几分钟前。”

布隆夫曼等着。他妈妈飞快地站起身，从吐司机里救出面包——烟感亮了——她把吐司放到一个小盘里，刷上黄油。

“那个，大概是这样的，”她说着，温柔地把盘子放到他面前，“你昨晚遭入室行窃了。”

“我的公寓？”他说，就好像他还有很多其他地方可以遭劫似的——夏季别墅、私人游艇、仓库……

“恐怕是这样。”

她摸摸他的手。

“太糟糕了。”他说。他毫无目的地站在那儿——紧急情况下总不能坐着吧——然后他看看母亲说：“我得马上过去，对不对？”

他总是征求他妈妈的意见，这就是为什么昨晚对他来说特别艰难——他知道以后再也不能这么做了。但今天早上她看上去又能帮他拿主意了，最后一次。

“你得去，但你去之前我有个亲身经历的故事要分享给你。这儿也被入室抢劫过，就在不久前。”

“你从没告诉过我。”他说，神情紧张起来，“你为什么不告诉我？”

“我不觉得你会想知道，但如果你想我就告诉你。他太帅了。我穿着浴袍，我去给他开的门。我听见他在撬锁。他进屋来，我打开了我的浴袍，这时候我才意识到他其实是给我修车的那个人，而且我一直知道他想要我。他把我推到墙角，然后我们，嗯，吻了起来。”她冲他眨眨眼。

“哦，妈妈，”他说，叹了口气，“你不太舒服吧。”

“我很好，宝贝，”她说，“现在像风一样跑起来吧！艾克伯格先生还没报警，让你自己决定。拿上你的吐司。”

他拿了吐司，开车回到国王公寓，小口小口地在聚光灯下咬着松脆的吐司。世界在他周围分崩离析，面包屑在他的唇边聚集。

二、女警官

他在公寓门口的空地上停了车。那里完全没有人——安迪克特先生去哪儿了？——他的门大敞着。他愣在那儿，几乎受到了惊吓，就好像灵魂出了壳，站在一旁看着自己的肉身走了进去。或许没那么糟，他心想，或许他们只拿走了几样东西。

不对。他们全都拿走了：烤箱、零钱罐、白色塑料闹钟、挂壁式电话机、古董脚凳、坐式电视机——目标网[1]上一百二十九美

[1] Target：美国购物网站。

元买的，带遥控，内置 DVD 播放器——好东西，几乎全新。他们拿走了，他的刀叉勺（他有两套），还有牛排刀，还有他分苹果的刀。他们连他的苹果都拿走了。失窃清单无止无尽：用剩半卷的厕纸；一管已经参加战斗的佳洁士；德国啤酒、毛巾、他最心爱的枕头、他的牛仔帽——是的，他的牛仔帽，他们连这也拿。要不是发现它不见了，他几乎都把它给忘了。这顶塞在卧室大橱一角的牛仔帽——现在对大多数成人的头围来说都太小了——是他童年留存的唯一纪念品，或许是他一生中的唯一纪念品。虽然现在可能已经够格成为古董了——如果从它被生产出来的年份开始计算的话，它其实一文不值，只是正中别着一枚银色星形警徽的牛仔帽；在“儿童牛仔帽”市场上，它可能还值个两毛五。但他们连这也拿走了。他们唯一没有拿走的是那个装了他收集了十年广告圆珠笔的罐子。他收集了近一百支。好几支都是寄来的——斯考特水管公司就寄过一支，还有本地的房地产公司也寄过——其他的都是他从收银台的展示盒里拿的。比如科隆迪克轮胎服务和卡麦洛特唱片店。看上去都在，窃贼一定没有看见它们。布隆夫曼并不认为窃贼看到了它们却故意留了下来。

布隆夫曼报了警。当然得报，马上报。不到十五分钟，一辆黑白相间的巡逻车就缓缓驶进他家这片“不毛的小区”。然后又来了一辆。两辆警车！挺神奇的，真的，为此他们派来了两辆警车！为了他！布隆夫曼站在公寓门口的水泥平台上看着一位警察从他的车里出来，动作迟缓，看上去像是小睡初醒。布隆夫曼站的地方应该算是门廊。他租公寓的时候楼管在这儿放过一把金属椅，就好像有人会在这里消磨个把小时的傍晚时光似的——喝个啤酒，抽个烟，看看双车道高速路上隆隆的车来车往。但这儿不是门廊，不过是一块铺着厚厚一层黏土的混凝土板，微小的蚁丘，蛇身粗细的黑洞，长着几十根野草。

警察站在那儿，伸展一下身子，布隆夫曼看着他挺直的时候才意识到：他根本不是个“他”，“他”是个她。警察女士，布隆夫曼心想，然后他更正自己，女警察。他之前当然也见过女警察，电视上，生活中，都见过，远远地。但他敢肯定自己从来没这么近距离地见过，更不用说交谈了，然而此刻他正要这么做。他忍不住觉得这是某种征兆：或许他遭入室行窃是有原因的，因为这么短的时间内他又要和另一个女人近距离地接触，这不亚于是个奇迹。她慢慢地靠近，边走边扫视了一下公寓大楼，她的表情混杂着无聊与厌恶。更近一些，她不能更简约地和布隆夫曼打了招呼，深深久久地吸了口气，失望至极，然后挥手让另一辆车离开。布隆夫曼知道这是什么意思：在正式涉足犯罪现场之前她就明白，哪怕最糟糕的情况发生，也不至于需要另一个警察插手。

女警察走到路沿上，慵懒地摘下墨镜。她留着沙黄色的短发，颧骨高耸，下颌有力，没有化妆的样子很像假小子。她一点都不孱弱——看上去壮实得像头牛——但近看完全不会被误以为是个男的。很快——尽管他其实并不想这样——她穿着半透明无袖衬衣和花裙、踩着小高跟红鞋的样子就出现在他眼前。就这样，把她从一个铁面无私的执法者变成了一个女人，就像小说或戏剧中常出现的那样。布隆夫曼相信别的人会有不同的人格，尽管他自己好像并没有。她踩着老西部片里警长惯有的稳健缓慢的方步，沿着破旧的人行道走过来，就像个见多识广的“老鸟”——天不怕地不怕，六亲不认，除了多年前的心上人，无牵无挂，孑然一身。她的目光穿过他，或是绕过他，反正没有直接落在他身上。布隆夫曼把重心从一只脚换到另一只，怎么都不舒服。她为什么不看他？或许是因为她还沉浸在犯罪现场里——入口、出口、蛛丝马迹，在她洞察秋毫的专业头脑里拼凑起来。

她从容地走上前，伸出手，布隆夫曼上前握住。他预见到了强大的握力，但尽管如此，她还是让他吃了一惊。她差点压碎了他的指关节，再使点劲他就给跪了。

“斯坦顿警官。”她说。

“布隆夫曼。”他说，她等着。“爱德塞尔·布隆夫曼。”

她把他的名字写到小纸板上。

她指指布隆夫曼的公寓：“出事地点是这儿吗？”

“是的，”布隆夫曼说，“昨晚。我不在。”我回娘家了，他差点说出口。

她从他身边经过，与此同时，他闻到一阵香气。他完全不知道是什么，但很好闻。他很好奇在警局里会不会有人因此揶揄她：斯坦顿今天闻起来像朵花儿。或许她是要抓偷蜜的蜂儿。他紧紧挨着她。布隆夫曼比斯坦顿警官高个一两英寸，还有，谁知道呢，可能还比她大个两三岁吧。他这个年龄很难确定比自己小的人到底有多大。他还不太能接受他的晚辈可能已经成年，甚至都有了孩子这一事实。这儿就有一个，她是个警察，配着枪挂着手铐，但她的手指上没有戒指。布隆夫曼在想象中拍了拍自己的背，提醒自己注意这一点——这个细节几天前他根本不可能看在眼里。他想打电话通知卡尔拉·达·安琪罗。

她慢悠悠地从一个房间晃到另一个房间，布隆夫曼跟在后面。布隆夫曼从来没有访客——从来没有——现在终于有人来了，他这才意识到他的家有多破，多苟且，多像美洲原住民的临时茅草棚。她嘴里在嚼着什么东西，下巴周围的肌肉波动着。口香糖？嚼烟？很难说。

“昨天晚上发生的？”她问他。

“是的，”布隆夫曼说，“大概吧。我昨天一天都不在，我一回来就立刻报警了。”

“懂了。”斯坦顿警官瞥了一眼卧室，然后看了看更小的次卧，那里完全空了。她在那儿站了一会儿，吹了一声口哨。“哇，”她说，“他们真把你洗劫一空了呀。”

“哦，那儿本来就什么都没有。”

“什么都没有？”

他点点头：“连个空盒子都没有。”

“电脑？”

“我没有电脑。”布隆夫曼说。

到这儿以后头一次，斯坦顿警官停下来转过身看着他，就像狂欢节上突然被路边杂耍吸引过去那样：“你没有电脑？”

布隆夫曼点点头。

“连台老的都没有？笔记本？”

“我上班才用电脑。”他说，就好像有人在试探他。他开始出汗。“发邮件，上网，整个因特网，我办公室都有，想不通为什么家里还需要一套。”但现在他觉得自己应该有一台电脑，他没有电脑是个错误，因为没有电脑这件事给了她一个灭他灯的理由。

斯坦顿警官点点头。“没问题。”她下巴的肌肉颤动了一下，“我觉得电脑霸占了我们脑子，一点一点侵蚀它。某天早上我们醒来，它们已经占领了一切，因为我们自觉自愿地全都拱手相让了。”

“好可怕。”布隆夫曼说。

她耸耸肩。“现在听着是很可怕，”她说，“但到时候就不会了。我们都无所谓了。我们连怕的脑子都没有。”

她参观整个公寓花了一分钟，之后她从后插兜取出汗渍斑斑的迷你记事板，草草写了几笔。布隆夫曼试着看看她写的是什么，但她总是用一只手挡着，就像是在打牌。布隆夫曼并不是非得看到上面写的什么才能知道她的想法。她和他想的一样：为什么会有人想犯这么荒唐的事儿？连布隆夫曼自己都觉得，哪怕经过一片卖他这些破玩意儿的跳蚤市场，哪怕跟前插着大大的牌子，上面写着“免费”，他都不会停下来看一眼。他的东西都很廉价，都是旧货，无人问津。布隆夫曼就是那些再过几周或是几个月就要扔掉的东西的归宿，布隆夫曼是“破烂收容所”。

“我猜这也不算什么‘世纪大案’。”他说。

她笑了。他还挺幽默，不知道她会不会这么想：我喜欢幽默的男人。“二十一世纪才刚刚开始，”她说，“不过你说得对。”

他们站在狭窄的门廊里，家徒四壁，除了那些敲过钉子的地方留下的洞。那些是本该挂画的地方，那是他的目标——画。

“我猜你从没遇到过这种事。”

“没有，”他说，“从来没有。”

“很遗憾，”她说，“第一次遇到这种事的时候我都想要——好吧，这么说吧，我从没那么生气过……也不知道怎么形容，但这就是生活，不是吗？这就是为什么我还有活儿干。”

“为什么？”

“因为有状况发生，诸如此类的状况。想象一下一个不需要我的世界。”

“你？”

“警察，”她说，“执法者。和我们身处的世界完全不一样，对不对？”

“完全不一样。”他说。

“拿着，”她说，“这是我的名片。”

“你有名片？”

“我有。”

他接过来看了看。名片的正中央，大号字母印着她的名字：塞莱娜·斯坦顿。

“塞莱娜。”他说。

“所有失物列张清单，特别是你有序列号的财产，或是收据，都写下来。扫描一下作为附件发到我邮箱里。”

“扫描一下，作为附件？”布隆夫曼说。他天天在打印机上干的都是这些活儿。他最擅长扫描附件了。“没问题。”他说。

她又四下看了一圈，布隆夫曼注意到她坚毅的眼神似乎柔软了一些。“说实话，布隆夫曼先生，”她说，“我也不知道你还能不能见到你的财产。有些很棘手的案子需要跟进，还有好多别的案子，好多更……好吧，我直说了吧，更重要的案子。我们人手不够。”

“当然。”布隆夫曼边说边跟着她出门，“我完全明白。谋杀、绑架、敲诈，这些案子优先。”

“我是说我们可能永远不会知道是谁干的。”

“我明白，”布隆夫曼说，“但要是我知道呢？”

“抱歉，你说什么？”

“如果我发现是谁干的，我是不是该打你电话？还是该自行解决？”

斯坦顿警官——塞莱娜——久久地看着布隆夫曼，想要读出下文。她眯起眼睛：“你知不知道是谁干的，布隆夫曼先生？”

布隆夫曼摇摇头，用鞋尖敲敲柔软的停车场柏油地面。“不知道，”他撒了个谎，“但要是我搞清楚了——”

“打电话，”塞莱娜说，“你有我的号码。”

“所以我可以打你的电话？”

“我刚说了你可以。”

“好的，太好了。谢谢，太感谢了。哦，还有一件事。”她等着，弯起眉毛。“你的笔。”他说。他注意到她的笔身上刻了字：伯明翰警察局。后面还有地址和电话号码。

“怎么？”

“能给我吗？”

“我的笔？”

“是的，”他说，“我在收集——笔。”

他微笑起来，涨红脸：他知道这听上去有多傻，但他真的很想要她的笔。

“不行，”她说，“不能给你我的笔。对不起。”

“懂了。”他垂头丧气地说。

"我想给你来着，但我就这一支。"

"懂了。"他又说了一遍。

然后她坐进车里，车开走了。布隆夫曼就这么看着她离开，冲她挥手，就像她是他的家人——表妹，或许吧——一直挥着手，直到她的车融入傍晚的车流中，消失。他有她的电话号码，在名片上——第一次有女人主动给他名片，但过去三天内，这已经是第二次，他的命运可能会因为一张名片而改变。

他踱步回到自己的公寓里，看看这个曾经堆满东西的地方。他清清楚楚地知道这是谁干的。一旦找到证据他就会给她打电话，然后他们会见面喝咖啡，他会把那个消息告诉她。

三、维修人员

是托马斯·爱迪生干的。是托马斯·爱迪生偷了布隆夫曼的东西。他还没有证据，但对此深信不疑。他知道如果他让斯坦顿警官去搜托马斯·爱迪生的公寓，她肯定能找到所有东西。他的电视机、他的餐具、他的牛仔帽……还有苹果。但布隆夫曼想自己动手解决这件事，这对他来说很重要。感觉就像整个宇宙在考验他，等待他做出回应，虽然他感觉自己就像个三天大的新生儿。他报警是为了让他的邻居知道他不是孤身作战——要让对方心惊胆战，他妈妈总是这么说。但斯坦顿警官来访的时候托马斯·爱迪生好像不在家。他的公寓里是暗的，出奇地安静。他一整天都不在，晚上也没回来，第二天早晨布隆夫曼出门上班的时候他也没有坐在门廊上抽烟。

工作是一场麻木的舞蹈，按部就班地机械重复，布隆夫曼毫无困难地完成这一系列动作——整理文件、群发电邮、接听电话——但事实上，他脑子里只有那场深夜不可避免要发生的冲突。他在脑子里过了六七遍可能发生的情境，其中一个情境里有人挥了拳头——如果拳头是派这个用场的话——另一个情景里他让托马斯·爱迪生痛哭流涕。但他的计划大概是这样的：当晚下班后布隆夫曼会直接去托马斯的公寓，敲他的门——用什么方法解决他还没决定，但他会证明他的邻居对这起犯罪事件负有责任。轰。完事。托马斯会道歉，归还布隆夫曼的东西，然后他们的生活将继续。布隆夫曼将通过考验，进入下一个环节，然后是再下一个。这就是成为世界一部分的后果，世界会为你找事做。

他提前几分钟离开办公桌，希望赶在晚高峰之前出发。但今天坐电梯花了比平时更长的时间，到底层的时候他已经丢掉了之前争取来的所有时间。克兰斯顿大厦的大堂里三个维修人员占据了原本属于希拉·麦克纳布的办公桌。电脑不见了，还有电话控制台，除办公桌之外的所有东西都没有了。

“嗨，我说，发生了什么事？”布隆夫曼问个子最小的维修人员。维修人员让他害怕，特别是大个子维修人员，所以三人中个子最小的是最安全的。

他错了。

“我有没有站在你的办公桌旁问你发生了什么事？”

“没有，”布隆夫曼说，“对不起。我——”

“别那么蛮横，斯图亚特。”三人中个子最大的那个说。他对布隆夫曼说：“我们在搬桌子。”接着对斯图亚特说：“这么说很难吗？”然后又对布隆夫曼说：“一切都自动化了，所有东西。”

“至少我们还不是机器人。”布隆夫曼说。

“可能我们就是，只是我们自己不知道。”

“我不这么认为。”布隆夫曼说。他意识到，这正是一个不知道自己是机器人的机器人会说的话。但如果他真是个机器人，那他就应该相信希拉·麦克纳布这个人已经从他的机器记忆中删除，而搬走她的桌子——这个每天提醒他的东西——是彻底消除记忆的又一个步骤。

但曼吉奥尼先生正靠在大堂柱廊的一根巨型大理石柱子上监督着整个过程。曼吉奥尼先生是克兰斯顿大厦的经理，一个来自意大利巴勒莫的灰头土脸的中年人，秃顶、矮胖，但布隆夫曼还是为他俗气的口音所折服。

布隆夫曼朝他走过去，把要说的话都倒了出来。

“曼吉奥尼先生，你好，我是爱德塞尔·布隆夫曼。看上去他们是在移除办公桌。我猜，是改革的时候了，克兰斯顿大厦正式进入二十一世纪。”

“看来是的，”曼吉奥尼说，“看来是的。”

他举着个装满咖啡的迪西纸杯，看看布隆夫曼，再看看维修人员，然后优雅地吮着咖啡。

布隆夫曼设计了一下下一步动作。

“是这样，我刚好想起来，那个之前在这儿工作的女人，”他说，“她怎么了？”

“啊，希拉，”曼吉奥尼说，“可爱的希拉，疯狂的希拉·麦克纳布。”

“等等。什么，她很疯狂？”

曼吉奥尼耸耸肩。“好女人，”他说，“可爱。不过我觉得吧，有点‘今天这样，明天那样’是毛病。有时候她都不肯接电话，理由是她脑袋里的声音已经够多了。但是这里的‘疯狂’，或许不是贬义的那种疯狂。”

“褒义的疯狂是什么？”

曼吉奥尼又耸耸肩。“大多数情况下，她还是很有意思的，”他说，“这大概就是我的看法。她很有意思，非常有意思。”

这让布隆夫曼松了口气。她当然很有意思，这听上去好过疯狂，但他也能理解有人会觉得她更接近后者。

“也不知道她去哪儿了。”布隆夫曼说，似问非问。

“希拉？”曼吉奥尼说，就好像他们从没有谈起过她，“不知道。”

“我想你也没有她的电话号码什么的吧？”他说，仍然不像在问问题，特别是他特别想知道的问题。

曼吉奥尼这才真的打量起布隆夫曼来，眯起眼。他使了个邪恶的眼色。“啊，这下我懂了，”他说，“布隆夫曼和希拉，树下排排坐。”

“没那回事，”布隆夫曼说，“真没有。”

“青青。”

“亲亲。”布隆夫曼纠正道。

“什么？”

“前鼻音，亲亲。”

“谢谢，但我不能告诉你她在哪儿。不能说，这是规定。”他双手摊在跟前，铐着想象出来的枷锁，“我要是告诉你了，他们就会把我关起来。”

“当然，”他垂头丧气地说，“我明白。”

“我要是告诉你了，你去找她，把她碎尸万段了怎么办？他们会来找我，说：‘是你告诉那个杀人犯她的住处的吗？’我可不想这样。”

“我不是杀人犯，”布隆夫曼说，“如果这有任何关系的话。”

“很好。不是就好。”曼吉奥尼笑道，拍拍布隆夫曼的背，就像意大利人的习惯动作，“最好还是让她随风去吧。”

“哦？为什么这么说？”

“我不知道，”他说，“她可能太有意思了一点。”他意味深长地看了布隆夫曼一眼，从上到下打量了一番：“对你来说。如果你听得懂我说的话。”

布隆夫曼点点头。“我听着呢。”他说，然后转头看了看希拉随风去之前曾经待过的地方。那儿已经空无一物。空无一物。

四、野兽的胃

回公寓的路上，布隆夫曼试图想象自己敲托马斯·爱迪生家门的画面。这是他要做的第一步。但哪怕这小小的行动似乎都难以想象。他之前从没做过这事，他也不知道在这样的情况下他是否能鼓起勇气做到。

所幸，他并不需要敲门。布隆夫曼开车进来的时候托马斯·爱迪生正坐在门廊上。他在抽烟，消磨着时光，像个暂时逃避世间纷繁压力偷得半日闲的人。今天他穿着汗衫——胸前图案是一辆褪了色的老式拖拉机，背后是这辆拖拉机的设计者的名字。这件汗衫布隆夫曼见过好多次。

“布先生！”布隆夫曼走上前的时候他高喊道，就像他们是亲密无间的好友。事实上，他们还真是。在这一切发生之前，布隆夫曼一直把他当朋友看待，就像很多有特殊共同爱好或经历的人以朋友相待一样。对托马斯·爱迪生和布隆夫曼而言，他们的共同点就是他们住的大楼——国王公寓，他们在那儿分享着日复一日的生活。这就是为什么这事很伤人，他对布隆夫曼做的这事，因为这下他们就做不成朋友了。“布先生，”他又说了一遍，“一向那么准时。如果我有个表，我一定会把它调成‘布隆夫曼时间’，肯定总是准的。”

托马斯微笑起来，就像连他自己都惊讶于自己的智慧，然后他盯住布隆夫曼的眼睛，直到布隆夫曼觉得他不得不也跟着笑一笑。托马斯·爱迪生比布隆夫曼认识的任何人都更擅长与人保持眼神接触，这让他神经紧张。但是——哈！他随口这么一提他的日程安排，显然他很清楚布隆夫曼什么时候不在家，什么时候回来。他很了解，所以可以顺利地实施抢劫而毫不担心被撞见。结案。

“我说，阿托，”布隆夫曼说，语气尽可能和缓，“都好吗？”

“不好也不坏，”他说，“一如既往。”

布隆夫曼点点头，托马斯长长缓缓地抽了一大口烟——大得有些吓人。他闭上眼睛，享受着渐渐消退的快感。然后他低头看起了他的手机——手机放在他大腿右侧的地板上——尽管手机并没有发出任何声音。然后他用食指弹掉烟灰，把还在冒烟的烟蒂扔进马唐草丛中，叹了口气。这个信号布隆夫曼懂：他们的会议结束了。

但它并没有结束。布隆夫曼鼓动的心跳证明了这一点。

“我被抢了。”布隆夫曼说。

托马斯·爱迪生机器人似的朝布隆夫曼猛地扭过头来。“什么？”他说，“真见鬼！”哦，他对这个消息很吃惊，非常吃惊，难以置信地吃惊。布隆夫曼要是说“我是个外星人，我的真实形态要大得多，绿色的，摸一下会中毒”，他的表情大概也就是同样程度的震惊和困惑——这种事情居然会发生在这么美好的世界里？！在国王公寓？！“哦，老兄，”他说，“太可怜了。他们都拿走了什么？”

“好多东西，”布隆夫曼说，“我的东西不多，但我有的他们都拿走了。不管‘他们’是谁，警察昨天来过了。”

“警察？”

布隆夫曼点点头，让这句话溃烂开。这下他抓住了托马斯的注意力。托马斯瞥见了他的未来：戴手铐、按指纹、受审、判刑。只需要这句话，这个别人都穿着汗衫他却光着膀子的硬汉在布隆夫曼钢铁般的注视下像一颗偷吃剩下的苹果核，在停车场中央慢慢蔫萎。布隆夫曼拽住了他的领带，让他咽不下这口肉——这口潮湿嫩滑的肉。

“斯坦顿警官？”托马斯问。

“是的。你又是怎么知道的？”

“这地方这么小，”他说，“迟早大家都会认识。收银员，药剂师，警察。”

“我想是的。”布隆夫曼说。

“她可是个尤物。”托马斯·爱迪生说，“你告诉她我现在住在这儿？”

“没有，”布隆夫曼说，“我为什么要告诉她？”

但托马斯没有回答。他又点了一根烟，他的背驼了下去，就像整个世界都压在了上面。他摇摇头：“很抱歉，布先生。我被抢过，很惨，惨绝人寰。他们拿走你的东西，你所爱的、努力挣来的一切。但他们还拿走了别的东西。不止这些，你知道吗？他们拿走了你内心的东西。”托马斯摸摸揣着内心的胸膛。

布隆夫曼点点头。一丝金色的阳光穿过树枝结成的网洒在托马斯·爱迪生脸上。他的脸像从一块硬木中雕琢出来的一般，粗犷的斧凿，他的颧骨高耸而粗糙，颧骨上方是眼睛，摇摇欲坠的玻璃珠般，浑浊的褐色。他的脸颊很暗沉——抽烟过度，布隆夫曼想——他的鼻子一直到向上翘起的鼻尖之前都几乎是完美的，让他看上去像个妖精——危险的妖精。

“我以前从没被抢过，”布隆夫曼说，“我知道这在别人身上经常发生，但我从不认为我会被抢。”

“就是这样。”托马斯说。

“什么就是这样？”

“没人觉得自己会遭遇什么坏事，然后就赶上了。被龙卷风卷走的人不会飞在天上想‘我就知道这会发生’，但它就这么发生了。你以为我的人生规划里有失业、独生、负债累累、和布先生聊天这一茬？我不是埋汰你啊。”

“无所谓，”布隆夫曼说，但其实他还是有那么点在意，“我也是这么觉得的。一模一样，就像我不在你的人生规划里一样，你也不在我的规划里。”

事实上是，他们俩都没有什么人生规划。布隆夫曼都不知道什么是人生规划，也不知道该怎么规划，更不知道为什么要规划。人生不是可以规划出来的。就像托马斯·爱迪生说的那样，人生总是出乎意料。人生就是龙卷风。

“阿托。”布隆夫曼说。显然，托马斯听得出他的言下之意。谁都听得出这言下之意：我将要提出一个严肃的话题，这就是布隆夫曼说的话，你听好了！

他看着布隆夫曼，而布隆夫曼仍然俯视着他，就像父亲教训儿子。托马斯盯着他的眼神坚定不移，这次布隆夫曼也没有退缩。这就是直面恐惧的布隆夫曼。

“阿托，”他又说了一遍，“是不是你……”

托马斯·爱迪生等着后半句话，但后半句话再也没说出来：“什么？是不是我什么？”

“是不是你……”

他说不出口。他只能欲言又止。而托马斯——就像其他所有人一样——听得懂。

“哦。”他说，大笑起来，就像受到了嘲弄，就像有人在他头上倒了一大坨屎，屎很臭，但他到如今已经习以为常。“你觉得是我干的？”

布隆夫曼既不肯定也不否认，就这样，他一言不发地默认了。

托马斯转开视线。布隆夫曼之前从没在这种对视较量中胜出过。感觉好极了，感觉朝正确的方向又进了一步。托马斯轻轻前后摆了摆，摇摇头，叹了口气。他吐了口唾沫，然后站起来，转身，打开他的公寓门。“你来不来？”他说。

“什么？”布隆夫曼问，“来哪儿？”

托马斯挥动了一下右臂：“屋里。我想给你看看。”

布隆夫曼那颗已然飞快跳动到危险程度的心脏，又一次提速，惨烈地怦动起来。他感觉心已经跳到了喉咙口。要是他现在吐了——并不是完全不可能——吐出来的肯定是他那颗炸裂的心脏。

他慢慢走进野兽的胃里。

之前他从没进过托马斯·爱迪生的房间，但他发现里面和他想象的也差不多——异常杂乱：垃圾箱满溢；捏扁的啤酒罐散乱在咖啡桌边缘；破旧的格子呢沙发和一张老皮椅；烟灰缸；瓶盖；底部残留着半英寸高啤酒的塑料杯，装满了潮乎乎的烟蒂，也不知道他都抽些什么。凌乱像是永恒的。地板上都是纸屑，凑近了看布隆夫曼才看出来那是撕碎的票根。角落里有一棵迷你圣诞树，某种塑料做的，还挂着五颜六色的小灯珠和破碎的糖棍。快乐、喜悦、光明，这棵小树正与这个肮脏严峻的魔窟陷入一场无休止的战斗。

“对，好好看看。”托马斯说。

“阿托，我——”

“我认真的。到处都看看，任何地方。看看这儿有什么是你的东西。看看我的衣橱里、抽屉里、橱柜里——妈的，冰柜里也看看。”

“但是——”

“求你了，”阿托说，“为了我。”

布隆夫曼看看四周。“我什么都没看到。”他说。

“没有？或许我藏起来了。到卧室里看看。别害羞，过来。”

卧室？离门更远了，离逃生的出口。但布隆夫曼还是跨过几双鞋、一堆衣服——T 恤、牛仔裤——跟着托马斯进了他的卧室。床？地板上只有一个床垫、一条床单、一卷毛巾——算是枕头。

“怎么样？”托马斯·爱迪生问他。布隆夫曼摇摇头。托马斯打开橱门：“这儿。看看，好好看看。把头伸进来。”

布隆夫曼看了。衣橱里什么都没有，连个金属衣架都没有。

“我知道你在想什么，”托马斯说，“我已经销赃了。但要是我不想留着自己用，我偷它干吗？又卖不出去。那台电视机？我能卖几个钱？大概也就五美元？”

“你怎么知道电视机也被偷了？”

托马斯让这个问题悬了一阵子，考虑了一下他回答：“要是有人闯进你的公寓，他们绝对不可能留下电视机，哪怕它很破。我说得对不对？”

圆得好。“我想是的，”布隆夫曼说，“我想是的。”

“那我们没事了？”托马斯说。

布隆夫曼也想没事，他比谁都想没事。但他注意到厕所的门是关着的，他没有看过厕所。他已经入了虎穴，也就无所顾忌了。

“那里有什么？”布隆夫曼问。

“哪里？”

“厕所。”

“只是厕所，伙计，”托马斯·爱迪生说，“你什么意思，里面会有什么？水池、淋浴、坐便器。就这些。而且很恶心，所以……”

布隆夫曼什么都没说。

“我们不进厕所，布先生。”托马斯说。

布隆夫曼毫不动摇，十分勇敢——也可能是麻木了。现在他无法直视托马斯·爱迪生的眼睛，害怕他会看见什么。

“你想让我打塞莱娜电话？”他说。

“谁？”

“塞莱娜，斯坦顿警官。”他停顿了片刻，“我有她的名片。”他说。

托马斯·爱迪生显然掂量了一番他手中的牌，做了点复杂的心算。然后他耸耸肩，妥协了。

“去他妈的，布先生，”他说，愠怒，极不情愿地点了头，“去吧，你他妈自便。送死去吧。”

就在这时，情况失控了。

他打开门，里面有个男人——乍一看像个小男孩，他个子很小，很袖珍——从坐便器的盖子上跳了起来，慌慌张张摸起放在浴缸边缘的枪。布隆夫曼从没亲眼见过一把枪，枪很大，比他想象的大得多，比一只小猫还大。洗手池对面是一块长塑料砧板，上面一堆大的白粉金字塔堆在几堆小的白粉堆和几堆更小的白粉堆之间，另外还有些装满白粉的小塑料袋。布隆夫曼知道这是什么，当然了，他在电视上看到过很类似的东西。毒品。小个子男人在弄毒品。他大概二十过半，白色无袖内衣下露着黝黑的皮肤，张牙舞爪的文身，脸颊上都是痘痕。

他手里握着枪，但他没有举起手。他的手在颤抖，就像它想朝布隆夫曼开枪，但手臂不让它这么干。

“阿托，”男人用尖锐的嗓子大声说，“这他妈怎么回事？！”

“没事。”托马斯说。他咧嘴大笑起来，但连布隆夫曼都不吃他这套。托马斯也害怕。“真没事。这是我的邻居，布隆夫曼——我叫他布先生，是个挺酷的家伙，对不对，布先生？”

布隆夫曼很想表示赞同——这好像是他的最佳选择——但他的脑子已经停了，事实上他并不怎么酷。小个子男人举起枪，又放下。这下他全身都颤抖起来，他真的想朝布隆夫曼开枪。他想杀了他，显而易见。

男人咬着嘴唇不让自己爆发，反正在布隆夫曼看来是这样。“他妈吓死我了，”他说，“阿托，你觉得这很好玩？一点都不好玩。这是生活，这也是一场战争，这是活生生的战争，战争总是会有伤亡。”他瞪着布隆夫曼，然后瞪向托马斯：“那我们还干不干了？没事了吗？没事了吗？这算他妈没事了吗？”

“没事了。”托马斯说。

“没事了，”布隆夫曼说，“什么事都没有。”

男人看着布隆夫曼，充满恶意，就像想要咬他似的。他没有咬他，而是把枪口捅在了布隆夫曼的肚子上——还挺重，痛，刺痛——布隆夫曼倒退了一步。“这都不是子弹，”男人说，“很疼是吗？子弹更疼。你听好了，我给你留了颗子弹，刻上你的名字，以防万一。你他妈叫什么名字来着？”

“布隆夫曼。”布隆夫曼说。

“布隆夫曼？这他妈算什么名字？”

布隆夫曼想说话。他以为自己要说话，但什么都没说出口。他张开嘴，确实发出了些微弱的声音，就像临死的狗最后的呜咽。

“你想活命吗，布隆夫曼？”

“想，”布隆夫曼说，“我想，非常想。”

“那就拿出样子来。”小个子男人说完，一脚踹上门，“砰”的一声，离布隆夫曼的脸就差半英寸。

托马斯搂住布隆夫曼的肩膀，一手一边。然后，他的嘴唇凑到布隆夫曼的耳朵边，布隆夫曼能感觉到他呼吸的温度，他说：“我告诉过你我们不应该进去的。”布隆夫曼知道他躲不过托马斯的手掌。勇敢点！他想。但现在已经无济于事。他原可以拳打脚踢、鬼哭狼嚎、咬牙切齿，勇敢到飞起来，但他什么都做不了。他并没有天生神力。他的肌肉不过是装点骨头的围巾，而托马斯——他很强壮。他能打断布隆夫曼的腿，但他不会这么做。托马斯不会杀掉他，他只会让他生不如死。布隆夫曼就不该进来，现在他知道的太多了。布隆夫曼觉得自己快垮了，他的膝盖已经支持不住他的体重，他的心脏已经不再跳得那么疯狂。它停了。哪怕他想透口气他也透不过来，何况他都不知道自己是不是真想透口气。

托马斯·爱迪生拥抱了他。

“我罩着你，布先生，”他在布隆夫曼耳朵旁低声说，“你是我的邻居，伙计。你是我们一伙儿的。你被抢了，我也被抢了。如果赶上那破事的是我，相信我，我肯定先斩后奏了。”

托马斯不肯把他从怀里放走。“好的，”布隆夫曼对着他的肩膀说，“好的。谢谢，阿托。”

“想看看吗？”

“看什么？”

“我的枪，”他说，“格洛克[1]。比他那把大多了。”

“我想算了。”布隆夫曼说。

“能直接把人头崩下来。”

“真的？”

托马斯终于松开手：“把那个渣子从地球的脸上抹掉对我来说根本算不了什么。你被抢的时候我要是没出门找工作就好了。”

“没那回事，”布隆夫曼说，“你的确应该找个工作。你需要一份工作。”

“而你有一份工作，对不对？我罩着你，你也罩着我。这个——”他用眼神暗示着厕所门背后发生的一切，“——这不算什么。只是生意，仅此而已。但这不关你的事，更不关塞莱娜·斯坦顿的事。你那些破东西不在这儿，就这么简单。你以为在我这儿，但是不在。你错怪我了。”

“对不起，”布隆夫曼说，“我——”

托马斯用手托住布隆夫曼的下巴——他的下巴——然后把他的嘴合上。他闭着嘴。“你不需要道歉。我们就忘了这件事发生过——这一切。因为我懂。看看我，看看我是怎么活下来的。如果我是你，布先生，我也会以为是我干的。但不是我，不是。你

---

① 奥地利名枪。

懂我意思吗？”

托马斯松开他的下巴，布隆夫曼想微笑一下，但他能做到的只是抽动一下脸颊。“我懂你意思。”他说。他听人这么说过，他也总希望自己能说出这句话。尽管发生了刚才这一幕，能有机会说出这句话让他异常高兴。他彻底原谅托马斯·爱迪生了。“我懂你意思。”他又说了一遍。

五、马里奥

当晚没有枪战，没有音乐，没有任何真正的噪音。但这都没关系。布隆夫曼一个人在公寓里从一个房间踱到另一个空荡荡的房间，根本无法“放轻松”。他无法正常呼吸。空气无法完全到达肺的底部。他大口喘着气，汗水从他脸颊两侧滴下来，沿着胸口浅浅的运河流淌。他想象着一颗刻着他名字的子弹，要刻下他完整的名字，那颗子弹得有多大。这一切都不妙，大事不妙。

他得出门，于是他去了几个街区外的一家意大利餐馆。店名是马里奥，这让他想到许多年前他还是孩子的时候母亲带他去的一家店，每周日晚都去。马里奥并没有全世界最可口的菜肴，但那里的桌子都铺着红色格子塑料桌布，服务员打着领结，口音迷人，让这家店添了几分地道的意大利风情。其实布隆夫曼并不懂什么意大利风情，他从没去过。马里奥本人是个小个子西西里老头，牙掉得只剩三四颗。他总能让他的客人发笑。实际上，你不离开店，他绝不离开你。

偷偷摸摸地，布隆夫曼打量了一番别的顾客，他们的用餐方式跟他不一样。布隆夫曼吃饭只为了活下去，因为不吃会死，马里奥能提供足够的养料。对于其他人——家庭、夫妻、与父亲共进晚餐的中年妇女——吃饭是某种仪式，就像舞蹈；或者说，吃饭就像一场小型派对；又或者像重现某种我们远古祖先的行为，以分享食物来表达友好和爱。而布隆夫曼，只是往嘴里塞卡路里。

但意大利面真的很棒。吃东西总能让他好受些，不管吃什么。他念了念辣椒酱瓶子上的文字说明——只有两字“慎用”——想到了希拉。吃完以后他结账走人。

回家路上他冷静了许多，夜已降临。风不大，但过往的车辆让他觉得风挺大。直到一辆卡车经过把领带吹到了他脸上，他才想起来忘了摘领带。他摘下领带塞进了身后的口袋，知道这样看上去就像自己长了尾巴，但这对他来说已经无所谓了。一辆巡逻车呼啸而过，速度太快，布隆夫曼没看清是不是斯坦顿警官。布隆夫曼几乎挥起了手，但他担心万一他挥了手——也不管是谁——那个警官会以为他有麻烦而停车。然后警官会感到失望，因为他会发现布隆夫曼挺好，不过是想打个招呼。

他该不该打电话给斯坦顿警官？这个疯狂的想法就像一只迷途的鸟飞进洞开的窗户一样飞进了他的脑子里。并不是要向她举报他的邻居在贩毒——他已经和那部分生活断绝了关系，与他不想参与的部分拉开距离——而是约她出来，一次又一次地约会，然后给她来个突然袭击：你愿不愿意和我一起去海滩度个周末？不管多无稽，不管多不切实际，也不管多难以置信，脑子这东西好像随时随地想想什么就能想什么。布隆夫曼的脑子就像一条还没驯服的狗仔。

事实上他应该打电话给他的母亲，她肯定想知道发生了什么事。如果是几年前，他一定会给她打电话。哪怕是几个月前他也会打的。但现在，她每况愈下的精神状态让打电话这事失去了意义。她能对他说什么？她甚至可能都不记得他被抢了。为什么要让她再沮丧一遍？他记忆中的母亲，那个不费吹灰之力把他勇敢带大的人，已经消失了，她的位置上只留下一个渐渐消退的残影，就像倒退回去的宝丽来照片。这大概就是为什么马里奥的桌子忽然变得那么大。他并不是只在餐桌上孤身一人，不管他恰巧出现在世界的哪一个角落，他都孑然一身。“哦，布隆夫曼”，他心想，“跳出去！别做那个人。别做布隆夫曼！”

夜晚，国王公寓泛起了黄色的磷光。停车场的路灯——站在瘦得难以置信的金属灯柱上俯瞰一切——像十几个得了黄疸的太阳把柏油路面照亮。几年前真正的帮派曾在这里堂而皇之地出没，在黑暗中互相开枪。现在这里亮如白昼，帮派们都到别的地方找死去了。

他转进住宅区的时候正赶上托马斯·爱迪生的一帮朋友从车上下来。他认出了他们。其中有一个胖子、一个拉美人，还有那个漂亮的日本女孩。他们总是坐同一辆老爷车来。布隆夫曼停下脚步，看他们从车里鱼贯而出，有说有笑。他们为什么老是来这儿？难道他们没有更好的地方可去？显然没有，因为如果还有别的地方收他们，谁会到这个破地方来？托马斯·爱迪生，就像布隆夫曼一样，是提供服务的人。

但现在他们似乎无忧无虑，一路大笑着走上托马斯·爱迪生家门口的走廊，铆足了劲敲起托马斯的门。“警察！”胖子说，“开门，混蛋！”

托马斯·爱迪生打开门，一群人蜂拥而入。

但那个女孩留在后面。她在点烟，她的脸被微小的火光点亮。他以前就见过她。她长着一张日本脸——也可能是韩国或中国——他也不知道。她的头发非常黑，布隆夫曼觉得可以拿来作所有黑色的参照标准——原黑，一切色彩的根源。布隆夫曼从没在十英尺之内和她打过照面，更没有和她交谈过，但他对她挺有眼缘，就像他对很多女人都有的眼缘一样。

但当火柴瞬间燃起时，有那么一瞬间亮如火炬，他看见她戴着一顶帽子。她戴着一顶……牛仔帽。绝对没有看错，就是布隆夫曼的帽子。她戴着布隆夫曼的牛仔帽。银色的五角星像真的一样，倒映出了她递向嘴边的火焰。

布隆夫曼很爱这顶帽子。他的许多“叔叔”之一——他的名字叫凯文，或者凯武——带布隆夫曼去逛市集，为他赢来的，飞镖射气球。“你想要什么，小伙子？帽子还是兔子？”“帽子。”凯文赢了。帽子在他的小脑袋上非常合适，像量身定做的一样。神奇的是，它让布隆夫曼摇身一变成了牛仔，至少在他自己印象中是这样。布隆夫曼当时十一岁，他爱那顶帽子爱到心疼。他不愿意把它摘下来。他每天都戴着它，睡觉都戴着它。醒过来的时候要是发现它掉在了床边的地板上，他会立刻把它捡起来戴到头上。九月份开学的时候他也戴着它，每天都戴，直到有一天他被告知他不能戴牛仔帽上学。这让他很难受，但他每时每刻都想着它，来忍受与它的暂别。他每天回到家的第一件事就是找他的帽子，扬扬自得地戴到头上，在卧室门背后的全身镜里打量自己，就好像他想凭借这顶帽子来塑造一个和他注定会成为的那个人截然不同的另一个自己。

他被车撞的那天就戴着这顶帽子。十一岁半，布隆夫曼晃悠到了路中央。他在走神，什么都没注意到，一个老太太开着她的别克，车速很慢，但老太太反应更慢，撞到了他，把他撞飞三英尺。他以慢动作飞行了一阵背部着地，落在了自己家的草地上，大口吸着气。

奇迹般地，他毫发无伤——连个划痕都没有，连帽子都没掉。他短暂飞行和着陆的过程中帽子都留在他头上，就像上了胶水，就像是他的一部分。这是整个这段很可能致命的历险经历中最不可思议的地方：帽子没有掉。“那是顶幸运帽！”凯文（或者凯武）说。而他神神道道的母亲则说他是个有福之人。

但当初是当初，现在是现在。如今“奇迹之帽”换了主人。

“喂！”他对着女孩喊——他觉得自己挺勇敢。他朝着她和他所伸张的正义冲了过去。“喂！”

她显然听见了，因为她把还燃着的火柴扔到了地上，抬头冷静地看着他冲自己跑过来——这个陌生男人边跑边喊“喂！喂！”他跑到她跟前的时候已经上气不接下气，而她的脑袋周围烟雾缭绕。

“需要我帮忙吗？”她说。

他又喘了两口气，终于能说出话来的时候他说：“你这帽子哪里来的？”

她看着布隆夫曼，表情困惑，然后摇摇头，又深深抽了口烟。“怎么了？”她说，“你也想要一顶？”

“不是，”他说，然后又说，“是的。我是说——”

“这顶帽子我戴很久了。”她说。她的眼睛从没离开过布隆夫曼，眨都不眨：“久得我都记不清了，算是我最喜欢的东西吧，都不确定他们还生不生产。我去问问我老爸。”

“等等。你是说这是你的帽子？”他说。

“当然。不是的话我会戴吗？”

布隆夫曼看了它好一会儿。这就是他的帽子，或者说，和他的帽子是同款，他的帽子也不是世上绝无仅有的。天知道从什么时候开始那家牛仔帽工厂一共生产了多少万顶？但她正好有一顶，而且偏偏在他那顶刚丢的第二天晚上戴出来，这样的巧合让他难以接受。但他接受了，不接受的话就意味着他得把这件事——不管是什么事——推进到下一个阶段。也不管下一个阶段要干什么。这他还没有准备好——大概永远都准备不好。他感觉到胃部的肿痛浮了上来，就是被枪捅了个窟窿的地方。

“我叫佳佳。”她说，伸出她的手。

她的手小得像个孩子的。

“布隆夫曼，”他说，“我是阿托的邻居。”

“哟，看不出来呀。”她说，“你好，布隆夫曼。”

她把抽剩下的烟递给他，他拒绝了。于是她直接把它扔在了过道上，用鞋后跟踩灭，连再见都不说一声，直接跳上门廊，潜入托马斯·爱迪生的公寓，关上门，消失在迷雾中。

第八天

海滩公寓

几乎正好在卡尔拉·达·安琪罗承诺的七天到十天的正中间，布隆夫曼收到宣传册、广告和必要的手续文件。一切都很豪华，很高级，很真实。照片真漂亮！短租公寓岂止优雅——金灿灿亮闪闪，雍容的地毯，华贵的沙发，硕大的靠椅，阳台上看到的风光是无限海景。明亮，德斯坦的阳光似乎更纯粹，就像黄油。甚至厕所都很吸引人。显然已经没有人再用浴帘了。一切都是透明的，大家都是在玻璃盒子里洗澡的，没什么可以隐藏。如果真像海滩照片里暗示的那样，还有什么可藏的？在雪白沙滩上玩脚趾的男男女女看上去都很迷人。他们的皮肤微微有些晒黑，紧致而光滑，苗条、健康、强壮、快乐、满足。及时行乐。

他看了好一会儿宣传册。

他想去。他想成为他们中的一员。

他签发了回函，表示他的意向不变，正式接受这份好运以及所有相关条款。

生效了。他还有整整七十天。

第十九天

可爱的她

被盗以后布隆夫曼几欲搬家。应该不会太困难，反正现在也没剩多少东西要搬。但托马斯·爱迪生鼓励他留下来。“要是你搬走了我的朋友会起疑，布先生，”他说，“他们会觉得出了什么岔子。他们会找——到——你。老老实实待着吧，我做你的保镖。谁知道你走以后住进来的会是谁，什么王八犊子也没准。难说还没有你一半酷。”

布隆夫曼想不出来还没有他一半酷的人得有多不酷，但他欣然接受表扬，决定留下来。他想通了，是这样的，他已经没什么可丢的了。现在他也知道坏人是谁了。虽然完全在情理之外，但他留在国王公寓比去哪儿都安全。他相信托马斯·爱迪生不会杀掉他。

无论如何，他目前也没有撑过一个以上危机的能力。他的妈妈就是个危机。她的“午夜凶铃”越来越古怪，越来越随意。有时候他接起电话，听上去就像她已经说了半个小时话才刚决定让他加入。“……不加香蒜酱吃上去就像那谁的老鞋底儿。你记得威尔克森吧，他们在阿拉斯加州还没有成立之前就搬到阿拉斯加去了。多可爱的一家子呀，对新鲜事物如此的开放。我记得他们买了有史以来第一台那个什么玩意儿——你知道我的意思，就是那种东西，不管什么东西吧，反正我从来没见过。”

他经常去看她。有时候她脾气温和，神志清楚；有时候她像脱了线似的，高高随风飘扬在他和世界上空。她把巴尼的头骨挖出来之后，他挖了个更深的坑又埋了回去，以防她再来一遍。她真的又来了。一天晚上她哭着给他打电话：“它在哪儿？它在哪儿，爱德塞尔？你把我的狗怎么了？”第二天他给她买了只烤鸡——

她能吃上一个礼拜——在后门到她卧室这一路发现了一串泥土。

第十九天的时候他带她去看医生。

母亲去海尔明斯基医生那儿看病只有六个月左右时间，他是她看了三十年的医生退休以后诊所为她指派的。“他不是我要的医生。”她说。

“他肯定挺好的。”

“我讨厌他。”她告诉布隆夫曼。

“你只见了他两次！”

“你要见你讨厌的人多少次？天知道，爱德塞尔，有时候我觉得自己养了只兔子。”

但他约到时间后她还是去了。他们一起开车去的，肩并肩坐在候诊室里，就像他还是个孩子的时候那样。现在角色当然是互换了，这一点连他都不会搞错。她草草翻阅那些满是明星的杂志，停在下巴宽大睡眼惺忪的演员照上。“帅，”他听见她说，“帅帅帅。”没过多久他们就被叫了进去。

海尔明斯基医生很年轻，很可能比布隆夫曼年轻，但布隆夫曼一点都不觉得他有什么讨厌的地方。他很高，友善的长脸，有点谢顶。这让他看上去显得比实际年长一些，甚至更智慧一些。

“您好，布隆夫曼太太，”他说，“我正希望您能来。”

“真的？”

“我给您发了那么多烦人的提醒，”他说，并同时对他们俩飞眼，“还是生效了。终于把您烦来了。”

“呃，我不是因为这个来的。”她说。

“哦？那是为什么？”

她转向布隆夫曼："问我儿子。"

海尔明斯基医生转向他。"好的，我会的。"他说，微笑着眨了眨眼，像是因为他们分享着某个心照不宣的笑话，海尔明斯基医生和布隆夫曼，这个笑话就是他的母亲，"布隆夫曼太太今天为什么要来？"

布隆夫曼开口要说话，却被他妈妈打断了。"他觉得我疯了。"她说。

"我从没这么说过。"布隆夫曼说。

她转开头。"你不用说出口。"她说。她的眼睛在诊室里游荡，然后用温柔的声音说："我怀疑你没安好心。"

"那我们来检查一下吧，"海尔明斯基医生说，"小菜一碟，小事一桩。布隆夫曼先生，让我们离开房间，让你妈妈换上我们可爱的纸睡衣。"

他们把她留给护士，在大堂里走了几步，然后医生拍了一下布隆夫曼的肩膀让他放心。"在候诊室里坐一会儿，"他说，"我们结束就出来找你。"

他照他的话做了。这时候候诊室里几乎坐满了人，但他在一位带着十岁男孩的妈妈身边找到了个座位。母子俩都专注在各自的屏幕上，儿子在打游戏，妈妈在看手机。她原来是在发消息。布隆夫曼也发过消息，但还没有多到操作自如的程度。他不知道自己的与世隔绝——与这个瞬息万变的世界隔绝——是不是意味着他真正的问题远大于他已经意识到的他的问题。不买智能手机或不买家用电脑都不是他有意识的决定。他并不惧怕科技，因为如果真是这样的话他就得二十四小时都提心吊胆的。实际上，实用的高科技他用得也很熟练。比如谷歌，他一直用谷歌。有一天他搜索了一下希拉·麦克纳布这个名字，搜索引擎反馈了 5580 项匹配的条目，完全不管用。脸书上什么都没搜到。找条猎犬碰碰运气都要比谷歌管用。但这个小男孩和他妈妈看上去很自得其乐。布隆夫曼好奇这个男孩长大以后的世界会是怎么样的。他的母亲会衰老，他会带她回来看别的医生，看看她是不是疯了。但更可能接手的是维修人员，到时候我们都成了机器人，如果我们现在还不是的话。

“布隆夫曼先生？”是前台从她的小窗口叫他，“他们找您。”

他沿着大厅回到记忆中他母亲所在的房间，但海尔明斯基医生在他开门前就拦截了他。他又伸出了让人放心的手，还有表示理解的亲切微笑。如果他在医学院学的是这些，那他毕业的时候一定是班里的尖子。

“是这样的，布隆夫曼先生，”他说，“我要告诉你的是，你的母亲很健康。”

“健康？真的？太好了！”

“但我其实不应该用健康这个词。”

“你刚才用的就是这个词。”

“我就是这个意思，就她的身体状况来说，她很好。身体健康，心肺功能良好，血压就我们看来也还不错。”

布隆夫曼点点头。

“但她有痴呆症，”海尔明斯基医生说，“我想你已经察觉到了。肯定也不是什么意料之外的事。问题是之后该怎么办，对不对？这是很难预测的事之一——她病情发展的好坏，以及能持续多久。

检查的时候她有过神志完全清楚的片刻，但其他时候她都有些困惑，很混沌。时不时好像还会以为我是在勾引她。”医生大笑起来，然后又同样迅速地收起笑容：“严肃地讲，我也无法告诉你要做什么准备，布隆夫曼先生，除了准备面对她的每况愈下。可能会经年累月，也可能很快。她可能明天醒过来就不记得你的名字了。很遗憾，我之前见过这种情况。总之，她快不能独立生活了，需要给她找个护工。至少一天看护几个小时，然后可能会一点点增加。布隆夫曼太太才七十岁，我发现她这样的病情在近年来算是年轻的，但她还可以活很久。所以日子还是要一天一天过，且行且珍惜。我会开些方子。两个月后再带她来找我，除非这之前出现什么严重的突发状况。这样可以吗？”

“很好，”布隆夫曼说，尽管这样听上去很糟糕，再糟糕不过，“这样很好。”

“那就这样吧。”

然后海尔明斯基医生走了。护士打开他母亲的房门，她在那儿，已经换好了衣服，坐在体检桌上，悬着腿，钱包放在大腿上，风采不减当年。

“喂，妈妈。”他说。奇怪的是，他现在感觉很害怕——并不是因为她可能会伤害他，而是刚刚得知她有多脆弱，他可能会伤害她。他朝她走过去，伸出手，以备她从桌上下来时需要扶一把。

“我喜欢海尔明斯基医生。”她说。

“那就好。”布隆夫曼说。

“他也喜欢我。”

“他也是这么对我说的。”

“但是，”她说着自己跳了下来，像个比她年轻一半的女人似的，“但我告诉他，我们必须保持完全、绝对、百分之一百的工作关系。因为，你知道的，”然后她指指自己的头，就像那是她新买的帽子，“他得照顾好我的脑子。”她看看她的儿子，安慰道：“哦，小宝贝，别哭。没什么可哭的。”

“我没哭。”他说。

“那你脸颊上流下来的眼泪又是怎么回事？”

布隆夫曼突然抱住她——对他来说很突然，对她也是。今天之前，他生命中的所有拥抱都是计划好的。比如说，她送给他生日礼物的时候，或者他上学第一天坐上大巴之前。但这个拥抱完全是自发的，而其中的爱意几乎是粗暴的。他紧紧搂住这个仍是他母亲的小个子女人，显然他根本不愿意放手。

第二十二天

贝蒂娜

他在休息室的公告栏上发现了那张写有她名字的纸条，上面说她有空，并介绍了服务内容。

贝蒂娜。

他们约在一家咖啡馆面试。

在这个几乎没有任何事情符合布隆夫曼预期的世界里，贝蒂娜——他雇来照顾他母亲的护工——不可能更完美了。她就像是从他的脑袋里跳出来的一样。她很老，老得超出布隆夫曼的想象，无法用数字形容的年龄。她瘦小黝黑，头上是一层薄薄如雪的白发，满口——他见过的——最健康的牙齿。她告诉他，贝蒂娜的意思就是“上帝的承诺”。她没有营业执照，不受雇于任何公司。她曾在布隆夫曼的一个同事家中做管家，在她看护的所有孩子都长大成人独立门户之后，她离开了他家的岗位。她的眼睛很疲惫，深深陷在眼窝里。她看上去就像已经知道了终极奥秘的真相并对此感到很失望。她几乎不怎么说话，但她可以和他的母亲对坐，她显然很善良——这就足够了。他当场决定雇佣她。

他回味了一下这其中的讽刺意味。找到贝蒂娜如此容易——这个女人从理论上说可能可以救他母亲一命——然而二十二天过去了，他仍然没有找到那个可以陪他在海滩上共度周末的伴儿。差点有鱼咬他的钩，但现在船沉了，他踩着水，希望有别的女人漂过。

第二十八天

家庭时间

布隆夫曼喜欢贝蒂娜。他喜欢看着她看电视、烹饪、打扫、整理母亲的药物、在她需要时扶她上厕所。但她的大部分时间都花在母亲床边的椅子上，看她的故事片——肥皂剧。有时候她会对着电视机说话。“哦，上帝呀，”他曾听见她说，“你太蠢了，芭芭拉。他除了钱什么都不要你的。”布隆夫曼开始跟她一起看电视，然后发现她是正确的：他除了芭芭拉的钱什么都不要。昭然若揭的事实为什么芭芭拉看不到？

他妈妈假装很恨贝蒂娜，或者恨所有她在她身上想象出来的东西。

“她折磨我，”妙丽说，“她就像中情局。现在对我来说坐水凳就跟度假似的。她抓我的手臂抓得那么用力——我的那些瘀青就是这么来的。我在局里见过几个像她这样的，死性不改的罪犯，除了坐牢根本没有前途可言。像蛇一样毒。有时候她坐在那儿瞪着我的样子就像魔鬼。”

“贝蒂娜？”

“是的，贝蒂娜。她把你蒙在鼓里，我看出来了。”她叹口气摇摇头，就好像她儿子的观察力还不如一棵松树。妙丽说这些话的时候贝蒂娜就在房间里，但很难说她有没有在听，或者有没有关心。他妈妈坐在塞满垫子的红色大靠椅上，盛装——象牙色衬衣、她的豪华设计款老牛仔裤，但她哪儿也不去。贝蒂娜在看架在咖啡桌上的便携式电视机。

“真希望我身边有个男人，”妙丽说，“这就是大家为什么要在一起，你知道的，成双成对，这样他们老了以后就可以相互照应。不然呢？孩子只是备胎。你是备胎，爱德塞尔，窃以为。”

“你想让我搬过来吗，妈妈？我是愿意的。”

“先杀了我吧，”她说，她牢牢地瞪住他，“我说真的，爱德塞尔，生活在外面等着你。”她指指身后墙外无限远处的一点，“不在这儿。吾儿自去，脸朝下跌进生命的饕餮大餐，不算晚。你父亲说的。你在这儿能找到的只有两个等死的老太婆。”

“说你自己就行了。”贝蒂娜说，眼睛不离电视机。原来她在听。

“说真的，”布隆夫曼说，“我还是搬过来吧。”

“我也说真的，先杀了我。”

“我来杀，”贝蒂娜说，“我下得了手。”

“哦，贝蒂娜，少来了。”妙丽说。

贝蒂娜和他的母亲大笑起来。对布隆夫曼来说这听上去像个“内部笑话”。

“你吃药了吗？”

妙丽甩甩手把问题挡开。“问贝蒂娜，”她说，“她是总管。”

“你住哪儿？”贝蒂娜问布隆夫曼。

这是他雇她之后她对他说的第一句话。他感觉就像在课堂上被老师提问了一样。

“国王公寓，”他说，“山那边。在——”

“哦，我知道国王公寓，”她说，点点头，“啊哈。我知道国王公寓。”

电视机里开始插播广告。贝蒂娜往后靠，跟着自己的某个想法点点头。“你小心点，”她说，“查一查，那地方住满了毒贩子和混混。我侄子告诉我的。”

“贝蒂娜什么都知道，”他的母亲说，“她是智慧的化身。”

“你不用提醒我国王公寓的事，”布隆夫曼说，“我已经被抢了一次。”

“被抢？”他的母亲说。

“是的，”布隆夫曼说，“他们没拿什么东西。我是说，我没什么东西可拿，该换的都换了。”

“发生这么大的事你怎么不告诉我？”

“是你告诉我的，”他说，“记得吗？”

她摇摇头，挥挥手挡开他的话，然后，就这样，换了个话题。

“你得健健身，爱德塞尔，”她说，“这是你感兴趣的事，对不对？我记得你跟我提过一次。你不觉得他得健健身吗，贝蒂娜？”

贝蒂娜耸耸肩。“我觉得健不健身都无所谓，从长远来看，”但她看了布隆夫曼好一会儿，“你有女朋友了？”

“还没有，”他说，“但我在努力！”这个回答他是花了些心思的，万一有人问起他就这么应对。听上去比“没有”好多了。

“我觉得他显然需要健身，或者服点类固醇什么的。我儿子软趴趴的，棉花糖男人。”她大笑起来，“我开玩笑的，爱德塞尔！”——每次说了什么刻薄的话之后她都会加这么一句，“我开玩笑的，哈哈”。

“嘘，”贝蒂娜说，“你们俩都小声点。我的故事片又开始了。”

妙丽翻翻白眼大笑不止，贝蒂娜也笑了一声。

“你看。”妙丽说，“你看。”

“看什么？”布隆夫曼说，“什么？”

“请给我来根冰棍，”妙丽说，她的“乒乓思维”把球撒得到处都是，“樱桃味的，谢谢。贝蒂娜小姐，喂？”

第二天晚上，贝蒂娜离开后的几个小时，他的母亲游荡到了他们屋后的小树林里，脱光了所有衣服，把它们挂了起来。后面的三天她给警察打了十几个电话。有小偷，显然还有强奸犯，还有其他各种人物，不分昼夜地敲她卧室的窗。警察说不能再打这种电话了。于是那周的最后几天里，贝蒂娜搬进了布隆夫曼的老房间，将它完全占领并改造成了自己的房间。突如其来。前几天他还在和妈妈一起庆生，开着漫无边际的玩笑，现在她就已经在接受一个可爱的老女人全天候的看护了。就像他的母亲一跃跳上了一座高山最顶端的滑梯，他就这么看着她从身边呼啸而过，朝着人生终点加速。而他自己，出门已经晚了一大步，才刚刚开始努力踏上自己的人生。

第二十九天

布隆夫曼风格

一、健身房会员

就算明天布隆夫曼遭绑架，蒙眼，不背降落伞从飞机上被扔下来但毫发无伤地软着陆在装满钞票的谷仓里，但跟今天发生的事比起来，对他来说仍只能算是“人生第二大意料之外的事”。

今天他成了YMCA健身房的会员。

他人生中第一次拥有了一张健身卡和一个更衣箱。他得到了YMCA的广告笔，就像有了第二个家。收到“非凡冒险”的来电至今已经过了将近一个月，虽然还不能说布隆夫曼已经做好打算——他这辈子还没做过任何打算，也不知道有了打算后该怎么办——至少他已经有了个目标，并且他正朝着那个大致方向前进。是的，希拉·麦克纳布已经消失在了宇宙中，塞莱娜·斯坦顿是个执法的警官，而佳佳——她只是佳佳，大毒枭托马斯·爱迪生的朋友，但布隆夫曼在他的一生中还从来没有在这么短的时间内和这么多女人进行过交谈。这就是进步。所以他觉得他必须继续前进，离开他的舒适区，看看还会发生什么事。

这就是迫使他成为YMCA健身房会员的潜在逻辑。

共同作用的还有其他力量。在托马斯·爱迪生家体验到的无力感，特别是那个厕所里冲出来的小个子男人用手枪捅了他的胃之后——那儿还留着一小块瘀青；他的母亲——以及索斯比——给他的忠告；还有他对自己躺在海滩上的憧憬：还剩一个半月，那个健美的男人。广义上讲，这是他人生中每一天都在寻找的东西，而且他怀疑是不是每个人其实都在寻找——定义，你是谁这个问题的答案。

最后，一锤定音的是信箱里寄给“现居民”的广告单——换言之，寄给他的。国王公寓附近就有YMCA健身房，起步价非常不错，好的几乎不真实。Y社有其他更昂贵的健身房，同样的杠铃、健身单车和那些中世纪模样的刑具。

于是他就加入了。

他举重，只需要十分钟他就感觉到了肌肉的燃烧。胳膊上，腿上，感觉它们都活了过来。这里的许多会员都比布隆夫曼老很多，体形差得惊人，这让他对自己以及他要走的路感觉好多了，跟那个八十岁的胖子比起来他真不需要走太远。布隆夫曼在跑步机上走了半个小时左右，他知道这不会让他更健康——他能在跑步机上吃掉一整盒甜甜圈，如果他们提供的话——但哪怕只要想一想“我要去健身房了”，或者“我刚去过健身房”，这样就感觉很好，很正确。把时间花在从便服换成短裤T恤和网球鞋上很值。然后，不到一小时之后，重新换上西装和皮鞋去上班。

他出了点汗，身上有些部分甚至黏糊糊的。他终于明白为什么大家要这么做。

但有一点让布隆夫曼很不舒服——实际上，他想象不出还能有什么能让他更不舒服——他有生以来第一次必须和除自己之外别的男人赤身裸体地共处一室。在YMCA健身房铺满米色瓷砖、梦幻般迷雾缭绕的更衣室里，他必须换回自己的便服。在这儿百无禁忌。男人们若无其事地脱得精光，肩并肩洗澡，然后一丝不挂地刮脸。有时候朋友之间甚至可以展开激烈的对话。两个人都赤身裸体，而且都挺老，皱巴巴的。布隆夫曼搞不懂了，通常情况下隐身遁形于世的阴茎，在这里只是身体的一部分，跟鼻子手肘一视同仁。布隆夫曼会时不时偷瞄一眼别人的阴茎，比方说假装看时间的时候，或者捡不小心掉在地上的袜子的时候。他并不喜欢这么做，但他必须了解拥有自己这样的阴茎究竟意味着什么。他想知道，或者说他担心，他跟女人、跟男人、跟生活本身之间的问题是不是归根结底出在这根不尽如人意的阴茎上。不单单是尺寸或形状的问题，说真的，而是某种精神——它的个性，它的存在感。自从中学开始他就一直都在怀疑同一件事，每当他很不自在地想象着考瑞·斯宝丁的阴茎长什么样子，或者想象它和玛丽·黛共处一间奇怪的黑暗房间会怎么表现的时候。

他就是在这儿遇到丹尼斯·克罗顿的。

丹尼斯·克罗顿是外乡来的摄影师，可能是法国来的。布隆夫曼正式认识他很久之前就已经知道了这些。更衣室里是非多，闲言碎语被蒸汽一蒸，都飘在空气里。讲完之后过个几分钟还能听见，以自己特殊形式的声波云团悬浮在四周。他也见过克罗顿，全见到了，浑身上下，因为，在所有 YMCA 健身房男子更衣室的那些恬不知耻的居民中，克罗顿是最没羞没臊的一个。

在停车场迷了路，正在定位自己的车，布隆夫曼就听见了丹尼斯·克罗顿那口熟悉的外国英语。

“阿喽？不好意西。”

布隆夫曼转过身。“对不起！”他说，也不知道自己要为什么道歉。

“不，不，”克罗顿说，“这是我的。我正要进去。”

克罗顿指着那辆车龄不详的蓝色萨博，布隆夫曼正站在车门前。

布隆夫曼让到一边。“我找不到我的了，”他说，“我以为这是——等等，我看到它了。就在那儿。”十三年前，他从一个大一新生那儿买了这辆苍红色的丰田赛利卡，这车是那人的爸妈中学的时候传下来给他的。对于一辆已经跑了四十万公里的车来说，它开起来出奇地顺畅。但就是有点漏油，这让布隆夫曼不得不盯着点（他在后备厢里准备了一整箱 WD-40[①]），不过除此之外，他也没什么可抱怨的。

克罗顿看来并不关心。他像赶苍蝇一样挥一挥手无视布隆夫曼的话。“丹尼斯·克罗顿，”他说，“和色拉里的那种松脆小面包同名[②]。”克罗顿并没有像大多数布隆夫曼遇到的人那样，伸出手来等着对方接过去。克罗顿找到了布隆夫曼软绵绵悬在裤子旁边的手，然后用自己的手握住，没有上下摆动而是用力捏了一把。

“爱德塞尔·布隆夫曼。”布隆夫曼说，一边感觉到自己的手消失在了这个疑似法国人的温暖掌心里。

“那么大家都叫你爱德，还是——？”

“大家都叫我布隆夫曼。”布隆夫曼说。

“哦，很高兴认识你。”他说。克罗顿从他的健身包里找出一副雷朋眼镜戴上，立马变身百分百外国人，“当然，我见过你，你也见过我。”

“是的……”

“好多次。”

---

① 美国一种多功能润滑清洁剂。

② 常用于意式色拉中的小面包粒也叫克罗顿。

“好多，”布隆夫曼痛苦地承认，“好多次。”

“我们经常见面——有时候大家就是这样——却从没有打过招呼。这就是所谓的现代世界的方式，细不细啊？”

“不细，”布隆夫曼说，然后才明白过来他的意思，“是的。这就是现代世界的方式。”

“太快速，”他说，“太忙碌。”

“说到这个，”布隆夫曼说，一边指指要是他记得——但是他忘了——应该戴着手表的地方，克罗顿看着他指了指自己赤裸裸的手腕，“工作。”

“工作！”克罗顿说——很奇怪，克罗顿的口音似乎时隐时现——“对不起，打扰了。你是做什么的？”

“哦，这个么……很难解释。算是做生意，我负责发货和航运，还有……”

但克罗顿已经失去了兴趣，他正在口袋里找什么东西。布隆夫曼只说了一句半就已经让他觉得无聊了。

“啊，找到了。”他拿出一张破烂烂皱巴巴脏兮兮的纸，“我的名片。”

布隆夫曼拿过来一念：“丹尼斯·克罗顿。摄影师。”

就这些。

“你是摄影师，”布隆夫曼不着边际地说，“你都拍些什么？”

“世界，”克罗顿严肃地说，“全世界。”

“那你一定很忙。”

“哦，”克罗顿说，“是的。非常非常忙。”他叹了口气，“那我们迟早在健身房再见了，是不是？”

说完这些话，克罗顿钻进他那辆旧得很有品位的车扬长而去。

那天晚些时候，翻阅一份名为“事件”的地方周报时——该报自我标榜为“本地万事指南”——他看到摄影师丹尼斯·克罗顿在“冬季画廊”有个新作展，开幕式就在当天晚上。布隆夫曼读了两遍才相信，但上面确实写着：丹尼斯·克罗顿于冬季画廊——今晚。这则消息引发了一系列念头，好巧是布隆夫曼的第一个念头。然后是，我知道冬季画廊在哪儿——虽然他想都没想过要走进去看看；再然后：反正今晚我也没事，不如去看看。

但最后一个念头，大念头，在他的脑袋里逗留最久的念头，是这个：他为什么不告诉我？他给了我他的名片，正是告诉我的最佳时机——“我今晚有个展。你该来看看，是不是？”但他没有提。只有两种可能：要不就是他太害羞，不好意思请布隆夫曼去，不善于自吹自擂；要不就是，他根本不想让布隆夫曼——这个白白的、光光的、几乎没什么毛，有时候还要和他合坐一条凳子的东西——出现。布隆夫曼选了第一种可能，因为他偷偷地藏了一个疯狂的愿望，这个男人——丹尼斯·克罗顿，很可能成为他的朋友。

二、逃离画廊

冬季画廊勇敢地坐落在尚未被野心勃勃的小资青年拯救的街区一角。它像是在等待着同等质量的机构前来入伙，目前为止，除了一家阴森森的酒吧外街上别无其他。招牌微弱的灯光被掩盖在隔壁 ABC 杂货铺大红大绿的霓虹灯下，一边亮着“营业中”，另一边闪着“不收信用卡，只收现金”。画廊的橱窗上没有护栏，要不是店主公然彰示对人性本善的信仰，要不就是承认画廊里没有任何东西可偷。布隆夫曼在街对面看着人来人往，半条街开外一群溜肩垮背的流氓把布隆夫曼打量了一番。他想起塞莱娜·斯坦顿，斯坦顿警官，他有她的名片。他可以立即给她打电话，说：“看上去这边好像在酝酿什么麻烦。不，不需要增援，我想我们自己能搞定。”但他没带他的手机。流氓们死盯着他，他们只需要冲这边点点头就能让他挪窝，于是布隆夫曼冲过马路，钻进画廊的冷米色中。一个年轻女人递给他一份宣传册，封面上只有一个词，黑色大字写着：克罗顿。

“希望您喜欢这个展。”她说。

她别着个名牌：爱丽丝·格雷·斯蒂特斯。名牌总是让布隆夫曼肃然起敬，而佩戴名牌的人总让他望而生畏，特别是有三个名字的人。但今晚他觉得自己很勇敢。

“这么说，你在这儿工作……爱丽丝？”他铤而走险。

她后退一步：“实际上，我是这个展的策展人。”

“啊，”他说，也不知道策展人是个什么东西，“很期待。”

“应该期待一下。”她说着，转开身，为下一位恰好出现在他身后的摄影爱好者备好宣传册。

房间里挤满了人。“不好意思，对不起。谢谢，抱歉，不好意思。”布隆夫曼光为了挤进房间就花了不少口舌道歉。什么样的人都有：有穿金戴银的富婆，有牛仔裤 T 恤满身窟窿的邋遢青年，还有牛仔靴蓝领巾的黑衣人……但没有一个健身房来的人，除了布隆夫曼。

看到画廊里挤满了人，布隆夫曼还挺高兴——他为丹尼斯·克罗顿感到高兴，这事其实完全没道理。他对艺术世界一无所知，都不知道这算不算艺术世界。而且，理所当然，在今天中午之前，他从没听说过丹尼斯·克罗顿。来的路上他一直在担心他可能是唯一到场的人，这样就会很尴尬，很痛苦。但显然这个克罗顿还挺有来头，布隆夫曼还没认识过什么有来头的人。有朝一日，克罗顿的名字出现在谈话中的时候，他可以对大家说他曾经认识丹尼斯·克罗顿——他实际上算是个朋友。

但那一天绝不会到来，谁会提丹尼斯·克罗顿这个名字？哪怕这事发生了也无所谓，布隆夫曼不会接过话茬，这不是布隆夫曼的风格。他九岁的时候，帕特叔叔带他去看了小联盟的棒球赛。小布隆夫曼有一副棒球手套，也不知道从哪来的，和他的尤克里里一起塞在他的大橱里，还有一大箱“傻子宝贝”——车库门口的碎石子。没错，他曾经收集这玩意儿。帕特叔叔坚持让他戴着手套去看比赛，因为谁也不知道什么时候本垒打就朝你飞过来了。“朝我飞过来？”布隆夫曼把叔叔的话又重复了一遍。这句话听上去不招人喜欢。机会看上去很渺茫，体育场里这么多人，球会正好朝他这儿飞？但为了讨好他的叔叔，他还是戴上了手套。当然，事情就这么发生了。有个家伙非常用力地把球击过了球场的边界，球飞向了看台，朝布隆夫曼飞过来。他闭上眼睛，举起手套护脸，球就这么不偏不倚地掉到了他手套里，接个正着。微笑撑满了帕特叔叔的脸。他总是在想帕特叔叔后来怎么样了。他和妙丽共度那一个月后去了哪儿？他想象着有那么个围栏围住了叔叔们的过去、现在和未来。他们是不是都继续去寻找另一位带着另一个孩子的女人了？另一对需要找叔叔的寂寞母子？

他发现接到球其实是一种难以言喻的感受。第二天在学校，布隆夫曼听到有高年级的学生在讨论这事——有个小子在昨天的球赛上接住了本垒打，太酷了，他们多希望有朝一日这事也会在自己身上发生……布隆夫曼有的是机会说："那是我！那是我！我接到了球，那可真是美梦成真的感觉。"但他没有。总是有什么状况不允许他说出任何能提升他在世上的地位的话。他没有对任何人说起过那次奇迹般的接球，就像他永远不会对任何人提到丹尼斯·克罗顿，哪怕他真的认识这个人，哪怕他们有可能成为朋友，哪怕布隆夫曼可能会和克罗顿一起扫荡伯明翰各酒吧，成为他泡妞的僚机。怪事年年有，不是吗？

他还惊喜地发现他其实挺喜欢丹尼斯·克罗顿的照片。克罗顿说他拍全世界的时候并没有开玩笑。这里的照片在哪儿拍的都有：美国、中国、挪威，还有阿拉巴马和密西西比的小镇——那些看上去已经废弃或焚毁的小镇。马，满是肮脏与悲惨，所有照片都是黑白的。布隆夫曼花了些时间欣赏了每一张照片，还吃了点奶酪饼干和葡萄，这让他觉得挺上档次。他又吃了一轮，然后挺进下一个房间。

就是这时候他看见了丹尼斯·克罗顿。克罗顿一只手举着一杯葡萄酒，另一只手打着手势，喋喋不休，轻而易举就能把话茬子都串起来，完全不假思索。他穿着黑色夹克衫和牛仔裤，浅黄色带领扣的衬衣——比他通常健身穿的那一身T恤和短裤又上了一个档次。他面对的那两个女人——按任何标准都算得上美女，真是美得有点荒唐——一直在点头、微笑，微笑、点头。她们根本插不进嘴，因为克罗顿的嘴一刻不停，感觉就像他在什么荒岛上独自困了一年，所有这些话都憋在肚子里，不说出来就要炸掉似的。布隆夫曼看着这两个女人互相交换了一两个眼色，虽然他无法解读她们试图传递的信息，但他敢保证，肯定是什么秘密。因为关于女人他至少知道一点：她们心里装满了秘密。

布隆夫曼假装欣赏着这间房里的照片，这些照片与上一间房间里的照片惊人地相似。当他进入克罗顿视线范围的时候，他随意地转过身挥起了手。克罗顿当然没有朝他这边看，但布隆夫曼不停地挥手，克罗顿终于看见了他，歪歪脑袋。一连串的表情闪过克罗顿的面部，很容易破解：我认识你吗？我一边回想一边假装认识你吧。我想不起来。等等——我想——真的假的？是你？然后他举起手稍稍摆动了一下，就又回到与两位美女的谈话中。她们也朝他这边看了一眼，但没做任何表示。虽然之后布隆夫曼又在画廊里转悠了二十分钟，像海上漂浮物似的出没在克罗顿身边，忽远忽近，给他的新朋友足够的机会，但这位摄影师还是一个字都没跟他说——一个字都没说。

离画廊一个街区之外有个酒吧叫“犄角旮旯”，布隆夫曼希望那里有卖汉堡的，于是逃离画廊，以最快的速度穿过危机四伏的街道，进了酒吧。这里破败、吵闹，聚满了在生活中与机会失之交臂的人。如果布隆夫曼完完全全是另一个人的话，他应该会出没于这种地方。这儿就像个仓库，或许这里曾经就是个仓库，阴暗而空洞。旧货店的桌椅，长条铝制吧台前有一排红色的高脚凳，背后是一片漆黑。这是他想象中可能会遇见佳佳和托马斯·爱迪生的地方。布隆夫曼找了个高脚凳坐下，等着服务员来点单。

等待的时候他觉得自己被遗弃了，独自和自己的思想困在一起。他不知道刚才在画廊里究竟发生了什么。他被怠慢了，这是显然的。但为什么呢？他从不指望真的成为克罗顿的朋友，但克罗顿至少可以打个招呼吧，就说一个词：你好。

一个戴着长围巾、穿着绒衬衣的年轻女酒保出现在他面前，她几乎全身都被文身覆盖。她的手臂、脖子，天知道还有哪些地方。布隆夫曼对文身一窍不通。

“你想来点什么？”

“哦，”他说，“请给我来一杯啤酒。再来个汉堡，如果你有的话。

“我跟大厨说。”她说，然后拿眼瞪着布隆夫曼。过了几秒钟，他懂了。

“你们没有大厨。”布隆夫曼说。

“是的。还有，你说‘啤酒’的时候是指三十五种里的哪一种？”

“我也不知道。”他说。他甚至都不喜欢啤酒。他应该就点杯水，但现在太迟了。“来点淡的吧。”

她叹了口气。“没问题。”她说，然后就走开了，消失在吧台另一侧的黑暗中。

等待的时候他转起了吧台凳，先来回转转试试，再来了个三百六十度。他转了两圈。第三圈他放慢了速度，转停的时候他正好面对着酒吧的大门——正在这时，猜猜谁进来了？那两个女人，听克罗顿说话的那两个可爱的女人。其中一个很高，披肩棕发，刘海刚过眼睛；另一个矮一点，一头浓密的红色卷发。她们都穿着小巧的黑色礼服。他看看她们，然后转开视线。这样就够了，把她们的形象印在脑子里，很快就能出现在深夜三点的美梦中。但这还没完。布隆夫曼右侧的两个凳子没人，两个女人就选了这两个凳子，挨着他坐下。

他感觉到血液在心脏里涌进涌出，就像吞吐海浪的岩洞。

她们什么也没对他说，当然，他也没有什么期待或者愿望。她们说了他又能怎么回？两个女人开始互相交谈，布隆夫曼在一边努力偷听。“克罗顿，”其中一个说，“叨叨叨叨叨。”然后她们笑了起来——只有女人们才会这么一起笑——他经常听到她们的笑声，排队的时候站在女人身后，或者在电梯里夹在女人中间——充满内涵，欢乐不羁。布隆夫曼觉得女人做的任何事都具备某种欢乐的内涵。他朝她们靠过去一点，为了听得更清楚。他敢肯定他听到其中一个说“不是我的菜”，另一个说“不是我的任何东西”，然后是更多欢笑。

她们转头寻找酒保的时候，棕发女子的目光在布隆夫曼的脸上短暂停留片刻，但显然长到足够认出他来。“哦，嗨，”她说，“你是……你是不是——？”

“去看展了？”他说，“是的，我去了。那个人就是我。”

她看见他了。

两个女人对视一眼，一眼之内无声的交流已达成。

“那好，我们得问问你，你觉得怎么样？”

他就怕她们问他这个。

“那个啥，”他说，“我觉得其中有一些——粮仓的照片还有……那些孩子——”

“还不赖，对，一点都不赖。真的。对了，我是霄，她是露西。”卷发露西向他伸出了手。他接了过来，握了握，很快就松开了。“只是之前我就见过好多次了，你知道吗？约翰·罗森塔尔，你看过他的作品吗？有点像克罗顿，但比他的好一千倍。那才是真家伙。”

“没看过。”布隆夫曼说。他原来以为这两个女人是克罗顿的骨肉皮[①]，但从她们对他作品的不屑一顾来看显然不是。他重新定义她们的时候遇到了困难。

“而且，这人怎么那么色。”露西说。

“罗森塔尔？”布隆夫曼问。

“克罗顿，”露西笑起来，“他的眼睛一整晚都停留在胸的高度。他脑子的高度还要再往下面一点。”

然后，出于他无法揣测的原因，霄摸着他的胳膊凑了过来。

“他要我们跟他回家，”她说，她和她的朋友同时陷入一阵狂笑，“不是我，也不是她，而是——我们。这个男人可真自信。”

“谜之自信。”

霄确确实实扇了自己的嘴一巴掌：“我的天哪，你不是他的朋友吧？”

布隆夫曼摇摇头。“不是，”他说，“不是，我觉得我不是。”

他几乎打算跟她们展开讨论这个概念——这个友谊的概念，什么是友谊，友谊又是什么。她们看上去那么友好，她们会和他说话，会听他说话——可就在这时候，他背后传来一个非常熟悉

---

① 骨肉皮：英文 Groupie 的音译，是一群追求和明星发生关系的人（一般为追星族）的总称。

的声音。

“哟哟哟。”

布隆夫曼转过身，两个女人也转过身。

“是我，克罗顿。”他说，显然已经醉得不成样了。他的微笑七扭八歪，目光呆滞。他在对那两个女人说话，完全无视布隆夫曼的存在。“我想我能在这儿找到你们俩。”

“我们担心的就是这个。”露西说。

酒吧里很吵，克罗顿没听见她说的话。他迟疑地转向布隆夫曼的方向：“哦，对了，谢谢你，那个……对不起，我想不起——”

“布隆夫曼。”布隆夫曼说。

“啊。”克罗顿跟他这儿也就完事了。他又转身面对那两个女人，但不管他嘴里想冒出什么话来都很快收了回去，因为那两个女人没看着克罗顿。她们看着布隆夫曼，就好像克罗顿不存在似的。她们正跟布隆夫曼分享着那个眼神。他知道她们知道什么。他们正分享着一个秘密，关于克罗顿的真相——他不是罗森塔尔，他不独特。

布隆夫曼觉得自己是女人中的一员。

克罗顿感觉到有什么不对劲，他的生存本能被激发了出来，他有些意识到布隆夫曼构成了威胁。布隆夫曼还从来没对任何人构成过威胁——除非算上考瑞·斯宝丁，他是构不成威胁的。这感觉很过瘾，但也有些可怕。克罗顿甩出一条胳膊，搂住他的肩膀。“我和布隆夫曼是在健身房里认识的，”他对霄和露西说，“我们就是在那儿练大练强的。瞧这儿。”他边说边卖弄地展示自己纤瘦的肌肉。“然后呢，大家搞得又热又湿以后，我们就躲到更衣室里，在那里光着身子走来走去，晃动我们的××。”

克罗顿猛地大笑一声。

“我的天，”露西说，“你还真说得出口。”

“别说了，”霄说，“拜托。”

克罗顿耸耸肩：“是真的。帮我证明一下，布隆夫曼。”

女人们看看布隆夫曼，等着。他耸耸肩。“晃不晃我不知道，”他说，“但那儿真的有——真的可以看到很多……有些男人，他们穿衣服很……慢。”

女人们笑起来。她们好像挺喜欢布隆夫曼，虽然他只是意外地有趣了一下子。“女人们也不怎么害羞，我猜，”霄说，“隔壁的更衣室里也是，没什么大不了的。”

“但男人们不一样，”克罗顿说，“那儿进行着一场原始的较量。竞争，跟在原始森林里看到的那些银背大猩猩没什么两样。”他的法国口音再次消失得一干二净。“我们耀武扬威。我们称王称霸。对不对？”

“这我就不知道了，”布隆夫曼又说，“反正我没有，真的。”

就在这时候克罗顿冲布隆夫曼伸出了他的左手小指，还对那两个女人使了个眼色。“那是有原因的。”克罗顿又全身心地大笑起来，但笑得很寂寞。

“我的天，要死了，”霄说，“你这人太可怕了。”

“真相才可怕。”克罗顿说。

“不是，”露西说，“我很肯定地告诉你，可怕的只有你。”

“你的照片很傻，缺乏创新，还很做作。”霄说。

克罗顿装出一副若无其事的样子，连布隆夫曼都能看出来装得不怎么样。“我只是想说，”他边说边拍拍布隆夫曼的背，“这个男人有一缕很小、很小、很小的阴茎，微乎其微，形状还很奇怪，看上去就像被卡车压过的口琴。就是想让你们知道一下，万一你们有什么想法，现在，不好意思，我要带着我那硕大的、超帅的阴茎去找更懂的欣赏我的女人——或者若干女人了。”

然后他行了个礼，鞠了个躬，走开了，已经开始朝坐在墙边的女人挥起手来。她没有挥手回应，于是他停下脚步，在屋子中央一动不动，孑然一身。他看上去很迷茫，困在那里。

布隆夫曼和那两个女人分享着由等份的震惊、厌恶和阴郁组成的沉默。通常情况下，布隆夫曼会独吞下那份阴郁，但此时此刻，这两个他刚刚认识的女人，也吸收了很大一部分。尽管如此还是难以忍受，这是一场他无法从中醒来的噩梦。事实上，睡眠可能是唯一能把他从现实中拯救出来的手段。他鬼鬼祟祟地瞄了身边的两个女人一眼，但她们根本无法直视他。她们互相对望着，不敢相信刚才发生了什么，充满同情和无助。

酒保又出现了，霄点了杯喝的。啊！原来克罗顿的搅局对他们来说不过是条小小的减速带，现在都过去了，他们的夜晚又回归了。生活在继续，布隆夫曼知道。只是有时候生活的速度太快。

“我……得走了。”他说，声音小得几乎连他自己都听不到。他转身面对她们，奇怪的事情发生了，他意料之外的事情。露西微笑了起来。可能说过什么话，两个女人之间交头接耳过，他不确定，但是她在微笑，就像脸上挂了个大香蕉。感觉很好，他必须承认，有个美丽的女人冲你微笑，感觉很好。

他站起来。

“等等。”露西说。她摸了他一下——她的手摸了他的手肘，他立刻又坐了下来。“跟我们一起喝一杯。”

“我不知道，”他说，“除了特殊场合我真的不喝酒。”他确实几乎从来不在外喝。

酒保端来六个烈酒杯，杯子里装满了看上去像尿一样的东西，她把酒杯摆到他们面前。露西向布隆夫曼推过去两杯。

“干了。”她说。

他端详着酒杯：“这是什么？”

“龙舌兰。很好喝。你会喜欢。”

“我喝过龙舌兰。”他说，也不确定这是不是实话。或许是真的，但这时候真不真也无所谓。

“太好了，”露西说，“那你应该知道你得一仰脖子干为敬的，是不是？不能吮。”

“不能吮。”他说。她没什么说服力，但反正伸头一刀，缩头一刀，就像妙丽即将为另一个男人犯错误之前会说的那样。

“反正我已经有一丁点儿高了。”露西说。

霄笑了：“你肯定是高了，不然说不出‘一丁点儿’来。没人说‘一丁点儿’，除非是——”

“有一丁点儿高了的人。”露西说。

于是她们笑着举起杯，他也举起杯，他们一起“一仰脖子”。就像露西说的那样，布隆夫曼感到一股温暖的电流通遍全身，感觉脑子里在冒泡泡。但就像洗热水澡一样，开始的时候很烫，但他很快就习惯了，然后就感觉非常非常好。这个一分钟前还破旧不堪的酒吧立刻镀上了一层梦幻般的白金。他发现了脑子里的一些区域，之前他都不知道它们的存在。就如同龙舌兰——现在他敢肯定，这辈子还是头一回喝——知道打开密室巨锁的密码，吱嘎一声，门开了，里面是无尽的宝藏。

“现在再来一杯，”露西说，“干不干？胆量！”

“干！”他热情洋溢地说。他这辈子可能还从来没有这么热情洋溢地说过话。他闭上眼睛，一饮而尽！这杯让他觉得自己就像被羽绒枕头猛击了一下脑袋。

“很好喝，对不对？”霄说，吐字有点含糊，“一丁点儿。”

布隆夫曼点点头。他醉了吗？他会醉吗？这么小小的两杯东西怎么能把人灌醉？但此时他并不完全是他自己，他变成某种更了不起的东西。他的灵魂离开了他的躯体，升到半空中，在房间里所有人的头顶。他高高地飘着了。从那儿他甚至能看到自己，爱德塞尔·布隆夫曼，坐在破酒吧的吧台凳上，坐在两个美女身边。这是梦里的场景，是他绝不允许自己产生的幻想。

但这还不够。

“我在想，”他说，或者说是这个变了身的陌生人在说，“你们俩能不能帮我个忙。”

露西和霄又交换了个眼神。他最后一次看到这种眼神还是在《虎豹小霸王》的结尾，罗伯特·雷德福和保罗·纽曼一起跳崖之前。“但说无妨。”露西说。

“我们得到后面去。”他冲着吧台后面的黑暗点了点头。后面？这么说好奇怪。他敢肯定她们会说不。什么女人会同意陪一个刚认识的男人钻进本来就已经很阴暗的酒吧里一片空洞的黑暗中？如果他是女人，他绝对不会去那种地方。但她们看上去蠢蠢欲动。

“哦，”霄说，“好吧，你说我听着。为什么？”

“我想听听你们的意见。”

她们瞪大了眼睛。露西急促地用鼻子吸着气，她瞪大了的眼睛既惊讶又友善地兴奋着。不知道为什么，她们完全明白他是什么意思。

“绝对没问题。”她说，然后她拉起布隆夫曼的手带他离开吧台凳，“说干就干。”

女人们站起身带路。他跟着她们，兴高采烈、心存感激、昂首挺胸、坚定不移地走向吧台背后，远离尘世喧嚣、声色犬马。忽然，他们就到了那个神秘的地下世界，就他们三个人。一堆堆纸箱子拦出狭窄的通道，私密空间——一箱一箱没有标签的东西，比从吧台那儿看起来更黑暗。后面没有灯，反正没有自己独立的灯，只有从正面漏进来的灯光。暂时失明片刻之后，布隆夫曼的眼睛慢慢调整过来，直到他对身在何方、所处怎样的空间有了感觉。但一切都是模糊黑白的，他什么颜色都看不见。那一刻起，他松开了露西的手，赶了几步走到她们前头。他转过身。她们在他身后，现在几乎就只剩黑影了，但仍然幽幽地美丽着，甚至有点像缥缈的鬼魂。

一不做，二不休，但他不确定自己能否做到。

“好了。”露西说。她短暂地捂了捂自己的眼睛，把霄拉近身边，她几乎尖叫起来。然后她看看布隆夫曼：“来吧！”

“来吧。”他说，但他仍只是站在那里，一动不动。他的“布隆夫曼大脑”在纠结。它清清楚楚地告诉他不要做他必须做的事。他在跟自己争辩。他输了，或者是赢了，或者都是。

露西狠狠地紧握住霄的胳膊。“好了，”她又说了一遍，“让我们看看吧。”

酒吧的喧闹声在他的耳朵里嗡嗡响，虽然现在这声音听起来已是几英里之遥。

她深深、稳稳地吸了口气。“你的……阴茎，”她说，“你准备好了吗，霄？”

“准备好了。”他说，鼓起勇气。

阴茎。她用这个神奇的词打开了一扇门，仅凭听见这个词布隆夫曼就穿过了这扇门，完完全全地闯进了这个全新的奇妙世界，在那里人们说着未知的语言，但使用的词汇却和我们的很接近。

“你不一定非得这么做，”霄说，“真的，如果你改主意的话。但你想要全新的视角，对不对？我们帮你。”

她们笑了两声，然后停了下来，等待着。霄的手机响了，但她没有接。此刻似乎无限延长成了永恒，但或许只过了不到一两秒。我应该直接回家，他想，我做不到，这个夜晚已经够可怕了。不可能。然而他看见自己的手，它们正忙活着解皮带——它们替他做了决定。皮带解开了，他还没来得及提，裤子就一溜烟滑过了他的浅蓝色平角内裤。他瘦了好几磅；他的裤子几乎大了一个码。但现在已经无路可退。他松开了自己的裤子，看着它坠落，看着它蜷伏在地上，皱巴巴地像毯子一样盖住他的鞋。他这辈子从没做过这么不像他会做出来的事。做出这样的事就意味着他已经不是他自己。他变成了另一个人。

露西和霄等待着平角内裤，飞快而无谓的一拉一拽之后，他的腰部以下就不可思议地一丝不挂了。

一阵凉风招呼着他的阴茎。

他低头看看它。他真的还从来没有从其他角度看过它。它在下面寂寞死了，孤苦伶仃地悬在肚子下面两腿之间，在阴影中黑白而模糊，看上去就像个默片里的演员。当然，不是主角，小配角而已。不单是赤裸，还是赤裸的真髓，诚实且略显天真——希望如此。

战战兢兢地，他抬起头看看两个女人，但她们并没有抬头看他，而是抱着科学研究的认真与投入审视着他的阴茎。露西点点头，就像与某个隐秘的念头达成一致，但点头的意思可能是双向的，肯定或是否定。

时间凝滞成胶状，一秒一秒拉长至断裂点，这无疑是布隆夫曼一生中最漫长的几秒钟。

“还，”她说，“挺好的。”

“真的，”霄说，“非常好。”

“我喜欢。”

“有什么不讨人喜欢的地方？”霄说。

“没有，一点都没有。”

“匀称，友好。平易近人，这个最主要，让人觉得一起待一会儿也没什么的阴茎。”

“我是说，是不是真的很大？不是，显然不是。”

“肯定不算巨大。”露西说。

“但事实上，没有哪个女孩想要巨大的。我见过几根，吓死我了。”

露西摇摇头，好似她这辈子也见过几根巨大、吓人的阴茎。“所以这挺好的，”她说，“我对你说实话吧，布隆夫曼，根本没必要赢什么大奖。这样挺好的，够好了。够好就很棒，特别是——”

“——对阴茎来说。”布隆夫曼勇敢地附和。

“其实对什么来说都是这样，真的。”露西说。

霄表示同意：“我觉得你应该感到自豪。”

自豪。自豪？他并不确定自己的情感中还有这个选项，但那种自豪感，就在他们三个低头观察着的时候，缓慢而明确地，油然而生。

“好的，”布隆夫曼说，“我会的。”

两个女人又站了一会儿，看看它，又看看他，然后互相看看。

“有问题吗？”露西说。

想跟我一起去海滩吗？我们三个一起，会很好玩的。一场非凡的冒险，完全免费，整个周末，佛罗里达德斯坦的一套漂亮的短租公寓，外带欧式早餐。

“没了，”他说，“谢谢你们。”

她们任务已经完成。露西后退了一步，霄紧随其后。露西可能对他眨了眨眼睛，但她们已经退到了浓郁的黑暗中，很难说。

“你保重，布隆夫曼，好吗？”

“我会的，”布隆夫曼说，对着远去的幽灵挥挥手，“你们也是。”

然后她们就消失了。

布隆夫曼没有动，甚至没有喘息，任由他的裤子摊在他的脚踝上。然后咒语就失了效。他提起裤子，扣上皮带，走回酒吧，回到别人嘈杂的生活中。露西和霄已经走了，哪儿都没有她们的踪影。克罗顿在那儿，靠着金属面墙边的高脚桌，和一个年轻女子说着话，现在布隆夫曼能看出来，对方急切地想离开。真是个混蛋。布隆夫曼注视着克罗顿，直到他感觉到他激光般的目光抬起头，他们的目光交汇在一起。布隆夫曼使出了全部的脑力想把刚才发生的一切传输给克罗顿，他魔幻般的经历。或许他真的传输成功了，又或许没有，但至少克罗顿停止说话的时间足够那个女孩用来说再见。她离开了，然后布隆夫曼也离开了，战士般勇敢地闯进了神秘的黑夜。

不可思议的一天，他将终生难忘。怎么忘得了？他一直错怪自己了。他够好了，而够好就很棒。这就是渐渐得到认可的布隆夫曼。

第三十六天

濒危物种

一、佳子和帽子

五月的第一个星期。过去的几个早晨已经有点夏天的味道，露珠在朝阳下蒸发。布隆夫曼打开家门，带着他崭新的人生走进新的一天的时候，迎接他的是一堵热墙。他感到周围还有别人，于是扭头向右望去。他看到了托马斯·爱迪生的朋友佳佳，正坐在他隔壁邻居门口的台阶上。现在他看清了这个女人个子有多小，虽然已经完全是个成年人了。她穿着剪短了的牛仔裤和黄色无袖衬衫，胸前缀着几排花边。这件衣服很可能是童装。乌黑的长发编成一模一样的两股辫子，像黑胶唱片一样黝亮。她的肤色就像老照片里一样泛黄，有一双明亮的黑眼睛。

她当然在抽烟。托马斯·爱迪生的党羽中没人在乎抽烟对心脏、肺、呼吸道以及预期寿命的危害。他们要不就是以为自己是免疫的，要不就是根本不在乎自己不是免疫的。布隆夫曼也不知道哪种情况更糟糕。

“早上好，”他说，“佳佳。”

她望着他，微微一笑，举起一只手，做了类似回应的动作，然后继续做她自己的事—— 一边抽烟一边翻阅时尚杂志，翻得太快，肯定不是在读。她只是在看照片罢了。

“你是在等托马斯吗？”

“不是，”她说，头也不抬，“他在屋里。”

通常情况下，听到这句话他就走人了，但今天的这个他没有走。今天他等待着下文。收容所的狗慵懒地吠叫着，就像它们根本不在乎吠叫，这只是它们作为狗的工作。他扫视了一下台阶边，那里点缀着些草皮的灰土，以及四个烟蒂、抽剩一半的烟、一张口香糖包装纸和一块嚼过的口香糖。恶棍们就是这样计时的。

“佳佳这名字真有意思。”布隆夫曼说。

她又翻过光灿灿的一页杂志，感觉到他正注视着她后，说：“昵称。原名是佳子。日本后裔。就像我父母说的那样，我生下来以后就一直在堕落。”

“啊。那你就这么坐在这儿？”

她叹了口气，把抽了一半的烟扔到土里，灭了它，然后说：“我是在——你知道的。”

“我不知道。”他说。

“我在望风。”她说。她用手在空中给这个词加上双引号：“不管他现在在做什么，和谁一起做，他不想有人闯进去。我不知道，没我的份儿。他说出事了，因为你。”

布隆夫曼点点头：“是出事了，有人差点崩了我。”

“他没有，”她说，“反正我听说是这样。他只是暗示他会，为了吓唬你。那个吉米，我不应该说他是无害的，但是——他是无害的。”

“所以我不应该担心。”布隆夫曼笑笑。

“什么都不用担心。”

布隆夫曼决定捅破窗户纸，谈一下那件他们避而不谈的事。“那天晚上，”他说，“你戴的是我的帽子。”

她假装考虑了一番。“不是，”她说，“我想不是。”

他壮起胆子反驳：“那绝对是我的帽子。”

她叹了口气，就像这场对话对她来说早就结束了：“我为什么要戴你的帽子？这很没道理。我戴着的帽子就是我的帽子，不是你的。”

“那顶帽子是偷来的。有人偷了它。我看见你戴着它。”

然后托马斯·爱迪生的公寓里传出一声怒吼。有什么东西碎了，一扇门砰地被关上。佳佳抬起头听着，她的小脸上面无表情。等一切又安静了下来，她又看向他。

“你是说我偷了你的臭帽子？”

布隆夫曼不会重蹈覆辙。他在托马斯·爱迪生那儿撞过枪口，差点儿送了命。

“我没说。”他说。

“那是什么？”

“没什么。”

“随你便。”她说着转开头去。

他所有被唤醒的良好感觉现在都烟消云散了，经过现实过滤之后结果总是这样。

“你得承认这实在太巧了，”他说，“你有一顶一模一样的帽子，而我那顶被人偷走了。”

“我承认，”她说，“很诡异。就是这种事，发生的时候你会想，我是说，‘哇！这事儿你编都编不出来’，你知道吗？”

“这顶帽子跟了我一辈子，从我小时候到现在。我是说……我是说它对我来说意义重大。”

这打动到了她。她合上杂志，真正开始看着布隆夫曼。他们产生了交流，感觉就像在交流。她的眼神温柔起来，几乎开始微笑。

“我以前有个娃娃，”她说，“我爸爸去哪儿出了个差，给我买了这个娃娃回来。是个破烂安妮。我的第一个白人娃娃。‘所有美国小女孩都有这个娃娃，’他说，‘你是美国人。’就好像他是第一次意识到这一点一样。我出生在这里，我不是像他这样的纯正的日本人。”

“然后呢？”

“然后什么？”

“然后那个娃娃怎么了？”

她耸耸肩。“丢了，”她说，“或许是被另一个美国小女孩偷走了？我也不知道。所以我理解你对那顶帽子的感受，我很遗憾。”

“谢谢，”他说，他眨了几下眼睛，然后垂下下巴，“我想我活得下去。”

“希望如此，”她说，“那顶帽子，只是个东西。你曾经拥有的东西。最好向前看，看看别的东西，你还不曾拥有过的东西。”

他抬起头看着她。她不是他想象中的那个她，比那更耐人寻味。

“好吧，”他说，“祝你今天过得开心。”

他等着她说同样的话——你也是，布隆夫曼。但她只是回到她的杂志上，又点了一根烟，蜷起膝盖到胸口，抱住，飞快地翻起杂志，直到翻到最后一页，然后，她又从头开始翻。

二、高斯坦快餐店

办公室是有情绪、有个性、有灵魂的，它是一个由一堆小有机体构成的单一大有机体。小有机体的个别体验服务于整体，营造出或活泼进取或困顿消极的态度，往往可以持续一整天。今天办公室里出奇地荒凉。斯基普・索斯比再次迷失在宜家发票的电子沼泽里，他的挫败感像病毒一样四处蔓延，影响着周围每一个人。已经和某种特殊的沮丧展开搏斗的布隆夫曼需要提提神。

当然，最提神的就是高斯坦。

高斯坦快餐店和它的明星鲁宾三明治，从不让人失望，高斯坦做的鲁宾是布隆夫曼心目中最棒的。里面有种什么秘制的酱料，是伊拉・高斯坦亲自研制的。他现在起码有一百岁了，坐在收银台后面就像自己的仿真蜡像，但是萎缩了，笑都笑不出来。他看上去就像早有了死的心。现在这儿由他的儿子卡莱布管理。他是个敦实友善的人，年轻版的伊拉。他有一股精气神，一种取悦别人的热忱，布隆夫曼很欣赏这一点。他很了解布隆夫曼，总是格外热情地接待他。卡莱布总是知道布隆夫曼要点什么，都不用等他说出口——“一份鲁宾，全套！”有时候只要布隆夫曼一踏进店门，这个声音就响了起来。这让布隆夫曼无比地高兴。每当卡莱布说——他经常这么说——“有朝一日我会把这个三明治的名字改成‘布隆夫曼’。我在说，天在听！不再叫‘鲁宾’，叫布隆夫曼三明治！”布隆夫曼就会飞上九霄云外，在天上他觉得呼吸都困难。他有近半打的高斯坦笔。

今天有所不同。卡莱布在那儿接受点单，像往常一样。但精气神却不在了，无精打采。他的肩膀垂到胸前。布隆夫曼希望自己的出现能让卡莱布振作起来，但直到他走到柜台跟前都没有听到一声问候，也没跟老天爷提把鲁宾的名字改成布隆夫曼这一茬，什么都没有。布隆夫曼觉得——他总这么觉得——是不是自己做了什么，或是没做什么，或许他应该多来几次，或许他不是卡莱布心目中的理想顾客。

“嗨，卡莱布，”布隆夫曼怯生生地说，“好久不见。抄抄写写地忙坏了——你懂的。”卡莱布点点头，手里拿着笔，等着布隆夫曼点单。很怪异，就像真正的卡莱布被一个假的仿制品代替了，浑身上下都跟卡莱布一模一样，但这个克隆人只有一个瑕疵——他不认得布隆夫曼，他不知道布隆夫曼要什么三明治。这是制造这个替代品时忽略掉的次要细节。

“你想来点什么？”

“哈！你知道我想来点什么，卡莱布。”布隆夫曼说。

他叹了口气：“我可能知道也可能不知道。为什么不直接告诉我？点点儿什么？还有人排队呢。”

“卡莱布。”卡莱布知道布隆夫曼要什么，这很重要，重要到布隆夫曼不打算告诉卡莱布——他做不到。他要让他自己琢磨，他要让他想起来。“我想要我每次来都点的那个。”

卡莱布叹了口气。“好吧，给我点提示，”他说，“比如告诉我你他妈到底要吃什么三明治。”

布隆夫曼崩溃了。卡莱布看出来了，然后软了下来，才开始关注起他面前的这张脸。

“哦，布隆夫曼，”他说，“布隆夫曼，对不起。鲁宾，当然。”他在小记事簿上写了下来，摇摇头。

“你没事吧？”

卡莱布耸耸肩，就像在考虑这个问题。“我父亲，伊拉，他进医院了。肺炎。他这把年纪，你知道的……怎么都会担心的吧。”

“哦，我的天。”布隆夫曼听上去很吃惊，但其实并没有，伊拉已经拉着一根树枝在悬崖上挂了十几年了，“我很遗憾。”

“谢谢，”卡莱布说。“真希望我能在他身边，但我们还得做生意，”他说，“顾客，他们全靠我们了。伊拉一生中从没有缺勤过一天，我出生的那天他就在这儿。我是星期三出生的，他直到星期四才看到我。这咋办？妈妈和他在一起。”

“那就好。”布隆夫曼说。

“你知道他们在一起有多久了吗？六十五年。六十五年！而且他们仍然相爱。真希望我们都那么幸运。”

六十五年，布隆夫曼想，如果他今天找到一个这么爱他的人，并且和他在一起这么长时间，那他死的时候已经九十九岁了。

“你有伴吗，布隆夫曼？你有老婆吗？”

“没有。”布隆夫曼说。

“那女朋友总有吧。”

“没有，”布隆夫曼说，“我什么样的伴都没有。”

“那就去找一个。”卡莱布说。

“那是我的目标，”布隆夫曼说，“我还有四十三天。”

卡莱布点点头，虽然他看上去有点晕乎：“有目标是好事，我猜。但你不需要定期限，谁都不知道要花多长时间。”

“但我知道我一共有多少时间。我中奖了，实际上是在这儿中的，沙滩之旅。”

但卡莱布已经失去了兴趣，视线越过布隆夫曼的肩膀落到他身后的顾客身上。“这咋办？”他说，这是他的口头禅，“下一个！”

棕色塑料托盘上放着三明治、一包薯条和一杯甜冰茶，布隆夫曼颤颤巍巍来到一张桌子跟前——业内人士称之为“双翻”——桌子挨着墙，墙上挂着一张高斯坦快餐店旧址的黑白照片——就在一个街区，1959年被烧了，于是伊拉就搬了店址，搞了个更大、更“现代”的，意思就是“一卡车的不锈钢和福米卡塑料板”。这儿就是布隆夫曼坐下来吃午饭的地方，孤身一人，就像上周和上上周一样。

接下来发生的事就像电和汽车一样，又是一个不解之谜。

高斯坦的桌子之间相隔一英尺左右，从中间穿过是一项挑战，很容易撞到桌子造成各种破坏，特别是某些重量级的食客。不单重，而且大，有些简直是巨大。但这些人谁都不会尝试穿越桌子之间狭窄的通道，只有最苗条的人才会考量通行的微小可能性并尝试通过。

就有这么个人上来尝试了。她很苗条，娇小，几乎是袖珍的。她穿着黄白相间、清爽的、收着腰的太阳裙，裙摆落到膝盖上方一英寸的高度。她的胳膊和肩膀白得那么精致，往上面撒半杯面粉都不会有人看出来。她的托盘上是什么鸡肉沙拉——用冰淇淋勺铲起来再扣下去那么一摊——一块包心生菜、一碟莳萝酱菜，外加一份玉米条，像玉米蛋糕但没有做成蛋糕的形状，而是耳朵的形状。玉米条是高斯坦小有名气的菜点。她的挎包——硕大，几乎跟个背包似的，看上去世界上有的一切，一样一个，统统塞了进去——危险地悬挂在她的一条动人的胳膊上。

是希拉·麦克纳布。

“希拉。”布隆夫曼说，不是说给她听的，而是对他自己，就像念咒似的念了出来。她没有看见他。她试着挤过去，于是他把自己的托盘朝桌子的另一端推了推，给她腾一点额外空间。但空间还是不够，她的背包砸向他的托盘，他的超大杯甜冰茶倒了，浇在他的腿和衬衣前襟上，渗进了他的平角内裤，扩散开来，直到湿透。高斯坦的茶也小有名气，是用桶一样大的塑料杯装的。

“我的天！”她说，听上去就像她不小心砍掉了他一条胳膊。人们纷纷回头看谁死了。“对不起！”

“没事没事，”他说，心平气和，“你什么都没做。”

“我把你的杯子碰翻了。对不起，我不应该试图从这儿钻过去的。我以为——我太乐观了——我以为我能钻过去。”

布隆夫曼拿着纸巾无所适从地想把自己擦干。“我的错，”他说，“我朝另一边移，想给你腾点地方，结果我的胳膊就撞到了杯子。是我的错，不是你，希拉。”

她检查了一下破坏情况，他的大腿成了沼泽，然后，她终于抬头看到了他。

“哦，”她说，“哦，我的神呀。你——你是爱德塞尔，爱德塞尔·布隆夫曼，克兰斯顿大厦的那个。”

哇！就这一个字。她居然记得他的名字！就像魔术似的。

“那我就坐你这儿了，”希拉说，“我能坐你这儿吗？”

“当然。请坐。”

她坐下，把挎包放到脚边的地板上。那包大得像个两岁小孩。

“爱德塞尔，”她说，她让他的名字在空中回荡了一下，“那个——谁知道呢。已经过了多久？有一个月了吧？”

“三十五天。”布隆夫曼说，话一出口就后悔了。也并不是自从他见过她以后就开始数着日子生活，但显然，他不知不觉这么做了，就像他的心里有一本挂历。

“你看上去真棒。你看上去，我不知道——”

“更有型了？”

“你的型我早就给你定了。你是长颈鹿，记得吗？”

“你还记得？”

“我当然记得，”她说，“谁能忘得了反刍动物？”

她从裹得紧紧的纸巾里解出刀叉来。

“这时候我应该说，我来付你干洗的钱。”她顿了一下，深呼吸，“我来付你干洗的钱。”

“就是些茶水，”布隆夫曼说，“几乎就是水，不会留污渍的。我只是……湿了。”

她摇摇头。“希望我拄着拐杖，这样就不会有人怪我了，”她笑起来，然后朝布隆夫曼倚过去，“我不是那个意思。我会下地狱的。”

“别，”布隆夫曼说，“有时候我也希望自己拄着拐杖，拄拐杖的时候大家都对你更好一点。”

“你喜欢这个地方吗？我爱死这里了，”她说，“我从杜鲁门那届开始就来这儿了。”

“那可是很久以前呀。”

“我一百〇五岁了，”她说，“我的秘密，有机蔬菜。我就是这么保养的。当然，还有处女血。每天一勺，青春永驻。”

“哈哈。”布隆夫曼说，心想着对不是爱德塞尔·布隆夫曼的人来说，这可能很好笑。

她抽出沙拉下的托盘，放到她左侧的空桌上。现在食物就像在家里那样摆放着，而不是在饭店由服务员端送。布隆夫曼从不把食物从托盘上拿下来，他从没想到要这么做。但看到她这么做，他觉得这看上去像是个好主意。下次。

“很高兴撞见你，”她说，大笑，“傻乎乎的双关语完全是个意外，就像我做的所有事情一样。”

但布隆夫曼却想着这真是个意外。他一边感觉到茶逼近自己的脖子，一边意识到这是人生中重要的时刻——他正和见过一面就朝思暮想的女人坐在自己最喜欢的餐厅里。一个巨型追光灯正从天上照下来打在他们身上，这张高斯坦的小桌子成了造物的中心。他的心脏是一团绒线球。这不是爱——他是没这样的福分的——但是，至少，这是坚实而明媚的情感，是不容忽略的。

“克兰斯顿怎么样了？”她问他，“我真喜欢那栋老楼。只要坐在我的办公桌前，看看来往的人……”

“然后把他们变成动物。”他说。

“没错。然后就会意识到，好多曾经在那儿工作过的人都已经死了，这为那个地方平添了某种凝重的质感。”

她吃了一口她的沙拉。他从没这么想过。

“那你的说明书创作怎么样了？”

她靠上前，凑上一只耳朵对着他：“不好意思，我的什么怎么样了？”

“说明书写作事业。”

“说明书写作事业？哦……”她微笑起来，重新聚焦，有一瞬间没了方向，然后重新找到支点。“是的，那个，我有一些工作——小工作。看看吧。给一个订书机公司写了点东西，给订书机装书钉——很多人觉得这很难，因为说明不够清楚。给印泥加墨，还有电池——电池是我的面包黄油，正极－负极，负极－正极，很搞笑的。”

“很有意思。”布隆夫曼说，这个从来没学会怎么给订书机装书钉的人觉得希拉能把这事儿讲清楚是为世界做了件重要的事。

“你还记得。”她说，看上去很高兴，“说明书的事。”

“当然。”他说。

“你真好。我只是——我是说，那事儿我们才聊了几秒钟。”

“我是长颈鹿，”他说，“长颈鹿从不忘记。”

她用叉子漫无目的地重新整理了一下沙拉里的菜叶，用叉子的尖叉起一个胡萝卜圈。她把它送到嘴里，仔细地嚼，一小块胡萝卜能嚼多细就嚼多细。

“我要收回我说过的话，”她说，“说你是反刍动物不准确，不太合适。”

“好吧，”他说，他喜欢这个游戏，“那是什么？我是什么？”

她想了想，很认真地打量着他，审视着他，检查着眼前这头动物。他就这么看着她检查自己。然后她双手一摊：“我也不知道你是什么动物，布隆夫曼，我得花更多时间和你在一起才能明白个究竟。”

“更多时间，”他说，“当然。这说得通。”他看看自己的手表，说：“十分钟够吗？因为我得回去开会。”

“不行，”她说，“十分钟不够。”

“哦，”他说，“该死。”

但布隆夫曼到过这儿。不是和希拉在高斯坦吃饭，而是到接近可能性的机会这一步。他的一句话、一个小动作——仅此而已，他只需要这些就能重新创造自己的世界。

他得喘口气，他需要呼吸点空气。

“那或许，”他说，从那天晚上刚刚得到的新鲜经验中汲取着能量——如果他能给两个陌生人看阴茎，还有什么他做不到的？“或许我们应该创造一些机会来花点额外的时间相处。”

她花了些时间来推算他的语法。“哦，好的。当然。好。我同意，”她说，几乎笑出声但又忍住了，“我们来创造机会。什么时候合适？”

任何时候，他想。今晚，明晚，后天晚上。但不能这么做。他看了那么多电视，这点还是懂的。

“下周二怎么样？”

“当然，”她说，“接下来那周的周二是吗？可以，太好了。我想——当然，就这么定了。下周二。”

她在一张餐巾纸上写下她的住址和电话，就像犯罪片里的魁首给客户递报价那样，从桌子这边推到对面。他接过来，攥住。布隆夫曼还没有吃完他的“布隆夫曼”，但他得赶在她改变主意之前站起身离开。

“那就周二见。”他说。

“周二见。茶的事情真抱歉。”

三十五天，爱德塞尔·布隆夫曼有了个约会。

出门的路上他告诉了卡莱布，卡莱布说他为他高兴——真心为他高兴。“Mazel tov（希伯来语：祝你好运）。”他说。

三、爱德和小棕

当晚下班后回家路上，布隆夫曼顺路去了哈里斯·提特超市，想买些牛奶、半打鸡蛋、早餐茶、速冻比萨、一个苹果、两根香蕉、速食煎蛋、一卷纸巾、意大利螺旋面、半个小麦面包（不管什么东西能买半个的时候他总是买半个）、一磅无皮无骨土鸡鸡胸肉、一袋速冻豌豆、六罐装可乐、烘焙苏打，以及一些别的东西。他穿过每条走道，想买什么都忘了。他的推车空空的，只有一包速冻豌豆在最底下冒着汗。他就像是在逛博物馆，欣赏着精美的设计、明快的颜色、聪明的描绘。或者他根本什么都没干，只是无心地推着推车穿行在那些专门为他创造的走道里。他大概已经在同样的走道里穿行过两次（很可能三次），却没有察觉，心不在焉。就这么像个僵尸似的游荡在超市里，就这么游荡下去对他来说并不困难，这其中有特殊的壮丽感。他脑子里那些怪异的碎屑神奇地飘荡着，就像阳光下的尘埃。他要约会了，他要约会了，他要约会了！

他觉得自己是崭新的，明亮地燃烧着。上次他有这种感觉还是离开家上大学的时候。他只报了一所学校——斯普令摩尔，一所离伯明翰一个半小时路程的小型文理大学，够近，可以经常回家；够远，可以重新开始，再给自己一次机会，成为一个和他显然会成为的那个自己不太一样的人。作为开始，他不用再做布隆夫曼。他可以是爱德，他总是想做个爱德。爱德，很友好、普通的名字。到处都是爱德，布隆夫曼想成为其中一员，毫无疑虑。对布隆夫曼来说，他觉得世界上好像只有一个布隆夫曼，那就是他。这种感觉不好，就像作为一种濒危物种存在着的同类中的最后一个。

他的室友是新泽西来的，一个名叫皮特·奥恩斯坦的大男孩，无论长宽都要比布隆夫曼大两倍。他有一口可怕的纽约口音，就像电视剧里来自布朗克斯区的警察操的口音那样。他的头发乌黑诡异，总是敞着衬衣最上面的两颗扣子，露出一层卷曲的绒毛。他戴一条悬挂着字母“O”的金项链——大家就称呼他为欧，有时候叫他大欧。他从特伦顿一路开一辆银色的别克伊莱克特拉 225 而来，尽管新生不应该在校园里开车，但大欧才不在乎那些规矩。

他们见面的那天是这样的：

“皮特·奥恩斯坦，”皮特·奥恩斯坦说，可怕的利爪碾压着布隆夫曼的手，“但大家都叫我大欧。”

“很高兴认识你，大欧，”布隆夫曼说，“我叫——我叫爱德，爱德·布隆夫曼。”

大欧打量了他一番，把他当样本来研究。

“爱德？”他说，“爱德·布隆夫曼？”

“没错，”爱德说，“爱德。”

“你猜怎么着，爱德？”

“怎么——着？”

“我要叫你布隆夫曼，我喜欢这个名字。爱德太没劲了，布隆夫曼多逗，而且很适合你。你看着就像个布隆夫曼。”

“叫我爱德，”布隆夫曼说，然后急切地想要挽回首战失利的冠名权，“求你了。”

“布隆夫曼，”大欧说着大笑起来，转过身开始解包行李，“哈！我喜欢。”

于是布隆夫曼放弃了成为爱德的决心。没有理由维持这场梦，完全没有用。大欧有朋友，然后大欧对进屋的每个人都介绍说这人是布隆夫曼，就这么十传百传遍了整个小校园。他像恶意而严苛的变形世界发动的第一次进攻遭遇阻挠。以这次（尽管很小）失败为教训，他第二次也会失败，然后第三次，一直这么下去。布隆夫曼知道自己耳根太软，但他已经接受了“不”这个回答，因为他学到了，“不”不单行，它们总是接二连三，跟街头混混似的。他凭空看到了恶性循环，是他创造的，他为自己的故事下了预言。如果有一个人没有叫他爱德，就意味着没人会叫他爱德。多么脆弱的灵魂啊！他的愿望就像生日聚会上的皮纳塔[①]，一击必碎。他去上课，到图书馆消磨时间，回宿舍，一日三餐都吃食堂，在食堂里他坐中间靠后的位置。他有时候会和别的跟他一样安静的人坐在一起吃饭，但大多数情况下一个人。食堂根本没必要这么大。虽然有些学生三三两两地散布其中，其他像布隆夫曼这样的人都是单独的，独占一张桌子，散发着新生自我保护的气场——

---

① 一种用纸做的包裹着小玩具等礼品的容器。

几乎能看到那个圈。孤独的人总是孤独的，日复一日，循环往复，万劫不复。

但他的宿舍挺好的，他很喜欢。他喜欢自己的小床紧凑地挤在窗边的小角落里，像个蚕茧。他和大欧，尽管就像鸵鸟和电话一样天差地别，但其实处得还挺好。他们不是密友（同屋整整一年，他们没有一起参加过一次社交活动），但他们在一片凄冷的祥和中相安无事——就是朋友未满，差一口气。

有一天，布隆夫曼正坐在自己的床上，枕着妈妈给他的明蓝色靠枕，读早期美国历史——印第安人的那些事，悲剧，惨绝人寰又在所难免，他是这么想的。他的床上什么东西"哐"地撞了一下，就在他的脑袋旁边。起初他以为是一个篮球，或是一块石头，甚至是一颗子弹。如此突然、尖锐而响亮的声音，可以引发心脏病。

是一只鸟。他眼角的余光看到了，那个浑身长满羽毛的东西，然后，一瞬间就消失了，从二楼掉到了下面的地面上。布隆夫曼倒吸了口气，打开窗往下看。鸟在那儿，蜷缩着，黑白褐相间，掉在缀着红色浆果的绿色灌木上，死了。

或许没有。是不是刚动了一下？颤了一下？抖了一下？看上去是这样。

布隆夫曼满心希望，这不符合他的个性，竟然可以未卜先知。他从床底下拽出妈妈给他寄的纸板箱——之前装满了水果、巧克力和三个结着霜的花生果酱三明治（她肯定把它们深度冷冻了好几个月）——飞奔下楼梯，穿过沉重的铁门，在室外经过庞大的空调机箱。它就在眼前。一对红褐色的珠子——它的眼睛，充满了恐惧——喙一张一合，像是试图跟布隆夫曼说点什么：救救我，求求你。

布隆夫曼温柔地用他的手捧着那几乎没有分量的身体，把它从树叶和浆果的温床上托起来，就这么捧着，连自己都很感动。这条生命在他手上，这不是比喻，他能感觉到小鸟全身的抽搐。羽毛很软但紧紧地依附在小鸟周身，就像个包裹，有那么一瞬间，布隆夫曼想象着自己长满了羽毛，那样是什么感觉。他把小鸟放进盒子里，从周围的草地上拔了一些嫩草，又从浆果树上折了一些树枝，采了一些树叶，做了一个小床，原始的鸟窝。

然后他把它带回宿舍，希望它会好起来。他，布隆夫曼，能救回这条命。

大欧不在，于是布隆夫曼就把纸板箱放在他的床上，看着小鸟就这么躺在那儿。他能看见它起伏的胸膛，他抚摸着它，真柔软。

布隆夫曼用铅笔在纸箱四面都戳了洞，盖上盖子，然后放到床底下。他跑到图书馆——他像个恐慌的洁癖者似的尽可能避免使用电脑，那种无边无际，看似无尽的信息世界让他害怕——找到一本书，《美国鸟类》。他找到了相应的图片：黑色脑袋，白色胸脯，锈色翅膀。

它叫棕肋唧鹀。世上万物，偏偏叫这个名字，就像布隆夫曼叫布隆夫曼一样。仅凭它的名字，他就立刻和这只鸟建立起了某种荒诞的亲密关系。“嗨，小棕，我叫布隆夫曼。”棕是它两肋的颜色，根据它的配色，这是个男孩，或者说是雄性，所以布隆夫曼就叫它小棕。

书上还写道：“雌鸟用杂草、树叶、树皮和茎在地上或是接近地面的地方筑巢。”

在地上或接近地面，看上去很神奇，非常神奇，鸟会在地上筑巢。在布隆夫曼看来，鸟就应该利用自己作为鸟的优势，在树上筑巢，那里更安全，大多数时间鸟都在树上——唱歌、赏景、躲猫。不过换个角度看，地上有食物。如果说早起的鸟儿有虫吃，那早起又住得近的鸟儿吃到虫子概率就更大了。

布隆夫曼没有虫子。他去食堂弄了一块芝麻面包，把芝麻扣下来投到纸箱里，小棕吃了一粒，又吃了第二粒，然后是第三粒。

布隆夫曼看着它吃。他看着小鸟，就好像是他的双眼把它救活的。

四粒，五粒，六粒。

一个小时之后大欧冲进门，摇摇摆摆地像个迷失的巨人。

“那是什么东西？”大欧说，指着纸箱。

布隆夫曼一片一片合上纸箱的盖子，慢悠悠地，尽量不引起更多的关注。“这个？没什么，”布隆夫曼说，“只是一些我妈妈寄给我的东西。”

“树枝和叶子？”大欧说，“我知道我看到的是树枝和叶子。你妈妈就给你寄这个，布隆夫曼？”

“没什么。”

“我来说了算。”

大欧慢慢上前三步——他只需要三步就能从房间的另一边走到布隆夫曼这边——耸在布隆夫曼上方，等待着。大欧绝不会伤害布隆夫曼——至少从没到这一步——但如果他想自己打开箱子，布隆夫曼是无法阻止他的。于是，剧情无可避免地走向“皆大欢喜”，他还是把纸箱打开了。

“你看，”布隆夫曼说，“没什么吧，只不过是只鸟。”

“我的天。”大欧说，他的声音就像在教堂长椅上的低吟，“真是只鸟！”

大欧瞪大眼睛，大惊失色，可能还有些敬畏。他顿在那里，一动不动。能在室友的身上产生这样的效果，这让布隆夫曼无比欣慰。他从不觉得有这种可能。这就是力量的感觉，控制感，他是木偶的操控者而不是木偶，他觉得自己都快内爆了。

“我能……摸摸吗？”

大欧看看布隆夫曼，征求他的同意。布隆夫曼考虑了一下。

“就摸摸尾巴尖上的羽毛，”他说，“贴着边。它撞在了窗子上，不知道还能不能飞。小心一点。”

大欧几乎没有碰到那只鸟就把手收了回来。“得给爱兰看看。”他说。

“不行，别，”布隆夫曼说，“我觉得不……小鸟需要休息——”

但大欧已经冲了出去。

几分钟后他带着爱兰回来了，一个奶油发色的高个女孩——布隆夫曼心目中的天使。他见过她不下六次但从来没有打过招呼，因为，当然了，对呀，他倒是想打招呼来着。爱兰有个朋友，戴布，同样天使容颜，穿着那种总也包不住胸的衬衣。两个人都冲坐在床上纸箱旁的布隆夫曼微笑，小步朝他靠过来。

“我们能看看吗？”爱兰问。

“当然，”布隆夫曼说，“当然可以。”

她们看着。爱兰的屁股蹭到了布隆夫曼的肩膀。

“哇。你怎么弄到它的？”

“它撞在窗上，撞晕了。我从下面的灌木上把它捡了回来。它好多了。我觉得它会没事的。”

“查尔斯会很喜欢的，”爱兰说，“不介意我去叫他吧？他会很喜欢它的。”

“当然可以。”她说什么他都会照办，不管什么，“如果他喜欢的话，当然可以。”

几分钟之后查尔斯来了，还有两个他不认识的女孩，还有另一个家伙，以及杰伊·布莱斯兰——他想让这只小鸟参演他拍的电影。大欧——沾着作为布隆夫曼室友的光，也算是对小鸟享有部分所有权——严词拒绝了。“会他妈把它吓没命的，”大欧说，“你还想让它演你那些傻电影？”

一小时之内，他们的宿舍就已经挤满了想看鸟的人，外加布隆夫曼自己。这一切都让人陶醉。他们问他关于鸟的问题——他们想知道他的故事，布隆夫曼和鸟的故事——他对他们说了，他们震惊于他的智慧与勇气，那些从没注意过布隆夫曼的人，尽管他们就住在同一栋楼里，已经一起住了六个月。

也不知为什么，鸟和布隆夫曼合二为一了。感觉就是这样——他像空气一样轻，他长出了自己的羽毛，他飞起来了。但这并不一定是好事。一个大学新生，在自己眼里或者向别人介绍的时候是个长羽毛的东西，这样不好。爱兰、查尔斯、大欧，和其他那些女孩用他们的眼睛对布隆夫曼聚了光。他引起了他们的注意。如果他想从他们那里得到什么，或者有什么话想对他们说，或者假如他一直等待着这样的事情在现实中刻下一些小印记，现在显然是最佳时机。但结果他发现自己此时此刻什么都不想要，只想要这一切结束。

小鸟在纸箱底前前后后踱着步，它蹦跶了一下。人群——他背后现在有多少人？八个？十个？——发出马戏团里的那种惊呼，然后鼓掌。这是对小鸟那一蹦跶的肯定，对小棕的肯定。它的翅膀小心翼翼地打开，几乎全张了开来，然后，同样迅速地合上，拉伸。它在寻找那种感觉，重返擂台的老拳手。小棕在树枝和杂草中又蹒跚地迈了几步，就停了下来。小鸟一动不动。这条生命，它的小脑袋激动地前后晃动着，最后目光停留在布隆夫曼身上。没有人站在布隆夫曼的角度，没有人知道小鸟正直视着他。但这是为什么呢？求助？求认可？求再给一粒芝麻？

小屋里安静下来，那种即将发生事情之前出现的寂静。

小鸟的小眼睛——大不过也深不过一滴油——反射着全世界的恐惧和希望。布隆夫曼也感觉到了。他们俩背后的人群退入了一片无谓的朦胧，现在只剩下小棕和布隆夫曼，由生命的线索连在一起。布隆夫曼一点都不害怕，这才是最有趣的地方。他拾起那只鸟，把它捧在手心里，就这么捧着。他听见有人喘了口气，或许是两个人，然后又安静下来。其中一个女孩甚至可能摸了摸他的肩膀。他不知道，无所谓，因为他正用他的手捧着一只鸟，一只他在几个小时之前救下来的鸟。

他带着小棕来到那扇它撞上去过的窗跟前——现在窗是打开着的——把它举到另一边。小鸟仍然蜷伏在他的一双掌心里，用它的喙寻找着缝隙。太阳落在了松树林顶端，即将消逝的光线斜穿过小小的校园，布隆夫曼不知道怎么做才好，于是他就这么做了。他把小棕放到空中，它似乎只需要一点点空气。稍作调整，片刻笨拙的扑腾，小棕直起身子飞了起来，左突右冲，像是在躲避潜在的子弹。布隆夫曼看着它越变越小，然后消失在黄昏的迷雾中。

就是这样，小鸟，小棕，走了，简短的冒险结束了。有几个孩子笑了，有几个鼓起了掌。布隆夫曼的心情出奇地沉重，就好像刚发生的一切并非完美结局。但那就是完美结局，无法再完美的结局。但他开始想念那只棕肋唧鹀，即刻而强烈。他想念它就像有时候想念自己的母亲，带着某种可怕空洞的疼痛。他回头看看其他人，他崭新的朋友们，他们已经开始转身离他而去，回归他们精彩的生活。这没什么，布隆夫曼觉得这没什么，回到他的自然环境中让他感到很自在。隐形人种，他还没有准备好现形。他需要更多时间，更多经验，脚踏实地地再过十五年。这就是为什么卡尔拉·达安琪罗要这时候打电话给他，因为他准备好了。也不知道为什么，反正她知道。他有生以来第一次做好了被看到的准备，被希拉·麦克纳布看到。他准备好去冒这个险。他只需要一点点空气。

第三十七天

小烟花

除了母亲，他没有别人可以分享希拉的事。第二天下班以后他去看她，比计划中要早。他等不了了。

他进屋的时候她在尖叫，这也并不是什么不寻常的意外。

“离我远一点，贝蒂娜！我知道你想干什么！”然后是沉默，就好像不管贝蒂娜想干什么，她都已经干完了。他关上身后的前门——不小心发出“砰”的一声——贝蒂娜出现了，狐疑的表情，好像不是很激动。

“哦，”她说，“是你呀。”

“她怎么样？”

每次闯进母亲的巢穴之前他都要这么问贝蒂娜，不敢轻易闯进去自己看。他喜欢预告。他需要做好准备。

“她是不是已经疯了？”贝蒂娜说，“每天多那么一点。每天总有些什么花样。这儿嚷嚷，那儿吵吵，很快我就要受不了了。她吃太多药片了，布隆夫曼先生，把她都搞晕了。今天早上有那么一阵子她都认不出我了。早上最麻烦。”

“你刚才想干吗？”

“干吗？”

“我进来的时候她说，‘我知道你想干吗’。”

“倒水，”她说，“我给她倒了一杯水。”

就像是恐怖片里那样，一个男人正要走进一个房间，他听到里面有动静，又不确定是什么声音，摄像机就紧跟在他身后，他慢慢打开吱吱呀呀的门，进入那片可能寄居着恶魔的恐怖阴霾。

“嗨，妈妈。”布隆夫曼说。

她整个人靠坐在床上，头发向后梳着，脸上涂满了厚厚一层橘子煎饼。

“真是个惊喜，”她说，“我的小甜甜来看我了。快过来亲我一口！不过还是算了，你可能有病，我可能有病。谁知道呢。”

这话对他来说无所谓。

她对他微笑：“我刚从空中的凯马特回来。”

“真的？”

“是呀，我想重新装修房子，所以——”

“啊。”

“啊？啊？这声音是什么意思？窃以为我讨厌这个声音。讨厌，讨厌，讨厌，”她摇着头，“别后悔，爱德塞尔。事已至此，反正我的时间机器也坏了，恶魔已经冲出了房间。”

“你看上去有点迷糊，妈妈，”他说，“这儿没有恶魔。”出于某种原因，他觉得这种虚构需要由事实来纠正：没有恶魔。生效了。就这样，她应声回来了。她的眼神清明了起来。她知道他是谁，更重要的是，她知道自己是谁。

“当然没有，”她说，她的嗓音温柔了起来，就像一个女孩，“有时候我也不知道自己在说什么，我到底在想什么。这就是留给你的我，爱德塞尔，你的母亲。我就成了这个样子。”她微笑起来，“但我的心里还留着点什么，什么真实的东西，来来去去。就像那些国庆节的小烟花，‘嗞’的一声，他们发出的就是那种声音，然后就消失了，燃尽了。”

他坐在她的床尾，靠近她的脚。她曾总是染红色的脚指甲。现在它们是光秃秃的，有些斑驳，灰沉。

“说说，什么好消息？”她说。

她是怎么知道的?

“我要去约会了。”他说。

他脸红了，扭过脸去，对她这么说像是在说大话。更糟糕的是，这是他这个年纪的人不屑于说的大话，就像在说“我穿过马路啦，了不起”。

“约会？约会？和谁？”

她好像有些过分吃惊，他不喜欢。

“一个叫希拉的女人。我以前是她的同事，然后她辞职了，后来我又在高斯坦遇上了她，然后我们就……还挺合得来。我是这么觉得。再后来……反正，这就是我要告诉你的事，我的好消息，我要约会了。”

看，她对他的笑容多灿烂！这是一个母亲在她的儿子打破世界纪录时露出的笑容，或是他通过合法手段取得了声名和财富的时候，或是他又做起了什么不可能实现的美梦的时候。她就像一个母亲——他的母亲——那样笑了起来。

“哦，爱德塞尔，”她说，“太棒了！好极了！”她的睫毛闪动着，“这就这么开始了。”

“这？”

“是的。这。”

对他来说很难讲“这”是一件好事还是坏事，“这”只是一件事——那件事。她没有深入发挥，他也就没有别的话可说。但他又待了一会儿，坐在床的另一端，她打开电视，他们一起看了会儿节目，自然纪录片，讲鲸鱼的。

第四十三天

约会希拉

过了一百万年。每年感觉都拖长了十倍，每分钟感觉都像一小时，每小时像一天。布隆夫曼可以听见一秒钟嘀嗒而过，每一秒都伴随着巨大金属齿轮缓慢转动的声音。哪怕在夜晚，一个人躺在他的床上，他也能听见齿轮的声音。咔－哧，咔－哧，咔－哧，根本没法睡觉。感觉就像他再也不可能睡觉一样。

然后终于，周二到了。

他让希拉把地址和电话号码写在了高斯坦快餐厅里一张皱巴巴的餐巾纸背后，他把这张收条展示在冰箱褪了色的白磁漆面上，用上了他唯一的一块磁铁——一副磁力相框，里面夹着他母亲的照片，照片是布隆夫曼六岁左右的时候拍的。他把一个女人的电话号码展示在自己冰箱上，上面的磁铁上镶着他妈妈年轻迷人的照片。这一点都不奇怪。

他日复一日地看着这张收条，想着这件事。他记住了她的地址和电话号码，并不是故意的，只是出现频率造成的。她的电话号码看上去比她的门牌号码亲切，不知道为什么。他在脑子里把其中的情感逻辑推导了出来：门牌号码属于房子，而她的电话号码——属于她。电话是便携的，她到哪儿电话到哪儿，他可以随时给她打电话。只要他愿意现在就可以给她打电话，深更半夜也可以，任何时候。那是一部手机的号码，所以不管她在哪儿，只要他打，手机就会响。除非有紧急情况，不然他不会打她电话，但他可以打，她给了他电话号码就是默认了这种可行性。这是参与她生活的邀请函。

希拉住在离布隆夫曼的公寓两英里远的地方，是一个维护得很好的住宅小区，名叫雪松苑。他对雪松苑很熟悉，那儿的入口标识经常遭人恶意破坏，看上去是这样的：

雨公艹

不管业主修多少次，破坏者都会回来把它弄坏，恶意引导过往的司机去做那件他很熟悉（或多或少）却无法想象亲自参与的事。真的无法想象，他的意识总会在这个神秘的关联发生之前关闭，哪怕他确切地知道她住在哪儿——前几天他才驱车经过那个标识，那个周二的前一个周六他还是专程开车进入小区观察了一下她的公寓，以防周二发生什么骇人的错误而迷路。她的小区干净、整洁、亲切、美观，跟他的小区完全相反。他的小区里堆满了啤酒罐、烟蒂、油腻腻的破布条。晚上他见过鹿游荡在他的小区里，在那些萎靡的灌木上吃点心。不知道为什么这个场景很可怕。他出来赶它们的时候它们只是瞪着他，像牛一样。“末日来了，”它们像是在说，“我们什么都做不了。”

希拉的小区可以从末日浩劫中幸存下来——就有这么美好。她门前有一条红砖步道，两棵巨型映山红守着门廊，窗户上没有蜘蛛网，水晶般明净。门是绿色的，黑色的门闩。他完全配不上她。他当然早就知道了，但哪怕他不知道，她那谦逊却修剪得一丝不乱的草坪也足以为他提了醒。周二之前那个周六的侦查工作实际上让他染上了轻度忧郁，他真希望自己没有这么做。但现在为时已晚，时间机器坏了。

他六点半准时去接她。他穿一条卡其裤、一件蓝色夹克，配橙色艾索德衬衫。这一身对他来说非常大胆，他从没这么穿过，感觉跟什么都没穿就出门也差不多。但他在买这身衣服的商场里看到假人模特就是这么穿的，他知道自己这么穿没错。可穿上这身衣服还是感觉像安了假肢，他必须适应适应。他走路都有些僵，也不知道该把胳膊放哪儿。他往她的门廊上一站，就像个假人模特似的。希拉的大门上装着一个磨砂的金门环，过了很久他才鼓起一小撮勇气来用它敲门。两下，过了一会儿，又一下。第三下敲下去，持续了一会儿，声音渐渐消失的时候，他开始怀疑自己是不是走错了门，或者来错了日子，两者皆有可能。终于，她打开门。“你好。”他说。但她什么话都没说。她耸耸肩，抱歉地笑笑，并举起她的食指，做了个“对不起”的口型，默默地邀请他进屋。她正用手机在给谁打电话。

“瞎说，”她说，“我总是……在任何重要的场合……我从没有对你说过一句。我不是——不对，是你听好了，我得挂了。”她又满怀歉意地瞥了布隆夫曼一眼。“先生，”她说，“请把我拉黑。请把我拉黑，再见。”

她挂掉电话：“对不起。自动应答。”

“那是自动应答？”

“也差不了哪儿去。是我不好。”

他为她的歉意着了迷。她一分钟之内道了两次歉，就像她想打破布隆夫曼七次的记录。

“哦，好，”他说，“我是说，晚上好。”

“原谅我。”三次！“我们重新来过。”她清了清嗓子，“很高兴又见到你了，爱德塞尔。”

他喜欢她这样直呼他的名字：“我也是。”

还没等他看清房间里的摆设，她就关上了灯。他一直注视着她——她身上不同的部位，比如她的小腿、她的大鼻、她的锁骨。他们从来就没离开门厅。他认为自己看到了一个伞架、一张玄关桌，还有一张配了相框的照片，他敢发誓照片里不是条贵妇狗就是一只毛茸茸的黑猫，或许边上还放了一碗红白条纹糖果？但她的客厅里——他也不能确定，因为他几乎只看了一秒钟——有两堆木头，看着像一张桌板，或许还有一把榔头，就像块工地。随着门厅里的灯黯淡下来并熄灭，出现了片刻沉默，他们准备离开，这时他听见笑声、掌声、铜管乐、童声歌唱从她昏暗的公寓里传出来。

他停下来听着。

“是电视机。”她说。看他没有动，她又说：“我不喜欢一个人回到一片寂静中。”

他们走过去取车的时候，布隆夫曼才把敲门的时候就想说的话说出来——那通电话打乱了他的棋局。

“你今晚真好看。”他说。

希拉脸红了。在高斯坦的荧光灯和克兰斯顿大厦的大堂里，他就已经看到了她大理石般洁白的皮肤——看上去几乎像抹了粉一样，就像日本艺伎那样。但仔细观察之后他能看出来她其实根本没有化妆。红晕让她的脸颊泛起了西柚汁般的粉色。

他们默不作声地开着车，希拉像是沉浸在某种悲伤的念头中无法自拔，布隆夫曼觉得是因为那通电话的缘故。他完全不知道他们要去哪儿。他应该知道吗？他们到底有没有说起过？没有。他确定他们没有。他的确有些关于晚餐的主意，在工作电脑上也做过些功课。他做了张饭店的选单，几乎囊括所有菜系，从美式到意式再到中式，但他很确定他们还没有讨论过这件事，于是他就一直开下去，偶尔右拐，间或左转。

“越来越热了，”她说，“但有时候还是能感到凉风习习。挺舒服的。

“是的。”他说。他没注意到有什么凉风。他只是发点声音，因为好像这时候应该有点声音。他在停车标志和红灯前转身面对她，他不知道怎么回事，但她又跌进了自己的沉思中，看上去非常非常遥远。她不想和他在一起。她坐在那儿考虑着如何脱身，如何从和他的约会中脱身。

布隆夫曼坚守着。他清清嗓子。“那个，”他说，“我在想我们要去哪儿吃饭。我有几个选择，不同的菜系，我们可以商量商量。”

她没有马上回答。

“我几乎什么都喜欢吃。”他说。他急需填充这片沉默——排山倒海，痛苦万分。“只要不太辣就行！”

轻率。他咧咧嘴，并伴着发出一声干笑。因为很多菜都是辣的，所以说他上一句“什么都喜欢”似乎有些牵强。他刚要更正自己说的话，她却说：“我现在不是很饿，布隆夫曼。你不介意我们先散个步吧？”

这出乎他的意料。

“散步？”

“下一个街区有个公园，很漂亮。”

他努力回忆自己上一次存心散步是什么时候。“好的，”他说，“没问题。”

“不过要是你很饿的话……”

“没有，”他说，“散个步太好了。新鲜空气，树……”在毫无准备的情况下，他也不知道还能说什么好。

“太好了。”她说。

他把车停在一片老水泥网球场后的空地上。两个老年人在昏暗的灯光下来来回回，较着劲，其实大都有来无回，能打过网都很稀罕。他们的皮肤比他们身上看上去特别专业的网球制服还要白，制服上写着他们将参加巡回赛。一条小路绕过网球场通向钻石形的棒球场，里面几乎只是土，空旷，荒废。有什么比陈旧的运动场更忧郁的地方呢？几乎没有了。希拉带他上了一垒，然后就走开了。上二垒之前她突然转身冲进了树林。这里是公园吗？目前为止还不像，或者说，至少不是布隆夫曼想象中的那种公园——只是一条小径，走的人多了，就蚀刻在了这个世界上。但接下来，他们就像穿过了一道无形的门，稀稀疏疏的树林到此为止，他们眼前是一片缀满野花的草地，起伏的丘地和巨大的橡树，秋千——孩子们荡得太高，让布隆夫曼心惊胆战，他从年轻的时候就有这种恐惧，害怕他们被发射进宇宙。那儿有个跷跷板，有个旋转木马，还有他最喜欢的东西——一匹硬质塑料小马，安装在一根粗大的金属弹簧上，旋插在地上，可以骑到马鞍上前前后后摇啊摇啊摇啊摇。没人骑小马。小径两边镶着金银花，从操场一直延伸到一片林中空地，长着黑色羽冠的黄色小鸟在那儿歌唱。也有其他小鸟，还有一片小池塘，中间横躺着一根树干，乌龟在上面晒太阳，捕捉着斜穿过树冠洒下来的夏日余晖。但希拉和布隆夫曼靠近的时候，那些乌龟就好像从树干上掉了下来，落到了水里，就像它们的基因代码警告它们，有两个可能拿它们炖汤的动物正在逼近。布隆夫曼一步之遥跟在希拉背后，他几乎能感觉到她冰冷的悲伤，就像冰柜辐射出的寒气一样。这可不是他所期待的。

他们来到一条木长椅跟前，希拉坐了下来，布隆夫曼也照着做了。他们之间隔开整整八英寸距离，他觉得这样比较友好，又不太亲密——他其实也不知道这种情况下的社交礼仪，因为他从来没有身处过哪怕有一点点类似的情况。除非算上他进高中之前的那个夏天，他给玛丽亚（她姓什么来着？）看他家后院的那片竹林。她自愿走了进来。她吻了他，但他没有跟进，于是她就打住了。他只是想给她看看那些竹子，他觉得它们很异域，很特别。他总是划错重点。

希拉看到了他的眼神，紧接着又马上转开视线。“我并不想让我们的‘约会’变成这样。”她说。布隆夫曼听出了“约会”上的引号，但却猜不出它的含义来。

“我们的约会。”他说，不带引号，他尽可能想让自己内心最深处的希望得到认可：这就是约会。他在和她约会。他有个约会对象。

“有时候我只是……突然就消沉了。绝对没有任何理由。实际上，我是个很快乐的人！但总是有什么别的东西，不依不饶，阴云密布。人真复杂。关系，有时候看上去真难！天哪，我知道我不应该跟你说这些，在我们第一次……不管这算什么。”

“这算约会。”他说。

“花点额外的时间相处的机会，”她几乎笑出声来，“但我不想让你觉得这是因为你，因为真的不是，根本不是。”

“好的，”他说，“谢谢，真的，别担心。”

她朝他转过身：“你有没有过那种感觉？”

“什么感觉？”

她顿了一下，很难把感觉总结成词句，他非常了解这一点。“感觉世界让人无处可逃。”

“当然，我有过，”他说，“一直都有。”

“一直都有？”

“也不是一直”，他说，“但有时会有。大约三分之一的时间。”

或者更多，他心想。很可能更多。逃过自己的影子，躲开无处不在的失落感，避闪回忆和隐秘——她要说的是这些。他一生都是伴随着不是他叔叔的叔叔长大的。大抵一个人。现在他的母亲，世界上唯一了解他的人，就要离开了，离开这个世界，离开他。这一切都太悲伤，不敢多想。因为这就是他，一个三十四岁的男人。而他又是谁？他要去哪儿？他的归宿在哪里？他不知道。他只知道他现在所在的地方，他发现自己身处的地方——孤身一人、无名小卒——不是他想要去的地方。但也不是每个人都能靠拯救海豹、阻止水力压裂技术、捡路边堆积如山的垃圾为生。

“有时候我妈妈会深夜三点给我打电话，”他说，“通常是指使我为她办事。清理她的床单，关炉子，割草。马上，她总让我马上去办。”

“真好笑，也真奇怪。”希拉说。

“实际上，她有老年痴呆。”

“哦，那一点都不好笑。我奶奶去世之前也有老年痴呆，所以我知道那是什么样子。那你怎么办？”

“我曾试图向她解释，她的要求很不合理，现在是半夜，她应该上床睡觉。但她会坚持。所以现在我就跟她说我会马上过去，然后她会忘记，这样我不过去也无所谓。有一次，”他说，几乎是在喃喃自语，就像他在告诉她一个秘密，要是被别人听到他的生命以及别人的生命都会受到威胁，“有一次我甚至没有接电话。我假装自己不在家。我就听着电话一遍又一遍地响。自动应答机接了起来，她说‘爱德塞尔？爱德塞尔？爱德塞尔？’一遍又一遍。然后她挂掉电话又打回来，说‘爱德塞尔？爱德塞尔？爱德塞尔？’然后我听着电话铃又响起来。她很可能正躺在卧室的地板上流血致死。我只是想，我现在不能接。她打过来七次，我一整宿都没睡。”

布隆夫曼停下来，不是很确信刚才发生了什么。他难道被催眠了？被人灌了坦白药？他这辈子跟任何人说过一句类似的话吗？他看看希拉。“非常抱歉，”他说，“我不应该说这些话。我也不知道为什么——”

“没有，”她说，“我想听。你就不能拔掉电话线，或者——”

“我应该拔掉的，”布隆夫曼说，“真希望我当时能这么想。她现在大多数时间都待在床上冲着她的护工嚷嚷——护工是天底下最好的人——我妈妈要到天堂的凯马特[①]去了。”

“哪儿？”

“天堂的凯马特。她情况不好。”

---

① 美国日用品连锁零售商。

希拉盯着自己的脚，她现在更忧伤了。“我知道我们都还不怎么熟，爱德塞尔，”她说，“我们很可能再也不会见面——我希望我们会——但要是我老了以后你还认识我，如果我也这样，疯癫，甚至有些尖酸，语无伦次无所适从，身处天堂的凯马特，请把我推下悬崖吧。”

“我会的。”他说，大笑起来。

“谢谢，布隆夫曼。”她说，但她一点都没笑，而是把她的手放到了他的手背上，就像三明治上的一片面包。布隆夫曼手很小，但希拉的手更小一点。他看到自己的指尖刚好从她的指尖下露出来。

然后她站起身：“跟我走走吗？”

他们走着，沉默地穿行在上百棵巨大纤瘦的松树下方、之间。布隆夫曼想象着——为什么他要想象这档子事，特别是在事情进展顺利的时候？——自己和希拉是狗背上的跳蚤，在狗毛之间游荡。他差点告诉她，这就是他现在的想法，但他没有。太早了。

“只要你能说出这儿一只鸟的名称，”她说，“我就给你一百万美元。”

“一百万？”

“一——百——万——美——元。”

她冲他眨眨眼，笑了，笑得就像那天一样——就是那天她在他大腿上倒了一杯茶，开了个关于残疾的玩笑又后悔了。但她现在很严肃。她想让他说出一只鸟的名称。这并不是真正的考验，至少感觉上不像，她不是那种故意给人下套的人。但同时，他知道自己必须说出一只鸟的名称。说出来可以引发改变，好的改变。

但要是说不上来他就成了那个说不上鸟的名称的男人。只要他们认识，这就会成为她对他印象的一部分，但布隆夫曼想要留下更好的印象。

于是他抬起头。突然看到到处都是鸟，各种各样，就像你能想象到的鸟都出现了，但他脑子里一片空白——完完全全的空白。压力让他窒息。哪怕他看到了一只蓝色的鸟，鸟名还是从他的嘴边逃跑了。怀着深深的挫败感，他低头看自己的脚，并找到了自己的救星。

“那儿。”他说，他指着一只在松针堆里跳来跳去的棕黑白三色相间的鸟。她看看鸟，又看看布隆夫曼。“那是一只棕肋唧鹀。”他说。

她看看那只鸟，一脸被耍了的表情。“这是你瞎编的吧，”她说，“怎么会有这种名字？”

“没有，”他说，“那就是一只棕肋唧鹀。有意思的是……它是那种在地上筑巢的鸟。”

“什么？鸟为什么要在地上筑巢？这没道理呀。做鸟最大的好处不就是不用这样吗？我的天，它可长了翅膀呀。”

“我也一直觉得这很奇怪，”布隆夫曼说，“但这是真的。”

“你是怎么知道的？你是不是戴着那种蓝牙耳机，有人在给你提词？我在电视上看到过。”他摇摇头。她将信将疑地看着他，目光凝滞，然后好像被他的眼神说服，点点头。“好吧，”她说着叹了口气，“我想我是欠了你一百万。我可能得花点时间。”

“我等。”

他们继续向前走，渐渐重归沉默，直到出于某种他无法揣测的原因，她抬起头看看他，微笑起来，然后手指前方。“快看。”她说，就在她说话的时候，森林到了尽头，他们站在一块悬着的砂岩上，俯瞰着下面的城市——远远地。整个城市。哇。他就是这么想的：哇！他们居住的小都市从这儿看更小了，就像一堆钢筋混凝土乐高堆砌而成的。天空——远处蓝色、白色、银色的一大片——笼罩着城市，以及包括他们在内的一切，完完全全。他觉得他们身处一个泡泡里。他根本不知道存在这样的地方，有这样的风景——观看世界的全新视角。他差点告诉她，但这时候是不可能交谈的，不可能把这样的画面变成语言。语言——哪怕是完美的语言——都会破坏这一切，使其不再那么完美。但至少他知道，这非常的浪漫。他这辈子还没有经历过哪怕有这么一点浪漫的场面。她没有牵他的手。她甚至没有看他，他也没有看她，他们没有陷入热吻，没有那么刺激的画面。但他们现在这样更好，分享同一片风景，眼前展开着同一幅世界的画卷。他们完全不了解对方，他们，几乎是陌生人。但想象他们五十年后回到这里的画面对他来说很容易，一对名副其实的夫妻，老得不成样子，还有些疯癫，来到他们人生的分岔路口，两条岔路都通向遗忘，只是不同种类的遗忘。他手扶着她轮椅车的靠背，之前他一直推着她——慢慢地，还挺费劲——沿着他们今天走过的小径，终于来到这里。他们停下休息，沉浸在这片神奇的景致中，他会俯下身，拂去她脸上的一缕碎发，吻她的脸颊，她的嘴唇，她也会吻他。然后，他会使出身上残留的所有力气，把她推下悬崖。他按照她的要求把她推下去，然后他会跟着她跳下去——从悬崖上，他的老腿能跳多远跳多远。看着她这样坠落，然后他跟着一起坠落，想象着他们俩这样坠在空中的样子，他这辈子还从来没有这么快乐过。

第四十八天

第二次约会

五天以后，他们第二次约会。他们去了红莲中餐馆，可能是伯明翰的高档中餐馆中最好的一家，但还是可以只花 9.95 美元就吃上一道前菜、一个鸡蛋卷加一杯酸酸甜甜汤。布隆夫曼放弃了筷子。她使起筷子来却得心应手，夹起胡椒和鸡丁驾轻就熟。布隆夫曼看傻了。

“你怎么会这么拿手？”

“哦，我在中国长大的，”她说，“人生前十五年都是在那儿过的。用这玩意儿我能从空中抓苍蝇。”她在空中夹了夹筷子。

“中国？真的？”

她退却了，摇着头，就像词不达意了似的：“假的。我……夸大其词了。”

“哪部分？”

“全部，”她说，“我从没去过中国。我在印第安纳州长大。我父母是投资人——地道高加索人，地道到从没让任何地方的任何人感兴趣。而且，我觉得我抓不到苍蝇，哪怕给我一个……苍蝇拍。”

“这可不只是夸大其词。”他说，谨慎地发表个人意见。

她点点头。“这就是‘夸大其词’长大后的样子，”她说，“编故事。开脑洞。半假不真。”

“但并不是一件坏事，”他说，“我不是那个意思。”

他用叉子拢了些米饭。

“当然不是。会出问题的，反正对我来说是这样。对一个故事陷得太深……真相就显得无足轻重了。或者说别扭。”停顿，“喜欢这个词。”

他点点头，虽然他也不清楚自己是不是想点头，或者她究竟是什么意思。不惹事，不生非，爱德塞尔·布隆夫曼毕生信条。

“你呢？”

“我？”

“你的人生故事。”

“我出生在这里，”他说，“我在这儿一直住到上大学，然后我又回来了。”

“听上去很真实。”

他听到了言下的失望之意。他紧张起来，扭了扭脑子里平时不用的肌肉，拼一下：“当然啦，大学是在瑞典念的，瑞典语也说得滚瓜烂熟了。养了条瑞典狗，还有瑞典鱼，等等。”

她点点头，仔细评估了一下这个修订版。“不错，”她说，“第一次做到这样就不错。”

他们就这样，对彼此揭开面纱，一点一点。

她说了句抱歉起身去洗手间的时候，布隆夫曼打量了一下餐厅四周。这儿有几家人，几个大学生围着圆桌坐着，谈笑风生。但其他人都是两个两个的：男女，男男，女女。他们所有人多少都是配好的，成双成对，眼神和举止之间含情脉脉，彼此交换着似水的温柔和涌泉般的爱慕。有一瞬间他以为他看到了塞莱娜·斯坦顿，穿着便服，和一个谢了顶的老男人坐在一起。但仔细一看只是另一个健壮的金发女郎正享用着她的宫保鸡丁。有那么一刻，他又产生了那种每次看到这种爱情片场景都会产生的念头：我怎么能做到？我怎么才能开始？但他很快意识到，如果这里任何人看到他和希拉在一起，他们也会像他看他们那样想：看看他们，一男一女，多登对。他是他们俱乐部中的一员了。

他已经开始了。他们开始了。

之后他们又去散了个步，绕着这个街区——溜达，或许可以这么说，慢悠悠地，漫无目的地，在橱窗前停下脚步，对着滑稽的鞋子或某个长得像某个熟人的人偶模特指手画脚一番。尽管这只是他们第二次散步，但感觉上这已经成了他们的嗜好，他们共同的嗜好。散步，希拉和他。

布隆夫曼，不用说，从来也没什么嗜好。

有时候她会靠向他，就像迎着风似的，他就能感觉到她手臂上的肌肤触碰着他的手臂。

第五十天、五十四天、五十五天、五十七天

主题约会

一切顺利得让布隆夫曼吃惊，几乎不费吹灰之力。他只需要接接电话，在特定的时间出现在特定的地点，坐进副驾驶座，让希拉开车。这既是比喻也是事实。他开车的时候希拉会晕车，他刹车脚太重，而且她的车比他的新十年——他觉得这样很好。要是他早知道和一个女人谈一场恋爱这么轻松，或许他会更努力地试着来那么一场。但要是他更努力就又不可能像和希拉在一起时那么轻松了。

五次约会。

约会是有主题的，就像周日大报纸上的版块一样：新闻、政治、艺术、体育。除了中餐之外，他们还吃了意大利菜、希腊菜，还有比萨和芝士汉堡。她喜欢英式脱口秀而他根本不知道有这种东西存在又有什么关系？她给所有东西、他们去过的所有地方，以及他们在那个地方做的所有事情拍照。政治上，他们的观点几乎完全一致。他们都是恕道者，虽然关于社会改革布隆夫曼是个温和派。没错，有时候他是会退却。（对他来说）无数次，她突然陷入沉默，黑暗降临，她深陷的眉头倒映着某种内心的动荡，她不能或不愿拿出来分享。但她觉得和他在一起可以自由地出入这种状态，这让他很欣慰。他是她的秘密分享者，她分享秘密的人，甚至在秘密还没有说出口之前。

就这样，布隆夫曼一生中还没有和任何其他人有过像他们这么亲密的关系。感觉很突然，但其实已经花了三十四年时间。就像一场革命，前一天你还是一条鱼，并且你觉得自己永远都是一条鱼，但早晨你一觉醒来发现自己长出了腿。你就这么走来走去，感觉就像从来就长着腿一样。

第五十八天

一分钟热吻

然后是这样的。这样。这样。

周日晚上，待在一起整整一天以后，他们散了个步。开始下雨的时候他们躲进了美术馆，很高兴地看了一场罗森塔尔的回顾展。他们跳过晚餐直奔甜点，她听说市中心开了一家新店，只供应冰淇淋和芝士蛋糕——各种各样的芝士蛋糕。她说她幻想中的天堂就是这样的，满是快乐的胖子。吃芝士蛋糕和冰淇淋让他们觉得自己很淘气，他们为他们自己的瞎胡闹狂笑不止。他们驱车返回雪松苑。他送她到公寓门口，然后两人站在那儿，布隆夫曼知道自己该做什么却还没有做，无法突破这个蜡模：现在的自己，过去一直是这样的自己，并且害怕可能永远无法改变的自己。“嗯，晚安，希拉。”他说，不知道为什么，他犹豫着，她转身准备离开。

“等等。”他说。

她停下脚步，转回身，脸上写着个问号。他朝她靠近半步。

“不说晚安。”他说。

她笑了：“不说？”

“不要，”他说，“不要‘晚安，希拉’。现在……现在我应该吻你。就现在，在这儿。”

“是吗，现在？”

“是的。”他说。

“你怎么知道？”她在逗他玩，但很甜蜜。

“我也不知道我怎么知道的，”他说，“但我想就应该这样。你不知道，但你应该知道。”

她深吸一口气，等着。突然她变得非常严肃。

“我知道，”她说，“我知道的和你一模一样。”

他就这样做了。他走向她，他把他的右手放在她的左肩上，把她拢向自己。他比她高，他的嘴唇倾斜而下。他先感觉到她温暖的脸颊，然后是她的唇角，最后完全吻了上去，触碰着她柔软、温暖、裸露的双唇。她张着嘴，迎接着他。他也张开嘴。他感觉到她潮湿的气息。他们的嘴沉溺在一起就像两个互相吸引的对称真空。起初很温柔，热吻以让他自己都吃惊的激情持续着。当他的舌头溜进她的嘴里，开始以他一生中从未在任何事上产生过的热望探索起来，他几乎停止思考——他究竟在做什么，以及她正在对他做什么。但他没有。热吻持续了整整一分钟，整个过程中他都没有呼吸，这让他意识到，很多时候所谓爱的感觉、爱的疯狂，可能不过是大脑缺氧。但这就是爱。他感觉到自己的心脏进化成了某种超越心脏的东西——曾经它只是一个心脏的意象，不过却发挥着同样的基本职能：让他活下去。

第六十一天

新纪元

一、国王公寓的国王

已经是六月了。空气变得浓郁而潮湿，太阳严酷得就像无窗地窖里的一枚赤裸裸的灯泡。日照很长，天一直亮到晚上，让人觉得很不自然。他能闻到人们烧烤鸡肉、牛排和肉饼的味道。小蚋虫都飞进布隆夫曼眼睛里去了，蚊子直咬他的脚踝，棕榈蟑螂和燕尾虫在他公寓的踢脚线上漂来荡去。太热，太容易出汗。他每天早晨和晚上都要各冲个澡，如果中午能冲的话他也冲。要是有件防爆服就好了。他的母亲每况愈下。有一天她雇了一辆搬家车，两个男人开着卡车来了以后她对他们说她想去纽约。“我想风风光光地旅行，”她说，“带着我的沙发和所有帽子！”他不得不过去求那两个人把沙发搬回房子里。之后布隆夫曼不得不注销掉她所有的信用卡。

天越热托马斯·爱迪生家就越热闹。汽车日日夜夜不间断地进进出出，布隆夫曼从他的窗口看着被世界遗弃的人们来来往往。不只是佳佳和托马斯的核心朋友圈，还有一大群布隆夫曼以前从没见过以后也不想再见到的陌生人。他们代表着布隆夫曼只有在传言中听说过的黑暗势力，在阴影投下的阴影里苟且着的地下社会。没有一天晚上他能一觉睡到天亮。汽车鸣号，隔墙上沉重地撞击，那些窃窃私语都充满了可以把他惊醒的恶意。他本该关上所有窗，但这么做他的房间就闷得要命。他的空调功率小得可怜。要不是太阳越过了最后排的单元楼，情况会更糟，不然他都不知道太阳去了哪儿。

布隆夫曼对此事守口如瓶。他怕。他并不觉得自己会被谋杀——虽然他知道到处都有人被干掉，但他不觉得自己是其中之一，大多数真的被干掉的人大概也是这么觉得的——但还有比被干掉更糟糕的事情（很多事情）可能发生在他身上。比如，对布隆夫曼来说，比被干掉更糟的就是失去某些身体部位——一个部件、两个部件，甚至更多。布隆夫曼没有什么不想要的身体部位，哪怕是小指的最后一小截。特别是现在，现在他的部件都让希拉看在眼里——大部分部件——摸在手中。于是他只好闭上嘴，忍受着他的邻居为他制造的"都市炼狱"，只为了保全他的所有部件。

托马斯·爱迪生似乎消失了，布隆夫曼几乎看不到他人——事实上只见过一次。某天深夜，他把衬衣脱了，牛仔裤挂得低低的，在停车场骇人的荧光下游荡。他在电话里跟某个不对付的人说着话。布隆夫曼能从他的肢体语言上看出来他跟那人不对付，就像把一大群小蚋虫从脸上赶走。布隆夫曼差点冲出去打招呼，但托马斯身边又出现了一个人——就这么从黑暗中冒了出来。布隆夫曼之前从没见过这个人。那人魁梧健硕，穿着工装裤无袖汗衫。他扶住托马斯的胳膊，对他说话，显然是想让他冷静下来。看上去还挺管用，两个人一起转身朝公寓楼走回来。布隆夫曼想从窗口离开，但动作不够快，托马斯·爱迪生看到了他的眼睛。有那么一刻他们彼此注视，两个人都僵在那里。但托马斯·爱迪生既没有点头也没有挥手，更没有微笑。他假装根本没有看见布隆夫曼，跟陌生男人一起回到他的公寓。布隆夫曼听到一阵模糊的对话，有什么金属的东西在木地板上哐哐响。

然后一天晚上有人敲他的门。他刚刚到家，换下办公室穿的衣服，换上了从假人模特身上抄来的一套便服。他要和希拉去看电影。他快要迟到了。现在又来这一出，敲门。

他想象出一个失去理智的绝望瘾君子，正准备洗劫他已被洗劫一空的公寓。布隆夫曼屏住呼吸，不发出任何声音，等待着他或他们离开。但敲门声再次响起。他踌躇着起身，面对自己的恐惧。

是佳佳。她穿着布隆夫曼脑海里的她的标志性夏装：剪短的紧身牛仔裤加粉色无袖背心，正中央烫印了一个笑脸。他敢肯定这件背心是在二手店买的，这件衣服曾经的主人应该只有九岁。笑脸的边角已经起皱，笑容已经破碎。但佳佳还是能称得上漂亮。她邋遢的外表下隐藏着真实的美丽，只差冲个澡的距离。

他站在门口，她站在门外。她没有戴他的帽子，但他看了她一眼——显然充满不信任——暗示他知道她戴过，并且还会戴。她还藏着那顶帽子。

“嗨，布隆夫曼。”她说。她回头看了一眼，又看看左边，托马斯·爱迪生公寓的方向，然后看看布隆夫曼身后。“你好吗，老伙计？”老伙计？！这小姑娘胆子可真大。

“哦，我很好，谢谢，”他说，“你呢？”他拧了拧自己的大腿。希拉说他有时候听上去像个机器人，他试着让自己更人性化一点，让自己的互动更放松一些。他试了一句：“干吗呢？”

“嗯，”她说，“没干吗。有点尴尬。能让我用一下你的卫生间吗？阿托他们抽……那个啥，他家……有人占着。一直有人占着。你明白我的意思吧。”他完全明白她什么意思。他差点儿死在那儿。

“当然可以。”他说，让到一边。她经过他身边。“第一扇门，往——”他想指路，但她已经进了卫生间，他的话音未落门就已经关上了。她完全知道卫生间在哪儿。

她没花太长时间。他听见冲水的声音，听见她洗手的声音，猜想她用挂在浴帘挂环上的毛巾擦干手才出来。

“多谢。”她说。

“不用谢，”他说，然后又跟了一句，“好说。”

佳佳看上去并不着急离开。她慵懒地环顾一下房间，叹了口气，晃到孤零零靠着墙的书架跟前，上面根本没有书，只有“非凡冒险”的宣传册和他收藏的圆珠笔。她拿起宣传册读起来，一页接一页，就像他上次看到她翻阅杂志时那样心不在焉。

“哇，”她说，“这个不错。佛罗里达，我去过一次，高中的时候。我‘前男友’”——她在空中打了引号——“给我塞了根迷烟，之后天知道发生了什么。但他们告诉我很好玩。我在海滩上晕了过去，严重晒伤。”

“哦，我的天，”布隆夫曼说，“ 太惨了。”

她摇摇头。“我扛过来了。”她说着，给他看了一张她似乎特别喜欢的照片，一对海豚从泛着泡沫的海浪中一跃而出。

“我会去那儿，”他说，“沙景公寓。再过几个礼拜就去。”布隆夫曼满心希望，希望是希拉送给他的礼物。

这提起了她的兴趣。“好玩，”她说，“我能一起吗？”

她大笑起来。她是在开玩笑，就是那种觉得自己的要求不可能发生时人们会开的玩笑。她没那个意思，但这让布隆夫曼心里一颤，因为他发现他心里希望她有这个意思。他希望她想去，虽然他完全没有要带她去的意图。矛盾的情感让布隆夫曼困惑。他还没有告诉希拉关于海滩的事，也不知道什么时候会说。他在等待完美的时机。他怕她要是知道他已经想象出了一个有她参与的未来会被吓跑，哪怕这个未来也就是两周半之后。但他的脑子又转起来，违背着他的意愿，他突然毫无缘由地打起了邀请这个几乎不认识的女人同行的主意。他涨红了脸，这是背叛希拉的原始生理反应，哪怕只是如此些小的背叛，一念之间。

“哈——哈。”他说。

“介意我抽烟吗？”

“不介意，请便。”他不假思索地说，吓自己一跳。他几乎马上明白这是为什么：烟会让他想起自己的母亲，那个年轻的、遥远的、他无比想念的母亲。或许这就是为什么他会被佳佳吸引。如果他那逾闲荡检又美丽诱人的妈妈在现在这个时代年轻着，或许她会是个像佳佳这样的女孩。

她点上火朝天花板吐出一缕烟，烟气像是从沉睡的火山口冒出来的一样冉冉上升。然后她的目光落到他身上，上下打量了他两个来回。“你看上去不一样了。你都干什么了？举铁？健身？”

他的内心雀跃起来。“练了一点，”他说，“我是说，你知道的，也没太猛。”

“为了海滩？”她说，“还是为了防身，对付隔壁的疯子？”她又大笑起来，但这次她的笑完全是另外一个意思。笑声本身就是一种语言。这声笑很严肃，这声笑的意思是，隔壁确实有疯子。

他不知道说什么好，于是说：“都不是，只是为了保持体型。”

她转开身，拿起他的笔筒，挑了一支，按了按，在自己的掌心上画了根线。“嘿，介意我拿走吗？我需要一支笔。”

“当然不介意，请便。我有好多，你看到了。”

她念着笔上的字：“是从市中心的喜来登拿的笔。你干吗要住喜来登？幽会？”她冲他挤挤眼。

“不是！不，不是。我没有真的住那儿，我只是路过，进去拿了支笔。”

“明白了。”她说，就好像这么说很在理。她又打量了他一眼，说：“你是个勇敢的男人。”她按着笔，一直到把笔按坏。她退却了，把笔塞回笔筒里。“你没有离开，我是说，在那事发生在你身上以后。阿托感觉糟糕透了。”

“他那时候看上去可不是这样，但我敢肯定他回想起来一定会——”

“他不是这样的人，”她说，“这整个冰毒什么的历险记，只是暂时的。”

“那就好，”布隆夫曼说，“据我所知，那是个危险而叵测的勾当。”

“那你为什么不？”

“什么？”

“离开。走。搬得远远的，去没有人用枪指着你的胃的地方。”

他为什么没有这么做？因为她说得对，就应该这么做。他耸耸肩：“只要我不去他那儿，我就觉得不会有事。谁知道别的地方是不是会更好。”

“大概哪儿都更好。”

“听上去你想让我走。”因为他突然想到，她老找他可能别有用心。或许托马斯·爱迪生想拓展业务，需要这个地方。

但她摇摇头。“你是国王公寓的国王，布隆夫曼，”她说，“恕我直言，你要是走了，我们一定会遭天打雷劈，被洪水冲走。你让我想到我爸，那么正直、诚实，这个时代的稀有商品。”出门的路上她摸了摸他的胳膊肘，他感到一阵静电。

“我知道我为什么留下来。”他说。他现在知道了，很确定，知道话语流露出的他都不知道自己知道的事实。

“为了托马斯，”他说，“为了保护他。他让我留下来。他说天知道我走了搬进来的会是谁。我觉得真是这样。我要留下来，直到他的‘冰毒历险记’”——是的，布隆夫曼有生以来第一次使用了空气引号——“结束为止。直到一切平息之后。”

她看上去怔住了。或者不是怔住，而是感动。“这正是我爸爸会做的事，在完全不同的情景下。”他在她悠远的目光中又逗留了片刻，直到她从不管是怎样的回忆中挣脱出来。“好吧，再见了，布先生，”她说，“谢谢你让我——你知道的。”

“是的。”他说，看着她离开。她的肩胛骨很可爱，如此小巧精致。“我也会再见到你的。悠着点儿！”他鼓起勇气加了一句。但那时候她已经走了。虽然他现在肯定是要迟到了，他还是站在她留下的一片烟云中，呼吸着他丢失的珍贵的过去。

二、比萨红酒效应

这真是非同小可。他和希拉才“谈”了——不管怎么谈——三周零四天，但他去她的公寓已经不用再敲门了。她让他直接进就好，于是他就直接进了。有时候他们不做任何安排，无所事“事”。有时候她让他过来，说总能找些事做，或者看看电视，或者“随便”。和一个女人“随便”一会儿，这对布隆夫曼来说是新概念。

今天他走进来的时候看到她正在沙发上看杂志。“嗨，你来啦，我正要叫外卖比萨。”

“听上去不错。”他说。

“我要多点一些，吃不完也没关系，因为什么时候都能吃比萨——不管是早餐、午餐，还是晚餐。完美食物。”

“绝对的。”他说。这话从他嘴里说出来就像外语似的，突尼斯语或是希腊语，但他觉得稍加练习绝对能把它拿下。

那两大堆木头还躺在她家客厅的中央。他之前来的时候就研究过，马上意识到这是什么——正在组装的家具。刚起步，就是进行到从盒子里倒到地板上这一步。但他还没提这茬，她也没有。

“看上去，”他说——他想温柔地引入话题，不想伤害她的感情，但现在他已经感觉很自然、很安全——“你装这些东西遇到困难了。”

“哦，这些东西，”她说，抬头看一眼，“是的。嗯，事情是这样的，我装了两三次又拆掉了。”

“真有意思。”他说，虽然对布隆夫曼来说不只是有意思而已。这很古怪，甚至有些让人不安。他自己的怪癖他可以接受，甚至有些沾沾自喜，因为他理解它们，知道这些怪癖不是非常无谓就是非常重要。但他总是能把它们隐藏起来，他不会给任何人看他的圆珠笔收藏。有人自信到对着世界彰显自己个性的时候，布隆夫曼总是敬而远之，可现在他就和这么样一个人一起坐在沙发上。

“有意思？”她说。

“你会这么做很有意思，我是说。你为什么要这么做？”

希拉可能是除他自己之外他遇见过的最古怪的人。她看上去完全靠番茄汤和黄油面包活着，每天早晨睡到十点，她的终身目标是刷完美国有史以来所有电视剧。她快把《伯南扎的牛仔》看完了——14 季 430 集，1959 年开始连播到 1973 年，最喜欢的角色是豪斯——那是当然的。若每集都看一遍，她应该早就作古了，但她计算过，这是可能的。“能进《吉尼斯世界纪录》挺好的。”她说。很难确定她是不是真的工作。

昨天他们一起看了几集《盖里甘的岛》，布隆夫曼看看电视再看看她，他意识到希拉是金格尔和玛丽－安的完美合体——一个奔放的女孩，眼里闪烁着肆无忌惮的光芒。这话他没有告诉她，因为他不确定她会怎么想。他现在还在新世界里亦步亦趋。在这个新世界的过去四天里，他每天都吻她。每一天，并不生猛，但他的嘴唇还是感觉火辣辣地疼——嘴唇是橘子皮的颜色。

“是宜家产品，”她说，“那是张桌子，那是椅子。当然，安装说明糟糕透了，令人费解，晦涩难懂，故弄玄虚，非常欠揍。”

“有道理。就是这样。”

她转身面对他：“我要告诉你一件从没告诉过任何人的事。”

“好的。”

她的手指扯着衬衣边缘脱线的线头，直到扯断。她严肃地沉思片刻。“把我的另一些自我分享出来好难，”她说，“我的梦想，或者我的梦魇。”

他点点头。她对他笑笑然后转开视线，有些尴尬。然后她又转向布隆夫曼，审视着他，真的是审视，就像他是一道她做不出来的算术题。她张开嘴，但又在下一个字蹦出来之前阻止了它。他看着她把话咽下去，校对，重启。

“好吧，是这样，我有一个梦想，我的梦想是成为一个安装说明书写手。宜家是我的大白鲸。”

“真的？”

和他预想的不太一样，或许和她预想的也不一样。“大白鲸”让布隆夫曼想到的——不是莫比·迪克[①]，而是他三年级时暗恋的艾兰，还有她的海牛。“我不知道你在说什么。”他说。

“我在重写说明书——安装指南。我要把它寄给宜家的人，看看我能不能拿到写英文版说明书的工作。想想看，布隆夫曼，想想这份工作，这将是我的终身事业。”

“你要把说明书寄给谁？”

“麻烦就在这里，”她说，“没人给我回信。或许他们有什么内部规定，你懂的，但我还没做什么出格的尝试……我爷爷是瑞典人，但他从来不说瑞典语，因为他在那儿遭遇过可怕的事情。我想是什么绝对机密的事。”但布隆夫曼并没在听。他已经在酝酿着新的主意，看着它在自己营养丰富阳光充足的大脑一角成长起来。

他握住她的脚，紧紧握住。她似乎很喜欢他握住她的脚。这

---

① 指梅尔维尔所著《白鲸记》中的白色抹香鲸莫比·迪克，是捕鲸船船长亚哈毕生追逐的目标。

是个甜蜜的夜晚。他们从一家新开张的、名为“大师”的美食比萨店叫了比萨！两个人对比萨馅料的喜好完全一致——黑橄榄、菲达奶酪、香肠。布隆夫曼把这理解为他们般配的证据——征兆。你也喜欢菲达奶酪？怎么可能！他还喜欢点比萨的时候，电话另一端那个隐约有些意大利口音的小伙子管比萨叫饼。“您要在饼上放点什么？”他说。这让他们的比萨听起来特别正宗。比萨送到，他们开吃。之后他们喝了半瓶红酒，伴着电视上的谈话节目在沙发上翻身睡着，然后——半夜三点左右——他们呆滞而坚定地晃进了她的卧室，一头倒在床垫上，衣服也不脱，开始……蠢蠢欲动——彼此身体呼应，试探着，摸索着。这周早几天他甚至买了一盒避孕套，为今天这种可能发生的情况做好准备。现在发生了。“爱德塞尔，”她说，就好像进入一种迷幻的状态，“哦，爱德塞尔……”他记得自己想着就是今晚——今晚。但早上他们紧搂着醒来，仍然穿着衣服。

两个人都花了一分钟才意识到究竟发生了什么——好像没发生什么。

“哦，”希拉说，试着笑笑，“看看我们。”

“我们睡着了，”他说，“一不小心。”

“红酒就会让我这样，”她说，“真对不起。”

“别呀。”他说。他吻吻她的脸颊，没有告诉她，不管没发生的是什么，这个发生了：他有生以来第一次，伴着某人一起醒来。这让他激动不已，他一直激动了一整天直到第二天早晨。醒来时他意识到，该让她见见自己的母亲了。

第六十二天

交易活动

斯基普·索斯比那天早上迟到了，就像前一天早上一样，前两天也是。更糟糕的是，他根本无所谓。他吹着口哨走进来，就像他对布隆夫曼说过许多次那样，他过的是“索斯比时间”，根据索斯比时间他从来不迟到。“百无禁忌，”他喜欢说，就像念什么东方宗教的经文似的，“百无禁忌。”不管布隆夫曼有多不喜欢索斯比，他还是不得不承认，有时候他也想成为索斯比。道德败坏，孤芳自赏，毫不顾忌别人的想法，但又不知道为什么到哪儿都能吸引到女人。如果索斯比对布隆夫曼讲的故事一半是真的话，他已经可以率领一支小索斯比组成的军队了。

布隆夫曼一直等到索斯比在他的隔间里坐定，查看过所有社交网络上的状态更新并给某人发完一通消息后才开口。

“能不能问你点问题，索斯比，帮我个忙。”

“帮你个忙？”索斯比隔着墙说，“呣，你当然可以问问，问问不犯法。但我也不知道我是不是对帮忙感兴趣。”

“好吧。是这样，我有一个朋友，”布隆夫曼说，“是个女孩——”

“女孩？好，很好，现在我感兴趣了。快接着说。”

“她是个作家，算是吧，她会写说明书。”

“慢点，回放。说明书？”

“操作指南。就像那种夹在产品中告诉你该怎么组装的小纸条。”

“我都不知道有活人干这行。”

“我也不知道，但总得有人干。”

“你的女性朋友就干这个。”

“是的。”他说。

索斯比叹了口气："现在我发现自己突然又提不起兴趣了，我也不知道为什么。"索斯比站了起来，好让布隆夫曼看到他在无形的遥控器上按了个按钮——快进。

"她想给宜家写说明书。我知道你跟宜家有合作，我想问问你认不认识谁，联系人，她可以联系到的人——"

"哦，我懂了，"索斯比说，"你想在她面前逞英雄。"

布隆夫曼没想过这样的描述，确实没有，但索斯比说得对，他就是想这么做。

索斯比胸有成竹地看了他一眼："这样就能更轻易地钻进漩涡。"

"漩涡？"

"我们没什么不同，你和我，"索斯比说，"容我想一想。"

"当然。"

索斯比不见了。过了一会儿，或许没多久。

"好吧！"他说，站起身。他摇摇头，"我真不知道自己为什么会这样干——为别人而不是为自己做事有违我的天性。但我会，我会尽力而为。我只是为你难过，伙计，真的。你看上去挺悲惨的，就像搭便车没人捡似的。你让我很失望，我甚至都不关心。所以我想给你些甜头尝尝。但你欠我一个人情。"

"当然，"布隆夫曼说，试图掩饰自己无比雀跃的心情，"怎么都可以。"

"别呀，我当真的，"索斯比说，"如果我为你做了这件事，你也必须为我做件事，不管我要你做什么。我可以不分昼夜给你打电话。这就是条件。"

“真的？”布隆夫曼说，“不分昼夜？”

索斯比瞪着布隆夫曼，直到他点头，然后索斯比消失了，开始敲打他的键盘——或许是开始找人问了起来。布隆夫曼什么都没做。他沉浸在未来里：他和希拉坐在她的沙发上，或在哪里共进晚餐，也许在外面进行他们的“招牌活动”——散步。他的状态显示“英雄未满”，他会说：“我有件事要告诉你。”

第六十五天

爱的灵犀

他开车，因为带女人见母亲好像就应该这样。希拉带了花，她从邻居花园里采的百合花。布隆夫曼试着想象了一下，住在一个邻居种花而不是贩毒的小区里会是什么感觉。他换挡倒车的时候她把花捧在腿上。

“她会喜欢的。”他说。

“真的？”她看看布隆夫曼然后转开视线，“我一直在想，太着急了。她会不会误会？”

车停了，仍然挂着空档。“什么误会？”他问。

“我也不知道！”她说，“她应该怎么理解？”

“我们在约会，”他说，“我们在恋爱。我们在谈恋爱。”

“大概真是这样。”她说。

“大概？”

她从排挡杆上接过他的手，攥住：“不是，就是真的。千真万确。我只是很紧张。实际上从来没人带我去见母亲。我见过几个母亲，但都不是特地的。她性情……古怪，你说过，什么都可能发生。”

他点点头。过去几天除了这场见面他脑子里几乎想不了什么别的事。这是他的主意。他也不知道把这个“新世界”带回家见他的老人家会发生什么事。他妈妈可能会为他们烤个蛋糕，也可能朝他们扔把刀，或是这两者之间的任何事。

“我们必须冒这个险。”他说。因为他必须带个女孩回家，在为时已晚之前。而且必须是这个女孩，希拉。

“那我们就去吧，”她说，“阿丘，走。[1]”

---

① 《星球大战》台词，索罗让丘巴卡发动千年隼号时说的话。

“什么？”

她摇摇头笑了。“一部电影的台词，老爷爷，”她说，“或许我们什么时候可以一起看看。”

“好了，”布隆夫曼说，“我们到了。”

他减速，把车停在路牙边，熄火，发动机哼哼唧唧一阵，精疲力竭地停了下来。六月初，下午五点半，窗子就像无人居住一样一片漆黑，就好像年纪越大光亮配额越少似的，灯灭了也就一了百了了——人生也就走到头了。

希拉飞快地看了一眼，然后又钻进她的皮包里。“很好，爱德塞尔，”她说，“真的很好。我找不到我带来的唇膏了。皮包里那么多口袋！”

是很多。布隆夫曼数过一遍，光外侧就有六个口袋，他知道内侧至少还有那么多。每个口袋里都藏着点东西，从粉饼到她的健身卡、纸巾，她多年前住过的公寓的钥匙，一副读书眼镜和一大盒发卡和发带，三张一美元的纸币和一些硬币，口香糖，生姜含片，她的手机，充电线，足够公立学校六年级学生用的水笔和铅笔。她就是在这个包里翻找她那一小支口红。

“她不会注意你涂的什么口红，”他说，“难说会。我也不知道。”

希拉显然没听进去。难说她或者是很认真地听进了他说的话并决定不做回答，因为他说的是废话。

“尤里卡！[①]”

她拉下遮阳板，翻开小窗开始上色。

① Eureka，古希腊语的拉丁化，意为“我发现了！”

“谢谢你这么做。”他说。

“胡说八道。我只是有些兴奋。我在家要面对各种各样的疯子，作为其中一员，我可以搞定她。”

希拉抹好口红。她端详着他，他也端详着她，就像两个即将投入战斗的士兵。

“你跟她说我是做什么的？”

“没说，”他说，“我是说，她没问。”

“我觉得没什么必要提。”

“什么？为什么？我觉得很有意思。”

“没意思，爱德塞尔，”她说，“我是说，有时候我想跟你说说，因为真的……不算什么事，谁都可以说自己是自由什么人。”

“真的？”

“打个比方，”她说，“就是没那么重要，我就这意思。”

“好吧，”他说，“如果你这么说的话。”

她握住他的手，捏了一下，然后松开。他们下车，走上那条古老的石板路，已经数不清他的脚在这条路上踏过多少遍。路的两边各长着一排沿阶草。

布隆夫曼在他们走到门口之前停下脚步，做了几下深呼吸。希拉用她的脸颊蹭蹭他的肩膀。这样的动作，脸颊蹭肩膀，对布隆夫曼来说，比亲吻耳朵还要亲密。我爱她吗？布隆夫曼每天都要问自己好几遍。他想他应该是爱她的。但如果他还在问自己的话是不是就说明其实他不爱？答案是什么？是不是发生的时候自然就会知道？可以推导出来吗？有时候他很难想象没有她的生活，他觉得这应该就是爱，但要是把一天内或一周内或一生中这样的时刻都串在一起似乎又有些过于强求。他们做了所有应该做的事：晚餐、电影，还有散步——散很多很多步。他们甚至去了动物园，她把她的类比模式倒了个个儿，把动物比作人而不是把人比作动物。“那头鹅和我外婆长得一模一样……”他们散他们自己的步，吃他们自己的比萨，有他们自己的偏好，他们私密的词汇。这很好，但他不知道这些加在一起到底是什么意思。关于这个课题，他的唯一信息来源是流行歌曲，根据许多歌，他这应该就是爱上了，或者，至少是非常接近了。归根结底，他应该可以有个盼头了。

贝蒂娜打开门站在那儿，像是个哨兵，或是木头印第安人。然后她看到了希拉，发出一声“哟”。

“这是谁来了？！我不是在做梦吧。你妈妈和我还打赌她是不是真的。快看看，这可是如假包换呀。”

“你一定就是贝蒂娜了。”希拉说。

“还很聪明。”

“希拉·麦克纳布。”

“百合真好看，布隆夫曼太太会喜欢。”她站在那儿点头微笑。“她今天感觉不是特别好，”贝蒂娜说，“但还是很想见你。”

贝蒂娜让到一边，请他们进去。气味扑面而来：老年人；潮湿的气味——没有完全败坏的东西——遗忘的苹果、丢弃的桃子，霉变陈腐；厚厚的灰尘；黑暗。他从来都没有习惯这些，也永远不想习惯。

贝蒂娜带他们走到母亲的卧室门口。门是关着的。门边安着什么装置，布隆夫曼仔细一看，能认出是某种警报系统。

“这是什么？”

“你看像什么？”贝蒂娜疲惫地说着，按了密码，“没人能在她不知情的情况下擅自闯入。这样她离开再回来的时候好知道里面没有人等着她。她最近总是提心吊胆的。”

“密码是什么？”

“不能说。她不想让任何人知道。”

“你知道。”布隆夫曼说。

“除了我之外。”贝蒂娜说。

“她怎么付钱买的这个？”

“我想你并没有注销掉她所有的卡。”

布隆夫曼看看希拉，她脸上刻着微笑。仍在战斗。他的母亲已经变得如此偏执，重重设防并与世隔绝。既然生活已经以让她衰老的方式伤害了她，她便不相信生活会停止对自己的伤害。

门“咔嗒”一声开了，三个人走进阴暗的房间，直到妙丽出现在眼前。他真希望她能在客厅里迎接他们。粉尘的味道，敞开着的内衣抽屉，色彩亮丽的内裤满溢出来。哪怕他已经很熟悉这一切却仍然无法习以为常。

床头灯在他母亲右侧的脸上洒下微弱的光，让另一侧显得更灰暗，鬼魅的画面。甚至连布隆夫曼，在眼睁睁看着母亲变成眼前这副面如死灰、骇人模样后，都不敢轻易再上前一步，但希拉敢。

“布隆夫曼太太！”她说，经过他的左侧，“见到您真高兴。我听说过许多关于您的事。”

“哦，爱德塞尔？”妙丽说，“是你吗？我大概是睡着了。”布隆夫曼看着她的意识恢复过来，从沉睡中雾蒙蒙的剧情中走出来。她把目光聚焦在他身上，眯起眼。然后她望向希拉：“请问你是？”虽然不知道，但也不因为见到陌生人而吃惊。对她来说分辨是非一定非常困难，以及接受，或者不接受。她或许会想这个人是不是一直都在这儿？我怎么会知道？我怎么会不知道？

对布隆夫曼说：“你带来了个……女孩。哦，亲爱的，太好了。一个真正的女孩。”

“她的名字叫希拉，”他说，“记得吗——”

“我当然记得。希拉，”她嘟囔了一声，振作精神，“我应该和你握手拥抱，但我……我刚开始吃薄血丸，我怕你不小心划到我，我会流血不止。”

妙丽大笑起来，她概念中的笑话。

“哦，我知道的，”希拉说，“老了以后整天就是吃药打针。这个药管这个，那个药管那个。这个药早上吃一周三次，那个药晚上吃一周两次，第三种药可能会跟第一种药起反应。哎。”

“药把我脑子都搞糊涂了。”妙丽说。

“对，还有这个，”希拉说，“我外婆——她的医生全靠她养活着——都记不住我是谁，一旦她想起来我是谁，她就开始说基本上是她把我养大的，然后我就上大学去了，还给她写过一阵子信，后来就停了，以及我有多喜欢吃装满奶油芝士的芹菜梗，还有我早该结婚了……不过，无论如何，她可比您老多了，所以……”

“所以我好日子还在后头呢。”

“哦！我可不是这个意思，”希拉说，“不过倒是真的。我们就像叶子，不是吗，挂在那一小根树枝上拼命挣扎，受尽了生活的风吹雨打，直到有一天枯萎落地。”

“你真是个极品。”他母亲说。

“我只是逗您的。您这话说早了。”

“希拉？”布隆夫曼说。

“怎么？”

“我觉得话锋有些偏。”他扭扭头，有些困惑，突然想起了什么，“你外婆还活着？”

他想起她对他说过她的外婆已经死了，以及所有她这一辈的老人——她的父母——据她所说，住在明尼苏达北部一个视觉艺术家的退休社区里。他感到片刻失去平衡，但很快就缓了过来。

希拉看看他，使了个眼色。

“贝蒂娜把遥控器搞坏了，”妙丽说，“什么东西到她手里准坏。”她把遥控器指向电视机，就像举着个武器，往按钮上一通乱摁：“你看！什么动静都没有。”

她把遥控器扔在床上，布隆夫曼把它捡起来，瞄准。他也没搞出任何动静来。

“你换过电池吗？”

“我换过电池吗？”妙丽大笑，英国女王要是听到有人问她有没有换电池应该就会这么笑，“爱德塞尔，假如你以为我会花我剩余生命的哪怕一小片时间来换电池，那你就太不了解你母亲了。”

他了解他的母亲，就算她的生命还剩一百年，她也绝对不会换电池。这是他的工作，或是贝蒂娜的工作，除了她之外任何人的工作。他试着打开后盖，但挪不动。他掰断了一小截大拇指的指甲都没掰开，只好缩回手。他把大拇指送到嘴里：流了点血。

“你没事吧？”希拉问。

“我没事。”他说。

“你流血了，”妙丽说，“应该去检查一下。但别去找我的医生，因为他会坚持让你截掉整个大拇指，不在话下。”

“我觉得我不需要看医生，贴个邦迪就可以了。”

“脆弱的爱德塞尔。”妙丽对希拉说，就好像坐在床上被一堆药瓶和流质食物团团围住的是他。

“真的，”他说，“我很好。”

“就没有很好的人，”她说，“我年纪比你大，这点你要相信我。没人过得好，爱德塞尔，只不过我们有些人过得没其他人那么糟罢了。”

“有人很好，一定有。不然的话，不好的时候我们怎么能知道？”

“你不懂，你让我头都痛了。”她闭上眼睛做痛苦状，“我儿子对你怎么样，希拉？”

“完美。”希拉说。妙丽睁开眼睛，她好像很愿意听到自己的儿子是完美的。“真是个好男人。”这倒是真的：他是个好男人。但连布隆夫曼都知道，他是全世界的好男人，哪怕是纳粹分子他都会为那人留个门。

“你怎么那么安静，爱德塞尔？”妙丽问。

“哦。”他说。他是不是应该说点什么？布隆夫曼说不出话来。他从没经历过这场面，把一个女人介绍给妈妈认识是件很陌生的事。感觉就像他在说：“这是年轻版的您，从现在开始她会照顾我，因此我已经不再需要您的服务。请自动注销。”

他带着这个想法看着自己的母亲，她好像真的注销了。她闭上眼睛，她的脸融化在那种老年人休息时的忧伤而怪异的神情中。这一切怎么会发生在她身上的？她不是为了这部分人生而存在的，这后半部分人生。随着他的成长，她渐渐萎靡下去，这样一直继续下去，直到他出人头地而她化为乌有。人生就是一场零和博弈。

希拉耸耸肩。他们看着妙丽喘着气。

“好吧，”布隆夫曼说，“我想我们该走了。”

她猛地睁开眼，她的脸硬朗起来——现在她已经是另一个人。

“走？”她说，“那么快？”

“我以为你睡着了。”

“走吧，那就走吧。你总是这样。来了又去，来少去多。”

“我会马上再来的。”布隆夫曼说。

“我屁都懒得放一个。”她说。

“妈妈！”

“别对我妈妈妈妈的，你知道我什么意思。如果你不明白我就再试试。说得——直白——一点。”

他等着。希拉看看布隆夫曼，想看出点苗头来，接下来会发生什么。但他这儿什么苗头都没有。

“放屁，”希拉说，“我从来不知道这句话到底是什么意思。不想对别人放屁不就是因为放屁代表了他们的感受吗？不管什么感受。谁又想让别人对自己放屁？”

“我同意，”布隆夫曼说，“最好还是放一个，这样物理上更有冲击力。”

妙丽看上去在她的枕头上更迷离了，她萎缩的脑袋陷在深凹下去的褶皱里，她的眼神是空洞的。看上去她真的中了邪，就像有什么人或是什么东西借她的嘴在说话：“对不起，我把这事儿搞得那么艰难。但我以为这就是母亲的作用。对不起。”

“没事，”希拉说，“我看得出来您有一颗金子做的心。”

“真的？”

“诺克斯堡金矿，品质保障，”她说，“这儿没有一个排的兵力镇守真让我吃惊。”

妙丽笑了。“所以我装了警报器，”她说，“以防有人来偷心。”

这样简短的交流让布隆夫曼很快乐。他觉得他此行的目的已经达成了。

“好吧，”布隆夫曼说，“我想我们该走了。”

“大概是的，”他母亲说，“我快睡着了。”

“你想开着电视还是关着？”他可以用老办法打开电视——手动。

“关着，”她说，“不——不行。公共频道，有一部关于大萧条的片子。”她摇摇头，扭头转向虚无——一面墙，一面白墙。“我知道大萧条是怎么回事，希拉，我现在就萧条着呢。”

“布隆夫曼太太，”希拉低下头亲吻妙丽颤抖的脸颊，对着她的眼睛微笑，说，“见到您真高兴。”

“这些花是给我的吗？”她问，眼睛亮了起来，伴着真实的、人性的光芒，“你是世界上最可爱的女孩。谢谢你，放在这儿吧。非常感谢你。”

她再次闭上眼睛。“再见了。”她说。

他们关上身后的门。安全系统“哔”地启动，闪烁着黄色的光。

哪怕布隆夫曼出于任何原因想回那间房间他也做不到了，连和母亲吻别都不行。她的亲生儿子，但他却不知道密码。布隆夫曼可能有生以来第一次经历顿悟，与他人生的隐喻面对面——他还不知道任何解锁生活的密码。

贝蒂娜消失了。希拉和布隆夫曼走出房子，沿着小径经过那些沿阶草，一言不发。布隆夫曼觉得需要道歉，但他说不出口——他不能为自己的母亲道歉。

他们坐进车里，门上了锁。安全，短暂的恐慌解除。他想，在他们一起去佛罗里达的时候，他们的肩膀在阳光下晒成棕色的时候，此刻将是他们用来回味并大笑的时刻。布隆夫曼拉起希拉的手，攥住，对他们的成功到访以及随后的成功出逃表示肯定。

“好险。”他们说，异口同声。

“心有灵犀。”希拉说，然后她吻了他，他也吻了她——心有灵犀，爱的灵犀。

第七十天

冰裂

一、情感噪音

布隆夫曼在午饭前一刻接到电话，是贝蒂娜。她不需要告诉他为什么打电话来，他一听见她的声音就知道了。贝蒂娜从来不轻易打电话给他，从不，她要是打电话来只有一个原因。

“喂，贝蒂娜。”他说。一片电磁干扰声的海洋，背景里他仿佛听见了贝蒂娜哭泣的声音——或只是试图忍住眼泪，或者只是他自己制造的情感噪音。“她死了，”他说，“是不是？”

“谁？”

“妙丽。”他说。这个词从他的唇间发出来很奇怪，特别在这种情况下，“妈妈。”

贝蒂娜笑了：“我倒希望。有时候，她太疯了。不是，比那更糟。”

“更糟？”他试着压低自己的声音，但这话就这么从他嘴里炸出来。他感觉到有人在看他。他微笑，转身，面对隔间的墙壁。怎么可能更糟？她可能快死了，或者正在死去，在地板上窒息痛苦抽搐，心脏病发作，流血不止，从楼梯上摔下来神志不清，自杀——贝蒂娜给他打电话，而不是给医院？他准备了一张写满应急号码的纸，医院的电话就在上面——911！这有多难？三位数！

“我再也受不了她了，布隆夫曼先生。她让我给她拿了点衣服，帮她打扮好，她看上去很美。还有首饰，一条围巾，虽然我告诉她外面很热不需要围巾。但这没什么，我想围巾看上去也很美。”

“贝蒂娜。”布隆夫曼有些摸不着头脑。他母亲的死已经如此凶猛地撞进了他的生活，并且像一颗子弹一样牢牢嵌在了他心里。现在说她还活着，他不得不重启一下。并不容易，但他做到了：“出什么事了？”

“她等着你呢，布隆夫曼先生，大门口。等你来接她。”

“我在上班，贝蒂娜。你就不能——我不知道出了什么事，出了什么事？”

“她想带你去个地方。我只知道这些。她站在外面的水沟里，就像尊雕像。你一定要来，布隆夫曼先生，我不知道会发生什么事。我没办法把她拉回来。快来。”

“好的，”他说，“好的。”

他挂上电话，抓起他的电话和钥匙。世界的“呜吟”穿过他的耳朵，扫空他的脑袋，现在他处在自动驾驶状态，空白得像一张新纸。

“陛下，”索斯比说，起身探过隔墙。布隆夫曼停下脚步。“我不断调查着这家错综复杂、诡谲迷离的公司，我进入了一片危险的水域，里面全是食人鲨。”

“谢谢你。”布隆夫曼说。

“我显然是个热心肠，”索斯比边说边又躲了起来，“我好像还挺讨厌这样的。”

二、基因问题

她非常精准地站在贝蒂娜描述的地方。她穿着做旧的牛仔裤和苏格兰花尼的衬衣——V字低领。他都不知道她还有这样的衣服。他把车开进停车位的时候她挥起手来，微笑着，就像这是件寻常的事。他减速，直到车停下来。她打开车门，但她没有坐进来。她等着她的儿子清理出座位来——上面堆满了邮件和广告，一个空易拉罐和一把他自己的名片。自从他中奖之后他到哪儿都带着名片，以备另一个罐子闯进他的生活。他把所有东西都扔到后座上。

“爱德塞尔，”她说，钻进来，小心翼翼地坐下，一脸嫌弃，就像背靠到了一小堆粪便上似的，“谢谢你能来，爱德塞尔。我知道通知得有点仓促，但我有事要做，有东西要给你看。天气那么好，谁知道呢，现在还能做的时候不做，难说以后就做不了了。我一直在看一部讲极地冰盖的纪录片。你有没有看冰川融化的片子，一片一片，咵嚓一声掉海里化掉？这叫冰裂。就是这种感觉，老了以后，我都冰裂了。”

“别这么说。”

“我的耶稣呀，爱德塞尔，诚实一点，哪怕就一两次。连我都知道贝蒂娜快照顾不了我了，我就快进养老院了。他们说不定也会给我戴一副脚镣——我很可能潜逃。我他妈疯了。”

“你听上去没疯。”

“有时候会这样，”她说，“云开雾散，清澈。现在就是这样。我们及时行乐吧，掉头。我告诉你去哪儿。”

他照她的话做了。这是他所认识的母亲，他真正的母亲，这个版本他一直封存在脑中的盒子里，因为他不想失去她。这是他可以放进那个小盒子里的一段回忆。她领他离开小区，上高速，开了一小段，也就几英里，他们从第八大道出口下来，进入南区。

南区这两年中产化得很厉害，人行道上充斥着节节高升的文艺青年范儿，离克罗顿的画廊所在的区域几英里，也甩开那儿好几年。但几年前这儿还是堆满长发闲人和毒品——许多毒品的肮脏存货站。小小的区中心有一座水泥喷泉，有个老人跪在那儿，手里攥着圣经，祈祷着。他在那儿跪了几十年，传说他是在为南区的恶棍们祈祷。祈祷没起作用，这儿成了他们聚众收售毒品以及寻找快捷夜伴的场所。

“停车。”她说。

他挤进一家寿司店门前狭窄的停车位，——生鱼，布隆夫曼从来不理解它的吸引力。

“那儿，喷泉边，”她说，“我就是在那儿遇到你父亲的。”

“哪儿？”

“那儿。我急着想买点烟叶子，就那儿能搞到。那时候二十五美金能买一盎司。我有工作，单身，我有许多闲钱，所以对我来说这都不算什么。你父亲朝我走过来，看着我，仿佛就这么永恒了，还说了类似的话：‘太神奇了。我刚开了个幸运饼，签上说：‘你马上就会遇到最美丽的女人。’这种签在我身上应验还是第一次。’这只是套近乎的说辞，还是挺糟糕的那种，但我很欣慰能得到这种关注。我点了根烟，我们一起去了街对面的松饼屋。”

那家松饼屋还在，看上去就像永垂不朽一样。一周营业七天，每天二十四小时，提供咖啡、瓦夫饼、香肠和鸡蛋。布隆夫曼去过很多次，这让他很受打击，就像胸口挨了一膝盖：他吃饭的地方就是他爸爸在成为他爸爸之前去的地方。或许他俩还坐过同一个座位。

“罗伊和我很来电，”她说，言语里都是括弧和破折号，“我是说，显然。我那时候可不是后来那样的——好吧，大部分时候不是。有段时期我是有点……那叫什么……‘随便’——我挺喜欢随便的，多……方便。但那个阶段已经过了，那时候我已经不那样了。罗伊，浓密的黑色头发，他用手向后梳着。有点油腻，没错，但几十年前的披头族们就是这个范儿。下巴坚挺，笑容灿烂，很浓的眉毛，但很适合他。很梦幻。我们分享了一盘炒蛋和香肠，黄油挂边的白面吐司，他在他的咖啡里倒了整整三包砂糖、四包伴侣。天哪，我们就这么聊啊聊，他让我觉得这世界上只有我一个人，我们在做的事——坐在松饼屋的包间里——是世界上发生着的最重要的事。你知道这种感觉吗，爱德塞尔？”

“我知道。”他说，因为在他和希拉短暂的罗曼史中他至少就有过三次这种感觉——虽说短暂，但跟他父母的关系相比简直就是一辈子。第一次是他们一起看《伯南扎的牛仔》的时候（某季最后三集），她会暂停播放为他讲解每个角色的背景故事——不是为了炫耀她了解他们的一切，而是因为她想让布隆夫曼跟她一样全身心地体验这一时刻，一起分享。第二次是他们过马路，他想都不想就牵起了她的手，而她也立即握住了他的手，几乎有些迫切，就像她等待他爱的大手已经等了一辈子，而对他来说这一刻感觉就像宇宙中的所有眼睛都落在了他们身上。第三次，他敲她公寓的门，她打开门的时候在哭。“我也不知道为什么，”她说，“什么都没发生。有时候……”他搂住她，给了她一个无法挣脱的拥抱。她在他的肩头涨红了脸。他想用他的大衣吸干她的每一滴眼泪也不是没可能。她再抬起头的时候微笑着，感觉就像穿了一件魔法大衣，而他感觉自己就像个魔术师。

“很好，”她说，她以母亲的关爱拍拍他的膝盖，“希拉找得好。”

“是这样的，我们在那儿待了好几个小时——两三个小时吧，我猜——然后我们去地窖酒吧喝了一杯。”她指着那家万能保险公司，“现在没了，不过是个好地方。那家酒吧是四十年代的，在那儿喝酒让人觉得是参与了某种神圣的传统。老板埃德加，和我，我们是朋友。他随身带着一瓶鼻腔喷雾剂，但他把里面的溶剂倒了，换上兑了水的可卡因，这样他就能整夜爽了。只要我要求他就会让我也爽一下。

“哦，妈妈，”布隆夫曼说。一刻不停、不断重新定义母亲的形象让布隆夫曼精疲力竭——信息过量，“你没有——你不吸可卡因的。”

“偶尔，”她说，“是免费的，爱德塞尔。”

“免费就没问题了？”他说，“你当时难道不觉得自己年龄太大了吗？当时你已经比我现在老了啊。”

“没人比你现在还老，爱德塞尔。”她微笑着触碰一段又一段精美的记忆。“我喝了杯‘曼哈顿①’，然后又喝了一杯，他也是。他告诉我他为电话公司铺电线，但已经洗手不干了。他一直在存钱想考研然后当老师——高中老师。去威斯康星？或是爱达华？我记不清了。他喜欢孩子。他是五个兄弟姐妹中最大的一个，但他自己没法要孩子，因为他有病，精子很懒还是什么的——对了，那叫活性——它们游不动。这是故事中很重要的细节，爱德塞尔，

---

① 由威士忌、苦艾酒和香艾酒调制的鸡尾酒。

我觉得他相信这是真的。但天知道这会有什么不同。”她耸耸肩，“开车上山，去那家经济旅馆。”

那家经济旅馆是一座便宜的单层汽车旅馆，招牌酷炫，曾用来推销的噱头是免费空调，现在是免费无线网。布隆夫曼把车转进停车场，停下车，引擎空虚地嘶鸣着。

“2D，”她说，用颤巍巍的手指指着，亮红色的指甲油闪烁着，“就在那儿，你就是在那儿发生的。”

“我就是在那儿‘发生’的。”他说，无心地复读。

“我和罗伊在那儿做爱，我在那儿受孕，然后你在那儿——”

“停，停，”他说，举起一只手，“不用说了，我懂的。”

“我们那时候并不知道。那时候，很单纯的，纯粹的欲望，充满力量的东西。”

布隆夫曼感觉被人打了针麻药。2D——两个人都眼神空洞地注视着那扇门。但布隆夫曼看够了，也听够了。从毒品交易市场到滚烫的挂边黄油，再到2D——够了。世界上太多事情不知道也无所谓。他不用知道电是怎么发的、车是怎么跑的，也不用知道染色体比基因大还是比基因小。这些事都是一类的，他都不用知道。他正要挂倒挡开车送母亲回家的时候，她把手放到他手上。

“我们进去吧。”她说。

“不去，”他说，“我知道了。我的生命是从那儿开始的，从一个你之前从没见过之后再也不会见的人那儿。我都能想象出来。但我宁可不去想。”

“求你了，爱德塞尔。”

“我们不能进去。不能。不可以。”

“为什么不？”

“因为……我们不能。那不是我们的房间，这是第一条。”

“把房间定了，没几个钱。”她看看四周——生锈的落水管，敞开的垃圾箱，“还是原来那个破地方。”

“妈妈，别闹了。”

“去定，爱德塞尔。我会还钱给你的，如果问题是这个的话。”

“绝对不是这个问题。”

她瞪着他：“那是什么问题？”

他老是忘记她的脑子已经不好使了。她已经老了，痴呆了。她说的这一切，所有的这一切，很可能都不是真的。奇怪的是，想起这一点来让他更加肯定，如果这一切都毫无意义，那他怎么做都无所谓。

然后 2D 的门开了。一个清洁工走出来，推着装满床单和迷你洗发水罐子的推车。她接着向 3D 走去，让门在身后慢慢关上。但门没有关上，没关牢，还没锁上门就停了下来。他们俩都看见了。

“这是个征兆。”妙丽说。

他把车直接开进门口的停车位，还没等车停稳他就开门下了车。他条件反射似的左顾右盼了一下，已经预见到了恶劣的惩罚。他们不该在这种乱七八糟的地方胡来，不过或许有他母亲在场可以帮他们逃过一顿好打。

她倒是无所畏惧。她推开门，他们走进伯明翰最便宜的汽车旅店那片陈腐、凄凉、虚伪的黑暗中。百叶窗是掩着的，敞开着的门让一片阳光洒进房间，但不知道为什么房间并没有因此而明亮起来。狭小的双人床，三夹板衣柜，浴室的洗手台，还有上面，那面灰蒙蒙的镜子——这地方对布隆夫曼来说如此惨淡，一生中许多糟糕归宿中最糟糕的一处。

感觉好像过了很久，他妈妈一直没有说话，甚至看上去说不出话来。她大致摸了摸落地窗帘，用手指捏了捏布料，然后走到床前，在床的一侧坐下，手袋放在腿上。她直视着前方，看上去就像收到了一生中最好或是最坏的消息。

“这里，这里的一切，都一模一样，”她说，“所有东西。我想连床上的棕色床套都是一样的。快看——魔指[①]。”他之前没看见——魔指按摩服务，只要二十五美分。“上哪再去找这样的好事？只要两毛半，”停下来，回忆，微笑，“罗伊做了三次。”

布隆夫曼坐到她身边的床沿上，在这张这个女人和一个几乎陌生的男人一起用他号称“懒惰的精子”把他制造出来的床上。或许这很好地解释了布隆夫曼的性格，某种程度上，他那创纪录的晚熟。或许布隆夫曼就是先天不足，或许是他的基因问题。

他母亲默默地看着自己脑海中回放着的三十四年前的老电影，眼睛睁着，但完全空白无神。她没有微笑，但也没有皱眉。门外，他听得见车来车往的声音，有人在附近的房间里叫喊。

最后，她瞪着温暖湿润的双眼转头看她的儿子：“看见没有，爱德塞尔，我没有安排过这一切。谁会想到和一个好男人共度一夜良宵会导致上千个花生果酱三明治的生产？”这句话，任何一个人听到都会觉得是完完全全的疯话，只有布隆夫曼知道，这是她能说出的最理智的话。

---

① 美国二十世纪五六十年代在各大酒店旅馆盛行的投币按摩床。

三、工业生产

从 1991 年到 1995 年，每年八月中旬——就在开学前期——布隆夫曼和他母亲要为他即将到来的一整个学年准备午饭。她开车带着她的儿子去远在城市另一端的 A&P 超市。小猪超市离家近得多，但她很反感这个名字，觉得这名字很恶俗。她用平等主义的深蓝色眼睛审视这个老旧的南方世界，这偶尔会给她惹麻烦，她就喜欢这样。“让我踏进小猪的门，除非太阳打西边出来！”她说，就好像小猪先生本人冒犯了她，她就想让他知道。布隆夫曼怀疑这是不是和小猪超市是成立以来第一家坚决禁烟的超市有关。曾经有一次——布隆夫曼当时九岁——她曾因等红烧牛肉的时候拒绝熄灭手里的沙龙烟而被赶出来过。

这都无所谓。他们驱车三公里到 A&P，他推一辆金属手推车，她也推一辆。布隆夫曼的工作是把他的手推车用一个接一个的白面包装满——有史以来最白的面包，向粉笔一样白的面包，这种面包现在通过合法途径已经买不到了，因为它里面掺了一种用来杀害虫的漂白剂。但布隆夫曼喜欢。面包好软，好湿润，他能把一整片面包搓成弹珠大小的球。他拿面包，他妈妈负责拿花生酱和果酱。她每种买二十五罐，付账得花半小时。

在家，面包一片挨一片在厨房操作台上排开——镶着棕色边框的白色克隆薄片。布隆夫曼以为，这说明面包是从真烤箱里烤出来的，但后来他决定相信那很可能只是一种类似面包的物质，故意被做成这样子。有时候他会先吃那部分，但现在不行，生产过程中不能这么做。他们的厨房并不大，空间只够每次摆出五十片面包，二十五个三明治——大约相当于一个月的午餐。

他的午餐就是这么做出来的，每一顿午餐，一周中每天一个，从九月到六月，一个接一个三明治，日复一日。

他妈妈涂果酱的时候他就仔细地抹他那层黏糊糊的棕色花生酱——总是很顺滑，从不松脆。她会对他说些他最不了解的事，关于他自己的事。每个八月似乎都有个主题。那个八月，因为他即将升入高中，主题就成了女孩。那时候谈论她们跟现在谈论她们一样尴尬。

“你怎么想？”她问。

“想什么？”

“你有没有准备，我是说，约会，全情投入？”

“全情投入？”

“女孩，”她说，“不是爱情本身。就是孩子们常搞的那些，初步摸索。”

“我不知道你在说什么。”

“别闹了，”她眨眨眼，“你不是有朋友吗？”

他真不知道她在说什么。他应该知道吗？身边没有父亲来教他这些事情是不是让他有了缺陷？

“摸索，”她说，“比如‘你好，都好吗？干吗呢？’然后砰——你就上了一垒。”

“妈。”

“二垒——”

“妈。”

"观众都站了起来——他瞄着三垒去了！"

"妈妈。"

她饶有兴致地咯咯咯笑（那时候她的声音就像个喜欢打趣的巫婆），然后喝口葡萄酒——精致的一小口，看上去吸吮量不到总量中的一茶匙，但一会儿就没了。灰皮诺。布隆夫曼知道是灰皮诺，因为每天五点左右她就会唱那支小曲："你知道吗，你知道吗，该是喝灰皮诺的时间啦！"然后她跳着舞来到冰箱跟前，拿出那瓶之前喝过的酒，那个神秘的绿瓶子，盖着瓶塞，站在壮实的脱脂牛奶纸盒旁。他喜欢观察她的嘴唇，薄薄的酒杯边缘滑进她的双唇之间，两片嘴唇恰到好处地含住，下嘴唇比上嘴唇厚一点，饱满一点；她的头发——棕色，直得有些滑稽——修剪到齐肩，笑的时候秀发荡漾。她还有颗美人痣。这样看待自己的母亲——把她作为审美对象——对一个男孩来说是否正常？这种极端的理想化会不会造成了某种心理上的创伤？

她靠近他，想检查一下他的进度。"把花生酱一直刷到面包边。"她说。

"刷着呢，"他生硬地说，"基本上。"

"喂，它们可是你的三明治，"她说，"我在为你的未来着想。花生酱短缺的未来，失望蓄势待发。"她腾出一只手来摸摸他的头发，"失望总是成群结队地来，我这么想的。"

他注意到她的果酱——葡萄酱，和红酒的颜色一样——完美地铺在那片平原上。她是怎么做到的？除了面包上，其他地方一点都没沾到果酱。

"也许我太着急了，"她说，"也许你开始和她们说话就好。

其他的你就别管了。”

“我不担心，”他说，也不抬眼看她，“只是——”

“你会说什么？”

“对谁？”

“女孩。”

“没什么。”

“假装我是女孩。”

哎。

“喂，爱德塞尔！”她说，假装自己是个女孩。显然，女孩们都很开朗、很快乐、很高兴见到他，“你好吗？”

“拜托。”

“不对。说‘我很好，这里插入名字’，”她说，“就这些。够了，完成了，雪球已经滚起来了。”

“朝山上滚吧。”他说。

“有可能，”她说，“除非你改变你现在的态度。”

“什么态度？”

布隆夫曼等着他的妈妈，只听见部分她说的话。有时候他会中途屏蔽掉他妈妈的故事。他就喜欢她的容貌，就这么看着。她会踢他的腿。“你不需要这么爱我，”她说，“我是说，从长计议不一定是好事。你比我慢了三块面包，抓紧。”

生产线将持续数小时。部件都涂装好以后——这边一支花生酱舰队，那边一支果酱舰队——把它们叠在一起，一片上，一片下，就像一对情侣。产品装进塑料袋，精心封装，然后堆进地下室的大冰柜里，一遍又一遍，直到一百八十个三明治都完成——

一百八十是平均一学年的天数。这样每天早晨她只需要往包里装一袋红色包装的迷你卷饼，一个盛过滤水用的迪克西纸杯，和一个三明治——只需要几秒钟——就搞定了。他整装待发，她睡回笼懒觉。一般情况下花生果酱面包到中午就能解冻，但天气寒冷的那几个月总会留一两口冰碴。

唉，他长大了，想要更多更好的东西，不一样的东西。一样的东西最好少一些。既然是一次性准备好再冷冻，为什么不换换花样？比如半年花生果酱，半年博洛尼亚肉酱。她这么做真奇怪。太糟糕了！糟糕到他都不愿意跟他仅有的几个朋友提这事。没人知道，没有人。他觉得这很耻辱。是她太残忍，太懒，还是仅仅因为她很实惠、很工业化？有一件事是肯定的。在他和她共同度过的那么多的日日月月、岁岁年年里，这是他印象最鲜明的画面——制作花生果酱三明治。

他的确抗议过一次，上初中前的那个夏天。他说他希望每天能吃上不同的午餐，来点新花样，来点好东西，给他点盼头。

“给你点盼头？”她说，“午餐？爱德塞尔，听着。哪怕你这辈子从我这儿只学到一样东西，这个你得学学：午餐很无聊。午餐都是无聊的。关于午餐的一切都是平庸的。比如说，它发生在一天的正中间。与其说是一顿饭不如说是一个间隙，真的，不是吗？就是一大帮子孩子坐在一张接一张的桌子边一起往嘴里塞一些营养好撑着活到三点半，仅此而已。但你看，现在我们搞定了，我们一年之内都不用再想午餐这档子事了。我们的头脑可以自由地投身到更高级的追求中去了。我们可以思考大问题，更美妙的思想。这是我想要给你的，爱德塞尔。我想让你翱翔，我想让你快乐。午餐——只会拖我们后腿，妨碍我们的快乐。不仅仅是午餐，当然啦，还有类似午餐的事。相信我，我知道我在说什么。好人，快乐的人，那些自我满足的人，他们根本不担心午餐的事。你会成为一个好人。”

她错了。布隆夫曼没有成为一个好人，他比世间一切都平庸。就好像他吸收了她给他上的那一课，并把她的意图完全倒了个个儿。现在他脑子里只有午餐——这是个比喻，无论如何，就是她说的那种午餐。他就想要让它拖后腿。无论如何，直到卡尔拉·达安琪罗给他打了那个电话，直到他遇见希拉。

四、罗伊老爸

他们肩并肩坐在床上，在安静的 2D 房间里，静如蜡像。然后她牵起他的手，握着，他都不敢相信她有这么大的力气。

“给我一分钟，亲爱的，好吗？”

“当然。”

他站起身，离开，门关到稍稍超过半掩的程度，他在门口的走廊里等着。太阳温暖着他的脸颊，他的脖子被他的小领子勒得太紧，闪烁着汗珠。热量像一层织物似的从停车场上升起来，穿过热浪，隐约间他看到一辆警车海市蜃楼般逼近，就停在他的车旁边的停车位上。塞莱娜·斯坦顿透过车窗瞥着他，她看上去有些忍俊不禁。

“哎哟哟，”她边说边下车朝他走来，左手靠在她的对讲机上，“你倒是哪儿都去。”

“嗨，塞莱娜。”他说。对一个女警官直呼其名，他从没想过这样的事情会在他计划的这辈子里发生。她端起她的对讲机，嘀咕了几句晦涩的警察用语，又把它插回腰带上。“我们接到酒店经理报案，”她说，“说有一对流浪汉非法强占了一间房。”

“流浪汉？”他说，“我显然不是流浪汉。我还戴着领带！”

“我只是复述一下。怎么回事，布隆夫曼？”

“说来话长。”他说。

“我有的是时间。”她双脚分开大约十八英寸，双手叉腰，就像是在那儿扎了根，一动不动。

“好吧。我母亲现在在那间房间里，”他说，“大约整整三十五年前她……和一个刚刚遇到之后再也没见过面的男人……发生了关系。他让她受了孕，他们结合产生的孩子就是我。她想让我知道当初发生了什么，并且自己也重温一下往事。”

塞莱娜保持着不为所动的表情。但她有多少机会听到这样的故事？好像还挺多。“话不算长，”她说，把头发向后一捋，从脸上捋开，夹在耳朵背后，“但很动听。非常动听。”他看到她的耳垂上有个洞，她平时可能戴耳环。他想象了一下，长长的金属挂坠，镶着紫水晶，她的一切都随之改变，就像灰姑娘。他明白为什么上班的时候她不能戴耳坠，因为这会让她的威严严重受损——每个人都会想要吻她。他企图压抑这一洞见核心的罪恶感——希拉，对不起——但罪恶感挥之不去。他开始想象自己亲吻塞莱娜·斯坦顿的样子。

他要是他的父亲——显然他母亲想让他成为这种人——就会亲手帮塞莱娜把头发捋到耳朵背后，然后注视着她的眼睛，说些动人的话——来一句套近乎的话，让她微笑并想了解他的话。但他不是他的父亲，如果他的父亲真的是他母亲说的那个人的话。

“接下来我们这么办，”塞莱娜说，“我去跟经理聊聊，你去把你母亲撤出来带走。小事化了。懂了吗，布隆夫曼？”

“你确定你不想抓我进去？”他说。天哪，他干了，他无意中干了。这是在套近乎。然后他伸出手，手腕一合。“我还没见过警车内部长什么样。”他觉得自己被父亲附了身。

“别惹我，”她微笑着说，微笑，就好像她已经被惹到了，“但我得先看看情况，确认一下里面真是你母亲，而不是什么你搞的猫腻。”

她轻轻地推开门朝里张望，环顾一周，然后挥手让布隆夫曼自己看看。他的母亲钻在床单下，呼吸轻柔，床单一直拉到肩膀，她的眼睛紧闭着，床神奇地颤动着。

五、一对飞虫

妙丽看上去就像会永远睡下去一样。她躺在那儿，像木乃伊一样一动不动，在过度使用的床垫和满是污渍的床单上洋溢着满足感。塞莱娜一定也看见了，因为最后一圈按摩结束之后她踮着脚走到床边又塞了两毛五。“再来五分钟，”她悄悄对布隆夫曼说，“但之后我就要通知特种部队增援了。”

他们一起在房间外面的走廊上等着。塞莱娜的对讲机和布隆夫曼的胃一起咕噜着，快到午餐时间了。她站在那儿，双手叉腰，像女儿墙上的哨兵似的眺望着城市，侦察着王土疆域中可疑的动静。

“天要热了。”她说。

“是的，”他说，很高兴可以热情地就一项他自己也观察到的现象表示肯定，稍作停顿，“还很潮湿！”

“我从来就没适应，”她说，“我喜欢我的制服。我从小就想当警察，每当我设想自己长大以后的样子，我想到的就是像现在这样穿着制服。但制服里面太热了。”她的手，从她的锁骨开始，轻轻地在自己上身划了条线。

“你出了好多汗。”他说。

“我会排汗。”她说，笑起来。

布隆夫曼努力尽量保持谈话的轻松状态。

“所以你不是本地人？”他问。

“佛蒙特州，”她说，“反正我的第一个十年在那儿度过。然后我爸爸调到亚特兰大去了——他是城市规划师——我就到这儿来上学，就这么……留了下来。伯明翰很好。不太大，不太小，就是那种小镇大城梦的样子，你明白吗？”

布隆夫曼把手插进口袋里，摆弄起钥匙来。“小镇大城梦，”他说，“一语中的。”

“伏尔甘的雕像[①]加了不少分。大家也都很友好，我喜欢。”

---

① 世界上最大的铸铁雕像，伯明翰的城市象征，伏尔甘是古罗马神话中火与铸造之神。

“也包括犯罪构成要件？”布隆夫曼说，很为脱口而出的短语沾沾自喜。犯罪构成要件，他之前还从没有以这个顺序把这几个词串在一起过，这辈子都没有，但不知道为什么他储存着这个短语，以备不时之需。这让他有些害怕，不知道自己的脑袋里到底装了些什么，但今天的确是加分了。

“我逮捕过好多人，回局里的一路上都在跟我道歉。不是为他们做的事情，而是为大雨天的晚上还要麻烦我出来抓他们。”她笑了。

“我也很抱歉。”布隆夫曼说。

“为什么？”

“为这个，”他冲那个旅馆房间扬扬头，“我敢肯定你有更重要的事情。”

“我没有，”她说，“实际上，这就是我的工作最有意思的地方。”

塞莱娜看着他，脸上洋溢着柔情——一抹微笑，眼睛温柔闪烁。布隆夫曼无语了，什么声音也发不出来，连友好随性地哼哼一声都哼不出来。他无法挪开注视她的眼神，但他也无法回答。他脑袋里挂满蜘蛛网的角落中隐藏的那些俏皮话都去哪儿了？现在正需要它们救场呢。为什么要把脑子浪费在“犯罪构成要件”上？他现在需要的是一组词来对她传达：他领会到了她的好感——他觉得是好感，他希望那是好感——说人话就是，她喜欢他。因为想到她喜欢他，感觉到她喜欢他，这感觉真好。然后，终于有句话从他脑子里冒了出来，就像床上的那些手指一样充满魔力。他说：“我猜你对你的那些肇事者都这么说。”

她笑了。“完全没有，”她说，他看到她深吸了一口气，胸口随之起伏，“实际上，几乎从没说过。”

“那我试试看多惹点麻烦。”

她又笑起来。他让她发笑！还有更伟大的力量吗？如果有，他还没有发现。“好吧，”她说，“还有别的方法可以联系我。”

“有吗？哦！你是说你的名片。”

“我是说我的名片。”她扬了扬左边的眉毛，友好地使了个眼色，“你还揣着？”

“在我钱包里。”

出什么事了？他在说什么？她在说什么？

“很好，”她说，“因为，谁知道呢——”

然后她缓慢地、慵懒地，从胸口的口袋里掏出一支笔。就这样，一言不发。她把笔掏出来等他取，于是，他用颤抖的手取了过来。但有那么片刻，甚至片刻都不到，大概，只有片刻的一瞬间，他们触碰到了彼此的手指。他还从来没有收到过女人送他的笔。

“咦，好奇怪。”

是妙丽。她站在半敞着的门口，在阳光下眯起眼。她看看布隆夫曼，再看看塞莱娜，然后又看看布隆夫曼。“希望我没有打扰你们。”

“你在说什么呀？”布隆夫曼说。

“我是说房间我用完了，如果你们需要的话。”

布隆夫曼涨红了脸。“天哪，妈妈，”他说，“这是塞莱娜。她是个警察。”

“我希望是，”妙丽说，看看塞莱娜的制服，“不然的话就更奇怪了。”

“您好，布隆夫曼太太，”塞莱娜说，“我接到经理的报案电话就来了，您必须撤离此处。”

“我会撤的，”她说，“塞莱娜。”

妙丽看看塞莱娜，又看看她儿子，就好像想搞清楚他到底是谁，就好像她现在接收到的信息与她对他的所有了解相违背，是时候重新评估一下了。

“我能用一下洗手间吗？还是这会让我锒铛入狱？”

“您当然可以用。”塞莱娜说。

“你就等不到我们回家了？”布隆夫曼说。违法行为已经够多的了，他想。

“是的，我等不到我们回家了。为什么要等？说不定我再也没机会进旅馆的洗手间了。那儿可是为了保护我的健康而消过毒的。我喜欢。撕掉厕所的封条感觉就像圣诞节的早晨打开礼物一样。少安毋躁，就需要一分钟，最多两分钟。”

她转身又回到黑暗中，门也不关。他们看着灯亮起来，听见撕掉纸带的声音，以及一声精灵般的大笑。

“她真是个老顽童，”塞莱娜说，“我猜在她身边长大一定很好玩。”

“太好玩了，”布隆夫曼说，“天天马戏团，”他停了一下，“我是在说反话。”他澄清道。

“收到。”她说。

几分钟后妙丽出来，塞莱娜带她来到车的副驾驶一侧，打开车门，等她坐好，干脆地关上门，仿佛想保证不让妙丽逃跑。然后她走到布隆夫曼那一侧，倚在打开的车窗上。妙丽看着他们就像一只猫看着一对飞虫。

“祝您今天愉快，布隆夫曼太太。”塞莱娜说。

妙丽转头看自己的鞋。“我一辈子都在追求幸福，这是人的权利，”她说，“杰斐逊说的。”

“这话我可没法反驳。”塞莱娜说。

“哦耶。”妙丽说。她眼神迷离地注视着车窗。

对布隆夫曼，塞莱娜说：“安全送她回家。别再擅宅了，好吗？”

“别再什么？”他以为她说的是“山寨”。肯定是听错了。

“擅闯民宅。”

“绝对不了。下不为例。”

她的眼睛绿得像宝石。它们离他只有几英寸的距离，近得产生了真正的磁力，他感到自己的脸在以无穷小的增量向她靠近。就像意识到她给他们两人造成的危险，她退了回去，戴上太阳眼镜，与此同时，就像从新装备了专业技能。

“好好的。”她说。

他点点头，试图看穿她的镜片却失败了：“这是不是警察局的座右铭？‘好好的’？”

“不是，”她说，她用右手在车顶上拍了两下，然后退到一边，“只是我的。”

六、拒斥死亡

回家的一路上妙丽都很安静。他有那么两三次试图打破沉默——等红绿灯的时候，蒙特瓦洛路上一个老太太在他们面前加塞儿的时候——但显然她现在脑子里没有言语的空间。她就像独自坐在漆黑的电影院里一般，看着自己的人生长片。有些片段可能已经模糊，有些整段遗失，但剩下的无疑已经够她看的了。如果你能记住你生命中的每一段时光，你遇见过的每一个人，你流的每一滴眼泪，你让人哭笑的每一个瞬间，你人生的结局会不会更有意义？更多数据，收集并归档，是不是意味着更深刻的理解？还是一切都只是感情？最后一切是不是会全部聚集起来滚成一个情感的雪球？

他把车停到房子跟前的时候，她还是那样，还在看她的电影。她没有动，所以他也没动。他只是停在路牙边空转着引擎。

“我差点死掉。”她说。

“什么？什么时候？！”

“就在那儿，”她说，“在旅馆房间里。”

“没有，”他说，“你很好。你在睡觉。”

“我是说，我差点选择死去。可以做到，你知道吗，用意念自杀，如果意念足够强大的话。你做不到，你太年轻了。但等到了一定年龄，有了一定的阅历，都是有据可循的——在某种罕见的情况下，有那么一刻人能决定自己的死亡。你有没有读过《拒斥死亡》？”

“没有，”他说，“什么东西？”

“一本书。”

“书里写了？”

“有可能，”她说，“我也不知道。但我知道我知道的那些。罗伊邀请我死去，他邀请我进入光明。”

她几乎生起他的气来，于是他让了步。“好吧。”他说。

“问题是，重要的问题是，我没有选择离开。尽管从任何实际问题来看，我的人生都已经结束了。”

“没有，妈妈。”他说。他受不了这些，于是说：“没有结束，看看你自己，我们刚刚擅闯了一家旅馆的房间。这是一件很有活力的事，一件生龙活虎的事。”

她假装没听见他的话：“你难道不想知道我为什么没有走？”

“当然想。”

“因为我想再多活一阵子——为了你。”

终于，她转身面对他。她哭了，并没有号啕，只是几颗没有忍住的眼泪沿着她脸颊上的皱纹滚落。她看着他的眼睛。

“我把一切都搞砸了，爱德塞尔，”她说，“一团糟。”

“妈妈。”他说。这是在折磨他，他觉得自己的胸口都快炸了：“妙丽。不，你没有。”

“搞砸了！都搞砸了！爱德塞尔，问题是，我真高兴自己搞砸了。能想到的我都搞砸了。男人，毒品，酒精。我抽烟。我还让你吃了那么多年花生果酱三明治。但看看，一切最后都还挺不错。岂止不错，简直棒极了！”她让自己沾满时间的手落在他的膝盖上，“这就是为什么我选择活下去。这就是为什么罗伊邀请我进入光明的时候我说还不行。因为现在轮到你了，你的人生，你还没有搞砸。你从来不搞砸。你从不允许自己做任何真真正正愚蠢的事。我想活久一点，好看到这一切发生。你一辈子都是个完美小男孩，我说这些不是为了伤害你，亲爱的，但那样真有些笨笨的。我是说，对我来说，我是你的观众。你会很好的，宝贝，我也会很好。希拉也会很好。但最重要的是，你会很好。我保证。走出去，把事情好好搞个一团糟，专心去搞，越乱越好。我知道你能做到，为了我。”

贝蒂娜出现在妙丽的窗口，弯下腰，挥手。但贝蒂娜知道发生了什么事，所以她没有开门。她退后一步。“你跟那个女警察就差点搞到一块儿去了，”妙丽说，大笑，她轻轻锤了锤他的胳膊，“她叫什么来着？”

“塞莱娜，”布隆夫曼说，“塞莱娜·斯坦顿。”

她仰头无声地笑着。“你知道她的全名，”她说，“她也知道你的。这样挺好的。”

“妈妈。”

“如果我是你就带她进 2D。至少花上个七毛五。值。”

“妈妈！”他说，“我和希拉在一起呀。”

她倾下身吻了他的脸颊，就在脸颊上那个她吻过千千万万次的地方：“当然啦，亲爱的。当然啦。”

然后贝蒂娜打开门，搀住她的一只纤小的胳膊，带着她离开。她们走下车道，穿过沿途长满沿阶草的石板路，终于来到门前——花了好一阵，因为最近母亲迈的步子非常非常小。但他一直目送着她们，直到她们进屋，现在眼前只剩下房子，他曾经和他母亲一起居住的房子，那里曾生产过不下一千个花生果酱三明治。

他开车离开的时候，脑子里出现一个想法，后来他一直认为这个想法是他妈妈默默植入到他脑子里的。他做了个决定：我要和希拉做爱。要如何实施对他来说还是个谜，但他一定要去做。就今晚。夜幕刚刚降临，布隆夫曼直接去了，趁自己还没有改变主意。

七、分享肮脏

自从布隆夫曼开始和希拉约会以后，他生活的几何形也得到了拓展：曾经是纯粹的三角形，现在雪松苑提供了第四个点，另一条边，现在他的生活更像是个菱形，或是平行四边形，变得更复杂，更有趣。去的路上，他把一枚避孕套从杂物箱转移到裤子口袋里。他停止思考，开启征程。既然他已经决定了征程的终点，就没有必要再为此煞费苦心。剩下的就只有行动了。他的身体充盈着意志和欲望。他心里只有一个念头：冲进她的公寓，关掉电视，握住她的手，然后把她拉进卧室。她不会抵抗。恰恰相反，他们的欲望将融为一体，他们将同时感觉到同样的一切，他会对他们的欲望说“心有灵犀”。

但事情并不是这样进行的。

希拉开门的时候身上穿着一条带花边的短衬裙，吊带，红色线脚。她的乳房看上去比平时大，比他平时看到的都大，丰满。她的头发散着，现在是大波浪（他从没见过她的大波浪发型）；还有她的唇彩，在她洁白的肤色映衬下格外鲜红，她看上去像刚用过晚餐的女吸血鬼。灯暗着，到处都是小截小截的蜡烛——茶几上，电视机上，床头柜上，甚至马桶上，这是他后来发现的。布隆夫曼脑子里想到的只有“火灾”！她手里端着一碗裹着巧克力的草莓，还没等他开口说话，她就往他嘴里塞了一个，然后自己也冲着那个草莓迎了上去。她的舌头在他脸颊上的凹陷里找吃的，就好像裹着巧克力的草莓就应该这么分享。

他的感觉是——后来得到了证实——她是在实践什么“如何点燃爱火”之类的书上的教程。当然，希拉很会实践教程。做饭的时候，如果菜谱上写着用 1/8 茶匙的盐，她就会用 1/8 茶匙的盐，从不用一撮。“一撮盐到底算多少？”她自言自语地辩驳，“每个人的一撮都是不同的！”她对其他写教程的作者有一种仗义的信任，他这么认为，这很值得景仰。他想象他们就像一个门槛非常高的会员制俱乐部，虽然她从不提起，或在他面前写作，而他也只字不提。但很快他就会希望谈一谈，等索斯比搞定宜家关系的时候。他承诺布隆夫曼尽力而为——“因为我们这么要好。”他说。但他只是在冷嘲热讽，他们并不要好，所以布隆夫曼也不确定他到底会不会尽力而为。

布隆夫曼马上卷入希拉突如其来的计划之中，但同时感到受宠若惊。他帮她脱掉了自己的外套和领带，然后就是费时费力的解衬衣扣子环节。他行将半裸之际，她又突然变出了一杯香槟，她自己抿了一口，然后递给他。目前为止，她还没说过一句话。点燃爱火教程里肯定写着“半裸时半杯香槟”。她一口干掉自己的半杯香槟，然后等他喝完他的。她抹着烟熏妆的眼睛闪烁着激情的火花。她舔舔自己的嘴唇。他打了个冷战，手臂和胃里起满了鸡皮疙瘩。她从他手里接过酒杯，搂住他的腰，带着他走进卧室，谢天谢地，里面没有玫瑰花瓣。但以她一贯敏锐的预判，毯子已经掀起，床做好了被上的准备。她钻进毯子里，他也钻了进去，一进去她就马上解开了他的皮带和裤扣，想把裤子拽下来，但裤子卡在了他的腿上，他不得不出手帮她拉开了拉链，什么叫团队协作？这肯定就是教程了。然后她脱掉了她的睡裙——如果那是睡裙的话——他们俩盖着毯子，前所未有地赤诚相对。她的手有些冷，她摸他的阴茎的时候——老天爷呀，他恨死自己了，这段回忆将让他一生望而却步——那玩意儿居然完全缩了回去，像只乌龟——在还算是在，他能感觉到，还不算完全消失，还有为她为之一搏的希望。她身边放着一瓶特殊的乳液，她打开在手上抹了一点，又抹了一点在他身上，直到温度够让他再次行动起来。他胆子也大了起来——他的行动完全不借助任何经验的比量——他压上了她。他心意已决。只要他压上去就一定会发生什么。任何事情到场就已经成功了百分之九十！他们都这么说！他来了！有请，布隆夫曼！

哪怕几乎对此一无所知的布隆夫曼都知道，性爱不只是性爱。特别是这场性爱，他的性爱。今晚的性爱希拉就是他的解药，清除剂，清除掉没有任何类似事件发生过的过去——没有任何如此真实、如此坦白、如此诚恳的事件——取而代之的是充满这档子事的未来。在这样的未来中他是可能会成为的那个人。性爱不只是性爱，对布隆夫曼来说，这就是人生。感觉很轻浮，这样想甚至有些空虚，但现在全世界唯一、最重要的事情就只有这一件——他身处的现在，身下压着个美女。

几乎难以承受。

时间消磨如同指甲慢慢划过黑板，如同陡坡骏马强拉无轮车，无止无尽，什么反应都没有。

然后希拉说了他进门后说的第一句话。

“没事的，爱德塞尔，”她说，“真的，我们就躺一会儿。”

“我有点累。”他说。

她捋捋他的额发：“今天很忙？”

“说了你也不会信。”他说。

他们就这样躺着，肩并肩。他的眼睛已经适应了黑暗，现在他能看见她，她的眼睛如此可爱而开明，不带任何评判，毫无怨言。然后她笑了。

“我有个主意，”她说，她非常激动，“我们来分享一下我们肮脏的过去吧！”

“肮脏的过去？”

“我们跳过了那一步——第四步：分享肮脏的过去。你告诉我你过去所有女朋友的事，我告诉你我所有男朋友的。”

他没听懂她的话：“我过去所有女朋友？”

她戏谑地捶了捶他的肩膀：“名单有那么长吗，诶？”

“我只是觉得我不是很明白你的意思。”

她吻了他的鼻子：“你睡过的每个女孩，傻瓜。我也会说。这是在那个啥……你知道的，之前要做的事。相当于驱魔仪式，一五一十地坦白。让过去成为过去，现在留给现在。如果你想的话，我可以先开始。”

就像他已经默许了一样——他其实没有——她开始了。

“好吧。我的第一个是瑞安·布鲁查德。我当时十八岁——是的，花开得有些晚——他二十二岁。人很好，胡茬很扎。我们在一起两年，他搬到西雅图去的时候分手了。不对，是波特兰。我当时很伤心，所以就……天哪！破罐破摔了，我猜。好尴尬。盖里·富兰克林，还有，大概一个月后，他的表兄弟，那个人可恶心了。有那么两年，一个人都没有。洗心革面，像个尼姑。然后，好吧……很突然，托比·凡德维尔，摩根·弗里曼（不是那个摩根·弗里曼），本（我好像没问他姓什么），还有最后一个，来自蓝草之乡肯塔基的杰迪迪亚·詹森。”她笑了，然后用手臂环住布隆夫曼的肩膀，“但那是很久以前的事情了，我已经单身很久了。”

她深深叹了口气，就好像她刚刚一边倒背字母表一边跑完了一场马拉松。他想她应该会脸红，但在这样暧昧的烛光下很难看出来。他现在暖和了，盖着毯子，她也是，而且她的乳头还不停地蹭他的手臂，随着他的呼吸来来回回。这种感觉很奇特，就像她正试着用一支铅笔的橡皮擦胳肢他。

轮到他了。她等着，满心期待，他大概从没见过她的眼神这么跃跃欲试。但他难以启齿。有人让他说一门他不懂的语言，在此之前他甚至没听过这种语言，这让他哑口无言。他的头被枕头吞了一半，所以她只能看见他的一只眼睛，但这已经足够让她看出来出了什么问题。

“怎么了，爱德塞尔？”她说。她用一侧的胳膊肘支起身子：“你不想还是……你对此很害羞，我明白。但我已经做了。这真的很不公平，如果你不——”

“玛丽·麦考利！”他脱口而出，就像他在敌人的审判中受了严刑拷打，“玛丽·黛·麦考利，我十五岁的时候。”

“十五岁！”她说。她大笑起来，“太惊人了！我没想到。你吓到我了，爱德塞尔·布隆夫曼。披着羊皮的老虎。好吧，下一个？”

他转身目视天花板，烛光在上面映出了诡异的蛛网阴影。“没有下一个了。”他说。

“没有下一个？”

“没有下一个。”

“我都不知道这话什么意思，爱德塞尔。”

“我说的就是那个意思。”

“但是，好吧，那么……你当时十五岁……现在你……三十四岁，所以有——”她心算起来，“十九年。十九——年。”

他能听出来她希望自己没说出这样的话，虽然这都是真的。她也验算过了，但这还是在布隆夫曼漫长的空档期上打上了刺眼的灯光。一支蜡烛熄灭了，蜡油像涨潮般涌向火焰，又一支。黑暗沉重地压向他。因为当然，他并不知道自己是不是真的有过这么一段漫长的空档期。他不知道他的空档期是不是真的开始过。

“我要回家。”布隆夫曼说。

“别，”希拉说，“求你了。你已经一丝不挂了。留下来，盖好毯子，睡一觉。”

但他没有再说一句话，而是站起身，穿好衣服。他必须出去，就好像离开她某种程度上就等于离开他自己，离开他的躯壳。但事实并非如此。布隆夫曼跟着布隆夫曼一路回家。

八、豹纹会所

门什么时候不再是门？敞着的时候。这是布隆夫曼知道的唯一的笑话，或者说是他记得的唯一的笑话，他还时不时把它拿出来抖一抖。他现在想到的就是这个笑话，车开到公寓门口的时候，他注意到，我的门已经不能算门了。

它是敞着的。

从车上他能看见客厅座椅边桌子上的灯微弱的光芒，微弱到差点就不够从窗口漏出来——但还是漏了出来。他不怕被抢，因为他已经被抢过一次，已经没有什么可被偷的了。托马斯·爱迪生肯定会告诫他的朋友们不要在这里浪费时间，所以他推断是自己早上忘了锁门。但他太累了，没力气想明白；太伤心，因此背负着这样的念头：自己算什么，在这世上占据着毫无意义的一席之地。

佳佳坐在他的客厅椅上，她的膝盖蜷曲着抵在她的下巴上，她的胳膊环抱着她的腿，光着脚，睡着了。她看上去就像个孩子：无辜、单纯、梦幻。但他的脚刚跨过门槛她就醒了。她睁开眼睛，眨眨眼，向四周张望着回到现实中。但她没有挪窝，双臂抱住自己，打了个哈欠。

“哦，”她说，“你好，布隆夫曼。”

“你好，”他说，很不高兴，“怎么回事？你怎么进到我的公寓的？”

“真的假的？你还问我？给我个回形针诺克斯堡[①]我都进得去。”

“好吧。那你为什么在这儿？”

她耸耸肩，就像这个问题很傻似的：“我以为你今天晚上不回来了。你一般十点十一点回家，那时候已经快半夜了，我想——我得离开那个地方。”她用她的大拇指指指托马斯·爱迪生的房间，“有些家伙……他现在接待的顾客不一样了。他们……你知道的……不像过去那么有人味儿了，”她耸耸肩，“我有这样的觉悟，我不会用自己交换毒品。你知道这什么意思吗？这说明我有原则，布隆夫曼。谁知道……”她还是没有从那张椅子上挪开：“所以，反正我就逃到你家来了。你又不在，我还以为没事。”

他深深吸一口气，慢慢眨眨眼：“那么，我现在在了，是不是？”

这吓了她一跳。她松开胳膊，让腿落到地上。她从没听布隆夫曼这么说过话。布隆夫曼知道，因为这世界上还没人听布隆夫曼这么说过话。

“那又怎么样？你是说让我回去？回那个地方？”

正常情况下他会说：“你想留在这儿吗？我睡沙发好了。你可以睡床。”但他感觉并不正常。他没有点头，也没有摇头。他只是站在那儿，因为这一天他已经过够了。够了。

她懂了。“太无情了，布隆夫曼，”她说着站了起来，“真无情。但随便吧。”

她试着摆出那副酷姐儿的表象，但不太成功。她咬着下嘴唇的唇角，似乎在考虑到“那边”去的话等着她的是什么。

---

① 美国陆军基地。

“你没地方住吗？你就不能回家吗？”

她淡淡一笑。“家已经破了，”她说，“至少目前是这样。”

“我很遗憾。”

“别，这样很好，凡事都是有原因的。上帝不会给我们超过那个什么——大家都这么说来着。”

她双手合十，深深吸一口气，胸口起伏了一下。“好吧！”她勉强鼓起斗志，“我走了。”

她快出门的时候停下脚步，转过身。

“哦，我差点忘了，我给你带了这个。”

她从右侧口袋里掏出一支笔，一支圆珠笔。她拿在手上让布隆夫曼接，最后，他接了过来。“给你收藏。”她说。

笔是黑金相间的，昏暗的灯光下很难看清楚，但图案很快就显了出来，是豹纹的印花。他还从没收到过一支豹纹笔。他眯起眼睛，能读出那一行小字：“豹纹会所。亚拉巴马州，伯明翰，第二大道北，3001 号。”他还真的听说过豹纹会所，是个脱衣舞俱乐部。索斯比提起过，在那儿度过了一个难以置信的狂野夜晚。当然布隆夫曼从没去过，而且很可能永远不会去，但他有了这支笔，就像他已经去过一样，甚至更好。拥有这支笔让他感到异常幸福——他这样的生活际遇所不允许的幸福感。但他允许。这是一天之内女人送他的第二支笔。他抬头想谢谢她——为了这支笔，也为了让他得以暂时摆脱自己——但佳佳已经走了。他几乎能隔着墙听到她的声音，并没有笑。

第七十三天

冒险前夜

一、参加葬礼

布隆夫曼确实不明白世界是怎么拼凑起来的，其大无外，其小无内。比如说他不知道是不是有这么个超越我们日常生活的蓝图或意义，不知道存在是否有原因，甚至不知道是不是有上帝。假设有那么个上帝，他是不是真的会关心人类？进一步假设有那么个上帝，并且非常笼统并包容地关心着人类，那他或她会不会事无巨细地关心每个人的所有思想、行为、计划、经验和磨难？绝对不会。没门。不可能。

但接下来发生的事让他无所适从，这么一个天大的巧合让他失去了平衡。是这样的，第二天，正当他想是不是真的应该查查玛丽·黛·麦考利的行踪，找到她并给她打电话，问她是不是还记得他们十九年前的事，问她他们到底有没有发生过性关系——几乎就在他动了这个念头的一瞬间——他得知了她的死讯。

上帝呀，这到底是怎么一回事？！

那天早晨他比平时醒得晚，八点，上班要迟到了。但真的有人在乎吗？没人在乎。没人对他说一句话。过去七年他天天准时上班，他以为准时很重要，但这次他迟到后才发现，根本无所谓，没人在乎。如果守时都毫无意义还剩什么是可信的？他无法专心致志。发票，提货单，库存调配……他完全无法调动起完成这些任务的积极性。于是他开始清理垃圾邮件——IT 部门的人鼓励大家这么做——他就是这么得到消息的，在一个中学邮件群里，他都不知道自己是成员之一。

玛丽·黛·麦考利去世了。

这让他喘不过气来。他读了一遍又一遍。

竟然是——黑色素瘤。

他又读了一遍，因为这对他来说很没道理。她只比他大一岁，并且订婚了，和一个名叫杰夫·克里奇的人订婚了。

根据讣告上写的，她上的是奥本大学，然后定居于马丁斯维尔，她在那儿当化学老师并兼职垒球教练。不是巴黎，而是阿拉巴马的马丁斯维尔，离这儿就半小时路程。她一直住在离他此刻待的地方半小时开外的地方，而他却一无所知。这个消息又让他浑身一颤，就好像知道她的下落可能会彻底改变他的人生一样。

但这条消息确实可以改变他的一生：葬礼，她的葬礼，是今天。

他的心跳停止了，然后缓缓地恢复跳动。

今天，上午十一点。

他看看他的表。这是某种征兆。他必须去，他必须参加她的葬礼。他站起身，披上夹克衫。

"我出去一下。"他对看不见的索斯比说。他并不需要这么做，但他还是说了，更多的是为了让自己相信，他真的要去了，"过一会儿大概还回来。我有些……私事。"

"砰"的一声。"私事？这可是条大新闻，布隆夫曼。大新闻！很荣幸你愿意与我分享。请允许我为你鼓掌。"

索斯比手机上有个应用，专门模仿观众鼓掌的声音，他动不动就会拿出来用一下，而这次是因为布隆夫曼翘班去参加世界上唯一一个曾经允许他进入自己身体的女人的葬礼。但布隆夫曼根本顾不上为索斯比手机里的一个应用动气，他一声不吭地往外走。

"哦，等等，"索斯比说，"我有个名字。"

布隆夫曼停下脚步："有个名字？这话什么意思？"

"你想要的宜家联系人呀，坑蒙拐骗全用上了，但我还是找到了。"一张纸，对折两次，飞过隔间的墙，落在布隆夫曼脚边的地板上，"说实话，我也不知道该怎么说——怎么解释我为你做这件事的感受。为别人做好事，做有所帮助的事，这对我来说很新鲜。但我必须告诉你，布隆夫曼，这让我很不自在。但我肯定赚到了上天堂的门票。希望我改变了你的人生，当然，还有那位女士的。"

布隆夫曼捡起那张纸，看都不看一眼就塞进了夹克衫的口袋。这对他来说曾是如此重要的目标，为希拉取得这条信息，成为一个英雄——她的英雄，但现在已经不那么重要了。现在他心里只有玛丽·黛。这只是一张纸。

"别谢我，"索斯比说，"做什么都成。"

布隆夫曼没有谢他。他有生以来第一次，没有感谢为他出力的人。他僵硬、困惑、矛盾地走出大门。他甚至不用回家换衣服，他每天上班穿的衣服参加葬礼正合适。

开车去马丁斯维尔很快，他在这条高速路上跑过很多回。他小的时候，路边还只是一片绵长浓密的松树林，但现在已经是一座接一座花里胡哨的商场了，然后是休耕的空地，一片废墟，棕色的老农房和闲置的筒仓。一切都越变越糟。他不该这么做，他心想。如果和希拉之间不是那样发展的话，亲密——他想说的是，如果他们做爱成功的话，他都不知道自己是不是还会跑这么一趟。性这个词在他脑海里出现都费了不少周折。亲密，昨晚他们几乎是亲密的，就差这么一点。然后，根据他所承受的诅咒，他们不是。他不确定自己是不是曾经有过，现在只剩一个办法可以搞清楚。他必须问问杰夫·克里奇。玛丽·黛或许提到过他，就像希拉对布隆夫曼讲述她的恋爱经历那样。布隆夫曼这个名字可能会夹在其他几个名字之间出现，她一定会告诉他。那事发生在很久以前，已经无所谓了。

布隆夫曼想好了。

场景：杰夫和玛丽，床上，依偎在回味中。

玛丽·黛："高中？高中有考瑞·斯宝丁，他是我的'超级万人迷'。然后，我想想……哦，还有那个叫布隆夫曼的家伙，爱德塞尔·布隆夫曼，公园附近的午后疯狂。"

杰夫·克里奇："等等。他的名字叫布隆夫曼？爱德塞尔·布隆夫曼？"

玛丽·黛："是的，爱德塞尔·布隆夫曼。"

杰夫："哈哈，哈哈哈！这算什么名字呀！"

然后他们就会一起嘲笑他的名字。这没什么，因为底线是如果那天在公园附近的小屋里布隆夫曼和玛丽·黛之间真的发生过什么的话，她一定会提起。她会对杰夫提起他的名字，而今天，是他搞清楚她提没提过的最后一次机会。所以布隆夫曼不是为了玛丽·黛参加葬礼的，虽然他会竭尽全力假装他是——他是为了他自己。

二、宛如新生

他在葬礼开始前一刻赶到现场，在眼前出现的第一个空位上坐下，挺靠后。他汗流不止，腋窝下都湿透了，内裤的皮筋勒大腿的地方简直快烧起来了。他周围一排一排坐满了沉默悲伤的人。她的棺材是不是停在什么地方？他伸长脖子但也看不见什么，只有后脑勺们和上面的头发，黑色、灰色、棕色、黄色、红色的头发，还有一些脑袋上什么都没有——秃头，光溜溜的粉色，脖子后面的皱褶厚得像肥肚腩。

布隆夫曼在塞了靠垫的长椅上调整了一下坐姿，清清嗓子，就好像要发言似的。但他什么都没说。有几个中学时的熟人在场——那些老时光，那些其实布隆夫曼并没有参与却仍然声称属于自己的老时光，一下子都回来了。那个是苏珊·阿尔德，对不对？还有马丁·盖奇，还有那个——他知道他的名字，是什么来着？——杰拉德·凯文？不对，乔什·诺尔斯。他怎么会忘记乔什·诺尔斯，那个不得不把钱包放在前插兜里的男孩，因为某次打猎的时候爸爸误射了他的屁股。他看到他们也在四处张望，和他一样。目光扫过他的脸，不做片刻停留。没人认出他来，他觉得这无所谓。这本来就不是他来这里的原因。有人想从布隆夫曼的膝盖前挤过去——有人比他来得还晚。长椅间的空间太窄，布隆夫曼站不起来，所以这一幕很尴尬。好在这家伙个儿不大，消瘦，瘦得惊人，其实就像个钙化了的稻草人。那人顺过去的时候布隆夫曼的膝盖骨能感觉到他的胫骨，他在空位上猛地坐下，手腕和半只手就这么消失在他脏褐色西服磨损了的袖口里。还有些酸臭，酸味像动画片里的云雾一样，在他经过后悬浮在空中。这或许是个流浪汉。布隆夫曼偷偷瞥了他一眼——世界上那么多人，但眼前这位居然是——他敢跟上帝发誓，他居然是考瑞·斯宝丁。

考瑞·斯宝丁！可怜的考瑞·斯宝丁。他看上去就像被绞肉机绞了一遍然后塞进袋子在公车后面拖了几英里。肯定是他。同样纠结的头发，同样怪异的眼睛，还有米克·贾格尔[①]的嘴唇，丰满厚实嘴角上扬，哪怕不笑的时候看上去也在微笑。肯定是他。考瑞肯定是感觉到布隆夫曼在盯着他，因为他转过头来困惑地看了布隆夫曼一眼，就像——谁知道呢？——或许他们彼此认识。然后考瑞笑了，或者说像是在微笑，然后转开视线。布隆夫曼并不惊讶。虽然布隆夫曼认识考瑞，但考瑞不认识布隆夫曼，就跟布隆夫曼认识奥巴马而奥巴马不认识他一样。布隆夫曼向考瑞伸出手，虽然还是很僵硬，就像他刚刚学会怎么主动发起类似的接触。“爱德塞尔·布隆夫曼，”布隆夫曼小声说，几乎只有气声，在教堂里这一片肃穆的寂静中，“伯德文中学，你比我大一届。”

考瑞点点头，显然是在回忆中定位布隆夫曼。但他做不到。布隆夫曼是定位不到的。“是嘛，”他说，“你好。”

葬礼才开始。祭司或是神父或是牧师——布隆夫曼从来不知道怎么称呼做这一行的人——对来宾表示欢迎，然后温柔地开始讲述玛丽·黛充满灵性的生平：她为贫穷、饥饿、无家可归的人所做的工作。她是许多人忠贞不渝的朋友和知己，伟大的老师和

① 滚石乐队主唱。

垒球教练，前途无量却英年早逝，让我们唏嘘不已。这一切悲惨而荒谬。

“这他妈都是真的，”考瑞嘟囔着，不是对布隆夫曼或任何人，除非是说给上帝听的，“这实在是太荒谬了。”

布隆夫曼估计现在半个教堂都在哭。连考瑞沧桑的脸颊上都滚着热泪，布隆夫曼不知道自己为什么没有哭。他一点都不想哭。然后他懂了，他的心不在葬礼上。他的心还留在那个公园里，他的心在那间公寓里。他回忆起了活着的玛丽·黛，和他在一起。这场景一点都不让人悲伤，这个念头让人愉快。他只有这一个愉快的念头。这是他对她的欢庆，而非哀悼，他敢打赌她更希望这样。

有几个亲友上台发了言，包括她的未婚夫，杰夫·克里奇。杰夫的个子比布隆夫曼想象的要高。他像个不成器的橄榄球运动员，肩宽个高，但肚子上有赘肉。然后仪式就结束了，布隆夫曼意识到杰夫发言的时候自己在走神，他的意识在别处，和玛丽·黛一起困在那个房间里。大家纷纷起身走向教堂停车场。布隆夫曼走在考瑞身边，虽然考瑞看上去并不像在与他同行。

外面很热。阳光炙烤着柏油路，直到它变得松软，路面在他脚下微微下沉。光天化日之下，考瑞的落魄毕现于世。他所有的美貌、魅力，以及无动于衷的洒脱气质，已经全部消耗殆尽。他眼睛下方的黑眼圈就像是用花园里的锄头从土里刨出来的一样，还有他稀薄的头发——不再是金灿灿的长发，已经锈蚀了，就像老铜器——像是修剪后做了造型，但造型师是个瞎子。还有他的牙齿——他那一口曾经光灿锐利的牙齿——就像老象牙一样泛黄。

布隆夫曼并不想这么想，但他还是想了：英雄迟暮。这个想法不够恰当，有几个原因：第一，考瑞以前也算不上什么英雄。他只是个孩子，长得比布隆夫曼快一些，技能多一些，英俊强壮更真切地活在这个世界上，仅此而已。那时候看上去像个英雄，但小时候眼界是很窄的，很小的事情就会让人嫉妒不已，比如说同学到哪儿度的春假。而在这里，在玛丽·黛的葬礼上，有这样的想法特别无礼。最后，最让考瑞与众不同的一点——他和玛丽·黛的关系——是布隆夫曼所共有的，哪怕时间很短，就在那个星期六下午的公园附近。尽管布隆夫曼如此的不值一提，对这个世界来说如此微不足道，但他最后的境地无论如何竟然还强过考瑞。这是不争的事实。哪怕仅此一次，不做队伍的最后一个，这感觉不错。

考瑞取出一副飞行员太阳镜戴上——可能是他的弹药库里仅存的一件小配饰，能让他稍微恢复一点当年自然流露的酷劲。

“那个，”布隆夫曼说，也不确定该说点什么，“玛丽·黛和我有过那么一段。你知道那个公园吗？经常有乐队演出的那个？”

但考瑞都没有看他一眼。“太悲惨了，”他说，“那么多混蛋像涨潮时的蚌壳一样欢乐，她却偏偏发生这种事，好人没好命。我从来不相信上帝，但真希望我信。那样我就会找个十字架尿一泡，就想惹毛他！”

布隆夫曼点点头。“是的，”他说，“太悲惨了。”但从他嘴里说出来味道不对。考瑞能做到，但布隆夫曼就够呛。考瑞吃惊地看看他，之前考瑞并不知道他在那儿，他一直在自言自语。

“哦……是呀。我要去和杰夫打个招呼。”考瑞嘟囔了一句，然后慢慢从布隆夫曼身边退开，就像他手里有把枪。

“好主意。”布隆夫曼说，考瑞走开后他也跟了上去。

亲朋好友们围着杰夫·克里奇，但他看见考瑞朝他走过来的时候，他迈出人群，张开双臂。

“考瑞。”杰夫·克里奇说。他们真真切切地拥抱了一回，两个人紧紧扣住对方，显然被悲伤捆绑在了一起。这就有意思了。杰夫·克里奇认识考瑞·斯宝丁。这是怎么发生了？杰夫·克里奇都不是伯德文的学生，所以……他们肯定是——好吧，世界真小，布隆夫曼想。他又想：兴趣小组真小。

布隆夫曼等到他们完成拥抱之后才做自我介绍。

“我是爱德塞尔·布隆夫曼，”布隆夫曼说，“我很遗憾。为我们所有人。”布隆夫曼张开双臂主动投怀送抱，杰夫·克里奇迟疑地抱了一抱。布隆夫曼退回来注视着杰夫的眼睛，期待着兄弟会的认可，但他的眼神里什么都没有。没有任何相认的迹象。“爱德塞尔·布隆夫曼，”他又说，“我认识玛丽·黛，她在伯德文的同学。”

“哦，”杰夫·克里奇说，“当然。”还是什么都没有。他完全是一片空白——然后——然后——有些什么迹象。是想起他了吗？还是有那么点印象？“谢谢你能来。她中学来了那么多人。太神奇了。多了不起的女孩，多了不起的女人。她——”

“太他妈悲惨了。”考瑞说。

布隆夫曼不死心。他是来完成任务的：“你们俩互相认识？”

杰夫笑了。布隆夫曼今天见到的第一个真正的微笑。杰夫冲考瑞眨眨眼，就像他们是一对犯罪搭档，然后又捶捶他的手臂。

“我认不认识考瑞，”他说，“我认识吗？玛丽·黛跟我说了太多这位大神的事迹——我都不想知道那么多！玛丽过去的……明星，我必须见见他。你来过不下六次了吧，对不对？我们还一起去钓鱼……探险。”

“钓鱼探险？”考瑞说，“我什么都没钓到。”

“好吧，对你来说那是啤酒探险。”

他们大笑起来。

但布隆夫曼已经到这一步了，不能就这么草草收场，这太重要了。“那么，”他对杰夫·克里奇说，“玛丽从来没有……提过我？”

杰夫和考瑞收住笑容，从他们逃离悲伤的短暂假期中撤回来。两个人都看着布隆夫曼，就像他在问他们要钱。

“布隆夫曼？”杰夫说，在脑子里掂量着这个名字，被人问倒有些反感，很显然。没什么，没什么——但突然有了些什么。“哦，布隆夫曼，当然，爱德塞尔·布隆夫曼？好吧，是的，一次——她还真提起过一次。”他抬起眉毛——一切都想起来了——几乎微笑了起来。然后杰夫看看考瑞，考瑞也看看杰夫，一个故事在两人心里解开。他们俩都知道，布隆夫曼看得出来。和她在公园里，然后转至公寓的那一天，玛丽·黛赤裸地站在他面前，他在身下的床上所做的所有迷梦的开始——而他完全无法实现这场梦，他的失败。杰夫把一只手按在他肩膀上。“嘿，”他说，“至少你尝试了。”

然后杰夫转身面对考瑞，完全把布隆夫曼孤立在外，两个人开始交谈起来——投入到亲昵的密谈中。布隆夫曼又多站了一分钟，太久，然后安静地退了出来。他打量四周想再找个人聊聊，但已经看不到任何人——反正没有伯德文的人。很快所有人都走了。

他又站了几分钟，一个人站在黑漆漆的柏油路面上，直到地面辐射出的热量温暖了他的鞋底。他已经得到了他来寻找的答案，他所应得的答案。他现在知道自己是谁。根本没有什么空档期，只有独自一人漫长的一生，纯净宛如新生。他只需要决定，是告诉希拉真相还是维持他那可怜的虚构情节，日复一日，只要他们还在一起。撒个谎就像生个孩子，必须用余生来照顾。

三、自由意志

布隆夫曼考虑着今天是不是就不去上班了，但这个念头一闪而过。他想去工作。工作对他的诉求非常少。有时候他一抬头发现已经过了半个小时而他什么都没做，他的写字台上放着一打文件夹，七扭八歪，造型叵测。一天就是这么过的：他工作一会儿，然后开开小差。但他也不知道小差开到哪儿去了，只知道他开完小差回来的时候还在原地纹丝没动。

路上很堵，他直到快五点才赶回克兰斯顿大厦。他的桌上放着一个小红球。

“这是什么？”他自言自语道。但有人听见了，有人回答。

“那个呀，”索斯比的声音从他的隔间里传出来，“是我的压力球。”

“你有个压力球？”布隆夫曼说，他无法接受一个连索斯比都需要压力球的世界，“为什么？”

他坐下，但那个球占据了他的所有注意力。它放在他的文件上方，并且遮住了电脑屏幕下半截的中间部分。“它在我桌上干什么，索斯比？”

索斯比的脑袋从布隆夫曼的围栏上露了出来：头发，前额，眼睛。“给你用的，亲爱的朋友。”他说。

“为什么？”

“是我的告别礼物。我要告别了。”

“这是什么意思？”

“意思是说我要离开我的工作岗位了，这个岗位，我们现在身处的岗位。我要去下一站了，老伙伴，开溜了。”

布隆夫曼理了理头绪：“你要辞职了？还是你被炒了？”

这个词就这么从他嘴里蹦出来。他不是故意的。但布隆夫曼总觉得索斯比是被炒的料，主要是因为他的态度。他拖着衬衣下摆在办公室里迈着方步，到处找茬，取笑别人，一副或冷嘲热讽或招摇过市的德行。如果布隆夫曼掌权又不得不找个人炒一炒的话，那人很可能是索斯比，因为反正他似乎也不在乎自己会不会被炒。

“是的，我被炒了，”索斯比说，“但我打心底里早就辞职了。我在被炒之前就辞职了，以防我的脑汁从耳朵里流出来。有没有看见过你桌上湿乎乎、亮晶晶的斑点，布隆夫曼？那是你的脑子。一滴一滴滴出来，就像个漏水的龙头，会这样一直滴下去直到你的脑袋里空空如也，这时候你就成了完美员工。”

“你是在冷嘲热讽。”布隆夫曼说。

索斯比摇摇头。“我没有。”他说。他指着布隆夫曼桌上的一小块斑点：“这儿就有一块脑汁。”然后他使了个眼色，表示他真是在冷嘲热讽。

“那么……你有新工作了？有什么头绪之类的？”

索斯比消失了，往一个盒子里扔了什么东西，然后又直挺挺地站起来，像个神一样俯视着布隆夫曼。“完全没有，”他说，似乎很高兴布隆夫曼会这么追问，“我只是被扫地出门了，出这该死的克兰斯顿大厦的门。说实话，我很期待，期待接下来会发生什么。”索斯比停了一下，似乎为了留出让布隆夫曼畅笑的时间。但布隆夫曼没有笑，索斯比好像对此颇有微词。“很意外，是不是？”索斯比说，“因为我们俩之间我打赌你才应该是最先羽翼丰满，想告一段落，然后重新构建一场新生活的那一个——不对，等等，我是说我，我打赌那个人是我，而且事实上也是我！好吧，前面的都划掉。我想反正对我来说不意外。”

“但你是被炒的，”布隆夫曼说，“被炒的时候羽翼是不会丰满的。”

“那我大概就会摔死咯。反正我不在这儿，这是关键。”

布隆夫曼意识到为什么他从来不怎么喜欢斯基普·索斯比，因为他不讨人喜欢，哪怕他帮他弄到了宜家的关系也不能改变这个事实。

索斯比又消失了，一整抽屉的物件——所有小东西，燕尾夹、钢笔、铅笔、名片和卷尺——都倒了出来，大部分都掉进了盒子里。

但这并不是所有东西。一枚玻璃弹珠滚过隔间的缝隙，停在布隆夫曼左脚边。通常情况下布隆夫曼会把它捡起来并交还给索斯比，但这次他没有。他踢了一脚，看着它滚过走廊。索斯比被炒对他来说是这一天发生的最棒的一件事。他不会想念他。他期待着，哪怕就几天——一个毫无生机的空隔间。

“反正，”索斯比说，“布隆夫曼。”

索斯比的声音飘在空中等待着。

“什么事？”

索斯比的声音中出现了新的音调，更温柔、更友好，或许这就是失败者的声音。“平时我都坐公共汽车回家，但今天我要把所有的东西都带走。我说过你欠我一个人情，我现在要讨回了，”索斯比的脑袋又冒出来，他的眼神悲伤得像条狗，“送我回家。”

斯基普·索斯比住在罗巴克区。布隆夫曼从没去过罗巴克，以为离克兰斯顿大厦不远，其实很远。罗巴克什么都没有，除了罗巴克。除非你住在那里，或者想给你的皮卡化个妆。进入山区前的最后一排三流商业街，罗巴克整个陷到地洞里都不会有人注意。布隆夫曼对罗巴克完全没有好感，虽然他也不知道为什么。或许是因为他妈妈说过的什么话。

总而言之，他到那儿以后才发现，那地方其实还不错。索斯比带他穿过迷宫般的街区，但除此之外他都很安静。布隆夫曼期待着他对现代生活和人类——我们的瑕疵和弱点，喋喋不休的长篇大论，索斯比是以此闻名的——但什么都没有。布隆夫曼在等红灯的时候会看索斯比一眼，看着他思考——烦恼，他妈妈会这么说。索斯比开始展望漫漫前程，这对他来说很沉重。布隆夫曼知道他被炒的时候只是有那么点同情他，但他们到达罗巴克境内的时候他都想为他献血。他除了“左转，朝右走”之外其实都没说什么话。就是很凄凉，凄凉的一天，凄凉的结局。

“就是这个地方。”索斯比说，指着一片公寓小区——和国王公寓并无不同。就是一栋接一栋的大砖楼，停车位充足，第一个月免费。“这就好。我在这儿下车。”

布隆夫曼把车停到路牙边，挂空挡，等着，但索斯比没有下车。盒子捧在他的大腿上。他在回味。他是个反刍动物。

“出了什么事？”布隆夫曼问他。

索斯比摇摇头：“你是想问我为什么被炒？”

布隆夫曼点点头。

“因为我是个烂员工，”索斯比说，“我总是迟到，并且只能完成半个人的工作量。我态度极差，我不服从管教，而且我还是个混蛋。”

布隆夫曼什么都没说。他知道他应该反驳，应该说索斯比不是这样的，但索斯比就是以上所描述的一切。

“虽然，压死骆驼的那根稻草，是宜家那档子事。”

“什么宜家那档子事？”

“给你搞到那个名字。我不得不做些高级的手脚，挖几个严禁我查看的电脑文件。”

“哦，我的天。”布隆夫曼说。

“别往心里去，”索斯比说，“他们只是需要一个理由，任何理由都可以。”

“我不知道该说什么好。”

“不是你的错，我都不知道我为什么要为你这么做。我只是喜欢这项挑战，我想。这份工作，太无聊了。”

“我不敢相信。”

“真的，别担心。事情发生了，我很高兴。希望能帮到你的朋友。”

“这不可能对你来说毫无所谓。”布隆夫曼说。这个新索斯比很古怪，让人难以理解。他比布隆夫曼认为的——或是他愿意认为的，深刻许多。

索斯比现在的眼神像一条无家可归的狗，空洞而惶恐。“哦，完全无所谓，”他说，“不可怕。不好说，说实话。但我在那儿并不快乐。我在那儿不快乐。这就是为什么我成了个喜欢冷嘲热讽的混蛋。记住，布隆夫曼，所有混蛋都是不快乐的人。并不是所有不快乐的人都是混蛋，但反之则是真的。对他们好一点。”

“我对每个人都很好。”

索斯比笑笑：“是的，你是很好。”

外面还有光线，但黄昏已经染到了树梢，就像金属粉尘。

“事实上，”索斯比继续说道，“我不仅没有工作，其实我一无所有。没有工作，没什么钱，没有老婆，没有女朋友，没有家庭。一无所有。我有这套我住着的公寓，但只是暂时的。这都很好。这就是禅。我会脚踏实地起来。或许我会去读个什么研究生，但这就是我想要的，这种状态。是的。”索斯比点点头，“这就是我想要的。”

“没人想要这样，”布隆夫曼说，“有人这么生活，我知道，但这不是什么我们努力追求的状态。”

索斯比好像是在清点他盒子里的所有小东西。他捡起一根橡皮筋，弹到挡风玻璃上："你多大了，布隆夫曼？我知道我问过，但我没留意。"

"三十四。"

"没错。我二十四。这句话听起来可能很混蛋，对不起。但我不想等我三十四的时候成为你这个样子。我不知道我要去哪儿，但肯定不是这儿，也不是那儿，跟你一墙之隔的那个办公室里。"

"但你找到下一份工作——"

"我不想找下一份工作。暂时不想。我什么都不想要，真的。或者，说得更积极一点，我想要的是无。无，就像……无限可能。现在我有无穷的选择。因为，承认了吧，布隆夫曼，我们一生中并不真能做那些重要的决定。别人会做，他们为我们做决定。从我们出生那一刻起，大多数决定都已经做了。我们由一对指定的父母生下来，而不是别的父母，他们赋予我们基因并灌输我们他们的是非观，我们住在他们选择的城市或小镇里，而不是别的地方。我们上中学。公立？私立？他们想怎么样就怎么样。不是我们说了算！我们有这么一群特定的朋友，基本来自同一个地方，有同样的追求，一起去上大学——是这所很好的大学，而不是那所蹩脚的，希望如此，但无论如何——我们学的都是我们出生前别人就想过做过的事，就像这有所谓，然后他们就把我们扔了出去，我们得做些什么。于是我们做起了第一份出现在我们面前看上去还不错的工作，然后慢慢地但毫无疑问地我们就完蛋了，我们别无选择。之后我们就死了，同样也不是我们选择的。没有自由意志。我们以为我们有，但事实上，你把这一切都攒在一块儿——我刚才提到的这一切乱七八糟的破事，还有更多——我是说，他们基本上已经为你做好了所有选择。你他妈就是个机器人。我说的你不是指你，不过我想我指的就是你。基本上我指的是所有的每一个你。”

“记下了。”布隆夫曼说。

索斯比的眼神已经烧了起来。他非常深地吸了口气，然后尽可能长地全都叹了出来，延绵不绝，叹了很久。

“但我不想要那样的生活，”他说，“我什么都不要——无——这样我就可以尽可能孑然一身地重新开始。我可以飞起来，明白吗？”索斯比点点头，至少他们中有一个人相信，“多亏你和宜家，现在我什么都能做到。”

布隆夫曼希望他能别提最后那一茬，之前那些话听起来那么高深，那么富有哲理。“听上去不错。”他说。

索斯比看起来对自己所说的一切深信不疑，布隆夫曼几乎可以闻到他的自我满足感，他的扬扬自得。索斯比转身看着布隆夫曼，他的老室友，就像永别之前想看个够。

“你怎么办，布隆夫曼？”索斯比说。

“我什么怎么办？”

“你想要什么？”

“我想要什么？”

布隆夫曼无言以对。从来没人问过他这个问题。为什么会这样？他自问道。为什么从来没人这么问他？难道还有更重要的问题吗？

在黑暗的车里，他们共享着一份静默。微风吹着一片什么东西掠过人行道。车头灯照上去的时候，布隆夫曼看见那是一个汉堡包装盒。它停在灯光下，就像想要被瞻仰一下似的。然后风又把它卷起来继续赶路。不知道为什么，和他总是很讨厌的人困在一辆小车里，停在他从来不想去的城区，看着一个汉堡包装盒飞过路边，他悟到了这个问题的答案。

“我什么都想要。”他说。

四、棕肋唧鹀

布隆夫曼是开着自动导航模式到希拉家的，左转右转，刹车加速，全都不假思索。他凭借的只有肌肉反应和关于目的地的模糊意识。这一天发生的事已经让他麻木了。他已经虚脱了。与自己这个陌生人讲这件事把他打得扁扁的，就像片卡通煎饼。这不仅是因为他终于彻底明白自己根本没有做过爱，从来没和任何人做过爱——因为他曾怀疑过，他担心的就是这个——还因为他不得不借助玛丽·黛悲惨的死亡来从她伤心的未婚夫那里套出这个信息。他利用了一个已经不在这个世上的人。他还剥夺了一个人的工作——这一切都在这短短一天之内。他已经接近魔兽状态。如果当晚他的基因发现于某个凶杀现场，他也只能耸耸肩然后去自首，因为很可能就是他干的。就是这样的一天。

他又心不在焉地开了五分钟车，几乎错过了住宅区，但他及时刹了车，并一拧方向盘，右转，在路牙上猛地一撞，停在她家门口。他从车里钻出来，走进去，僵尸状。电视开着，希拉看着。起初她都没有抬头。

“我在刷《绿色的田野》，”她说，“伊娃·嘉宝有些讨厌，但奇福一家太可爱了。”这时候她才抬头看他，“哦。哦，我的天。怎么了，爱德塞尔？出了什么事？”

她站起来，抱抱他，然后拉着他的手，带他绕过仍然堆在那儿还没有组装起来的桌椅，来到沙发上。

“我给你倒杯酒。”她说，她这么做了，然后她在他身边坐下，端详着他，就好像靠端详她就可以从他身上搜出来到底出了什么问题。布隆夫曼呷了口酒，然后取出索斯比当天早上给他的那张小纸片递给她。她疑惑地看着纸片，打开读了一下。

“伯格丹·普格？”她说，“伯格丹·普格是什么？”

“联系人，”他说，“瑞典的。”

“什么联系人？”

“宜家的，”他说，但没有使用他想象中那样浮夸的腔调，甚至都不想逞英雄，“这就是那个管宜家安装说明书部门北美分部的人。”

“好的……”

他能看出来她不知道他在说什么：“你说你想要联系宜家——你的大白鲸？——所以我就让我办公室的人帮我办了。他因此被炒了，显然是动了什么他不该动的文件。我送他回家，因为他没有车。他其实什么都没有。是我的错，希拉。但这还不算完，我做了些很糟糕很糟糕的事。”

“哦，不，”她说，“爱德塞尔——”

他打断她。已经到这个地步了，他开始打断别人了。“那时候还以为是个好主意。我只是问他认不认识什么人，他开始调查，走得有点远。我觉得，他就为这个差点就无家可归了。”

她又读了读那张纸：“就为了这个？”

“他总的来说是个很糟糕的员工，但这是最后那根稻草。”

她在小沙发上朝他靠近一些，把他的手握在她手里，好像回心转意似的，又把它们放下：“我想告诉你的，爱德塞尔，迟早要告诉你，那其实不算个事。”

“什么不算个事？”

“宜家，我从来不想为宜家写东西。”

“不对，”布隆夫曼说，“你想过。你想的。”

“我们第一次见面的时候，聊聊天挺开心，我只是坐在那儿，那是我在克兰斯顿大厦的最后一天，我以为我不会再见到你了，我只是……那些都是我编出来的。”

她不可能是当真的。编出来的？无中生有？为什么？怎么做到的？希拉很淘气，想象力丰富，他很爱她这一点。但这是在撒谎，不是吗？其实甚至超越了谎言：这是虚构。她是虚构的。

“编出来的？”

“但我们又遇上的时候我不想说，‘嘿，对了，所有关于写说明书的事，哈哈，都不是真的。’因为你看上去很喜欢我做这行，很对我感兴趣，我不想把你吓跑。”

“等等。”布隆夫曼说，他有点跟不上，就像平时那样。他有生以来第一次，他希望自己是错的。他希望这只是个误会。“所以你真的不写什么指南、说明书或使用手册，或……任何之类的东西？”

她摇摇头：“我不写。”

“那你是干什么的？”

希拉喝了两大口他的酒，然后深吸了两口气。“干得不多，”她说，“真的。工作上，我是说，一周几次我会去流浪汉避难所做义工。我读很多书，散很多步，当然大多数时候和你一起，但我自己也散步。我有几个需要定期去看的医生，银行里有一点小存款——你知道的，已故亲属的遗产。我看很多电视。神秘岛，我来啦！哈哈。我在克兰斯顿大厦工作了一阵，不过那也是临时的，试了一试，看看会怎么样，我是不是适合。你知道的，是不是能留住一份工作。我真希望自己能喜欢那份工作，但我不称职，照他们的话说。那个工作太无聊，爱德塞尔！我只想跟你这样的人聊天。”

“不是我，”他说，“是我这样的人。”

“爱德塞尔，”她说，“没人像你这样。”

布隆夫曼觉得他应该是踩到她尾巴了，可以这么归纳：她从见到他的第一分钟起就开始撒谎，包括之后的每一分钟，之后的每一天，总共三十八天。她说的话没有一句是真的。到这一刻，他都不敢肯定她的名字是不是希拉·麦克纳布，哪怕她有一块这么写着的名牌。

“这么说，索斯比不仅被炒了，”布隆夫曼说，“而且他被炒得莫名其妙。比莫名其妙还莫名其妙。”

“我非常非常地抱歉，”她说，“我怎么知道会发生这样的事？”

“还有什么？”

“什么还有什么？”

“还有什么不是真的？”

“哦，”她回想着，“很多，我估计。不是所有事情……但大多数事情。”

“你根本不想进《吉尼斯世界纪录》？”

她摇摇头。

“还有你的名单？”

“我的名单？”

“男人的名单，”他说，“那些和你在一起过的男人，在我之前。”

她转开身。“我不知道，”她说，“很可能？我不记得我说什么了。”

“你不记得了？你应该考虑一下把你的每一条谎言都写下来，这样你的故事就能说圆了。”

布隆夫曼无法直视她。他心里想的是：形同陌路。这话老掉牙了？没错，但他窥见了其中的真理，就像她摘下了一副他从来不知道她戴着的面具。墙上挂着一幅香榭丽舍大道的水彩画，她告诉他是她在巴黎从一个街头艺人手上买的，但很可能是在塔吉特[①]买的。他注视着那幅画直到它模糊成一片彩虹色斑。

“我很害怕，爱德塞尔，”她最后说，“我什么都怕，甚至怕你。我怕如果你了解我——如果任何人真正了解我——你就不会那么喜欢我了，所以我就这么做了。我编故事。至少我很会编，编故事，说谎。”

---

① 美国第二大零售百货集团。

雪松苑出色的空调系统轻声地哼哼着，布隆夫曼感觉到冷气从他的裤腿里钻上来。“我觉得你说到点上了，”他说，“因为我现在就不那么喜欢你了。”

“我给你沏杯茶。”

“不用了，”他说，“我走了，回家。”但他没有站起来。

“让我跟你一起走。我想看看你住的地方，一定很——”

“你骗了我，希拉，”他说，又打断了她的话，并把嗓音提高到不舒服的程度，“还不是一点，是很多事情。但对我来说还不止这些，甚至你这个人都不是真实的。你虚构了你自己。我根本不知道你是谁。”

“我的感情是真的，”她说，“我是真的。重要的是，爱德塞尔，我真的，真的真的喜欢你。”

这不是他希望听到这句话的方式。他等这句话等了好久——现在听到了，就在他要离开她的时候。时机！她充填着他的心，就像吹得太大的气球，然后往上面扎了一针，眼睁睁看着它炸了。只有我能做到在女朋友表白的同时和她分手，他想。但他还想听她再说一遍，不知道还要过多久才会有人再说这句话。

“你喜欢我？”他说，“是真的吗？”

“你知道是真的，不止喜欢。那部分我从来没有装过。我知道你也喜欢我。”

“我喜欢过，”他说，“曾经。”

她挥手拒绝他的反对。“我的观点是，我们在乎对方。只要这一点是真的，我们可以想办法解决好剩下的问题。我们两个都有很好的起跑线。”

“你真的相信吗？”

她根本都不用考虑自己的答案。她点头，一次，透彻着坚定：“我当然相信。”

他站起身，但好像并不知道下一步该干什么。他看着地板中间堆着的一堆木头，零散、无序，一团糟，就像他们俩。他踹了一根看上去像桌腿的东西一脚。“我猜你根本没把这堆东西装起来过，”他说，“一次都没有。”

“没错，”她说，“我没有。我试了的，但我看不懂那些愚蠢的说明书。”

她微微笑了笑。他又踹了一脚桌腿：“你什么都不会，是不是？什么都不会。你是不是个……完完全全的废物？”这是他这辈子对任何一个人类说过的最最残酷的话，冷酷得让他自己打了个冷战。但这似乎并没有伤到她，这违背了他的本意，连他的残酷都不堪一击。她只是有些忧伤，她的笑容浅浅褪去，消散。

“是的，”她说，“我不会。会的不多。我现在还什么事都不会做，认识我真不算中了什么大奖。大器晚成，我总喜欢这么想。所以我们才是天作之合。你和我一样。”

“什么？你怎么能这么说？”

“你也不想让任何人了解你，”她说，“所以你总是在道歉。所以你没有任何朋友，就像我一样。因为你也什么都不会，爱德塞尔。”

她并不是在反击，也不刻薄。她说这些话时还挺甜蜜。只是一条结论，而且显然，从她的语气中就能听出来，这条结论不容辩驳。

“这很荒谬，”他说，“我知道怎么做事。我有工作。我有生活。”

“那很好。但你真正做的是什么，爱德塞尔？想想吧。你是谁？”

违背着他的意愿和本能，他真的想了想：他做什么了？他早晨起床，穿衣服，刷牙洗脸，吃早饭，开车上班，参与一些小交谈，在电脑的某个软件里输入一些数字和关键词，打电话，接电话，吃午饭，看看报纸，偶尔去健身房健健身，探望他的母亲，回家，看电视，吃完饭，睡觉。一天结束的时候他能拿得出手的只有半打掰成各种形状的曲别针——他的传奇。

“你和我生活在一个似乎对我们施了魔法的世界里，”她说，“我们就这样踉跄着前进，希望没人注意到。爱德塞尔，请别曲解我的意思，但你是个怪人。很怪。当然你不想让任何人了解你。但好消息是，我也很怪！你没注意到其实我也没有朋友吗？一个都没有。这很怪，爱德塞尔。你收集免费圆珠笔，而我看着一个人不在心里把那人变成动物。你从来不觉得这很奇怪吗？没有，你没有。你不觉得奇怪本身就很怪，因为你深陷在自己的怪异中难以察觉身边的怪事。自从我认识你，我家的客厅中央就堆了两堆木头，这很吊诡，却并不让你闹心，这对我来说倒是棒极了。还有，你知道吗，还有一件事。”

当然，这件事一路一直刺痛着他：“我试了。我想的。”

“我知道！我没问题。该发生总会发生，我是这么想的。发生了就太好了。我想说的是，我们和别人不一样，你和我。我们是两只棕肋唧鹀，爱德塞尔。我们在地上做窝。”

空调自动停止的时候灯稍稍亮了一些，然后这个自称是希拉·麦克纳布的人站在他面前，挡住了他夺门而出的去路。

“我这辈子从没有养过宠物，”她说，“除非九岁的时候被我关进玻璃缸的那只萤火虫也算。我用了各种各样的药，但没有什么违法的或特别奇怪的药。数学差了一个学分没能从大学毕业。难忘的童年往事，我坐在祖母的车里去她的教堂——她逼我去的——半路她轧死了一条狗但是没有停车，因为我们要迟到了。都是真的。我不相信飞碟，但从另一个角度我又是相信的。我的父母有很多很多问题，最大的三个是吸毒、酗酒，和养我。我七岁的时候他们把我扔到祖母家，之后再也没回来。我最后听到的消息是他们在中美洲，但那已经是十几年前的事了，所以我可能是也可能不是个孤儿，我也不确定。这可能是唯一比做一个孤儿更糟糕的事：不知道。我从没有读过狄更斯的任何一本书。我有一条能抓东西的尾巴。加这句话是看看你是不是在听。我能倒背字母表。别走，爱德塞尔。求求你。给我个机会，我什么都告诉你。你呢？告诉我一点你的事。我从没去过法国，但我会说一点点法语。别走，爱德塞尔，求你了。我二十一岁的时候割掉了阑尾，还有我的智齿……”

他离开的时候她还在说。但门关上的一瞬间他似乎听到她在说她最喜欢的三明治是花生果酱三明治，目前为止，最喜欢，没有之一。但这也很可能只是他的愿望罢了，反正都已经无所谓了。

五、反刍动物

当晚他辗转回到国王公寓的时候，一场战争已经在他的停车场爆发了，一场马戏表演，或是国庆节。到处跳动着电子彩虹，红色、蓝色和绿色，三辆警车、一辆救护车和一辆消防车，都几乎直接停在他那套公寓的正门口。他做了什么？他犯了什么法？他有罪，肯定是，他能真切地体会到那种罪恶感，但因为这样的道德沦丧而触动这么庞大的警力实在是有些小题大做。他不想挂倒挡猛退，来一场全城追击，这只会给他引来更多麻烦，因为他必须直面——法网恢恢，疏而不漏。他打算束手就擒。

但他错了。警察不是来抓他的。他把车停到对面另一套公寓门口，从后视镜里他看到两个医护人员从他隔壁的公寓走出来，那套属于托马斯·爱迪生的公寓。他们推着个担架车，担架车上肯定躺着具尸体，显然是具尸体，他们把它从后方抬上救护车，关上门呼啸而去。警车和消防车紧随其后。一瞬间就只剩下佳佳站在门廊上，门口拉着黄色“犯罪现场——闲人免入”的警示带。他看着她无声地看着救护车蜿蜒开进车流，红灯闪耀警笛刺耳，她的表情几乎是麻木的。她没有哭，但他能看出来她哭过，她的脸颊泛着暗红。他两天前才见过她，他离开公寓去上班的路上，她也在离开。那时她疲惫而凌乱，而且她看上去有些悲伤。

“早上好。”他当时说，但他也不清楚那对她来说算早晨还是昨晚夜生活的结束。

但今天她的悲伤和痛楚如此浓重，几乎像热量一样从她的周身辐射出来。他靠近时几乎无法直视她。但在他的门廊上，布隆夫曼勇敢地停下脚步转身面对她。

“佳佳，”他说，“出了什么事？”

她转身看着他，困惑，或许才意识到他在那儿。她的眼神是空洞的，失焦在遥远的地方。“有人……”她停下来，像是在搜索词汇。但并不是这样，她是在寻找理解这个词的力量，整理思路。“有人杀了阿托。”她说，声音轻得几乎无法从一座门廊传到另一座。佳佳把一缕头发捋到耳后，手指在那里逗留着，慢慢沿着一个角度继续捋着。

“是这样的，你想知道的话，他们把他卷在地毯里。他被困在里面，动弹不得。他们开枪打了他，三枪。”她说，现在她对布隆夫曼说这话，就像在复述他错过的某个电视节目，毫不动情。只是麻木、僵硬的事实。“三枪。两枪打在胸口，还有一枪……”他等着她说出第三发子弹的去向，但他慢慢知道她不打算再说下去，因为第三颗子弹对托马斯·爱迪生造成的伤害太残忍，无法用语言描述。

“哦。哦，真对不起。”布隆夫曼说，话才出口他就想冲自己的眼睛挥一拳。谁说的？如果他不小心撞了她一下，他可以说这句话。但要是有人在隔壁的公寓里惨遭杀害，肯定该说些别的话，虽然他完全不知道“别的话”是什么。“太——我也不知道说什么好，佳佳。太惨了，难以理解，惨不忍睹。”

“荒谬，”她说，听上去就像上帝会说的话，就像这件事的总结陈词，“这就是荒谬。居然会有人做这种事，对他。”

“但是，为什么？为什么会有人……”

“哦，布隆夫曼，”她说，就好像他是个孩子，而她很失望他会这么问，“跟你差点被杀的原因一样。毒品，还有钱。总是这样。”她让这句话沉淀一下：“他们拿走的毒品到现在应该都已经吸完了，钱也很可能花光了，但他还是死了。他再也活不过来了。”

她摇摇头，没有看着布隆夫曼，而是看向那片精神世界，托马斯·爱迪生的灵魂在那儿溶解化入以太空间。她走下门廊，孤苦伶仃地站在他跟前的人行道上，直到布隆夫曼被一阵难以名状的情感所驱动，上前拥抱了她。他这辈子拥抱的次数并不多，也从来没和几乎素不相识的人拥抱过。她也回以拥抱，像一条蟒蛇，她颤抖着哭了，几乎持续了整整一分钟，这密切而强大的拥抱。然后就结束了，什么也没再说，也没有再看布隆夫曼一眼，她走下门廊，钻进她那锈迹斑斑的日系小破车，扬长而去。

他走进自己的公寓还不到一分钟，电话就响了。他看都不用看就知道是谁打来的，话筒还没有放到耳边就听见她在说话。

“我喜欢萝卜，”希拉说，“六年级的时候我有个朋友，她的左手只有四根手指。最喜欢的披头士？皮特·贝斯特[①]。我祖母——”

“希拉。”他说。

“——开车压过我一次，在车库门口倒车的时候。不是故意的。”

“希拉。”他说。

他们沉默了，两个人都是。

---

① 披头士乐队的第一任鼓手。

"好吧，"她伤心地说，"我只是——希望你没有走，爱德塞尔。我觉得我们能熬过这关。"

"有人杀了托马斯·爱迪生。"

"托马斯·爱迪生？"她说。

他意识到他还没有对她说过托马斯·爱迪生的事。有很多事他都没有告诉她，包括今天在马丁斯维尔发生的事。她说的对，他让她了解的自己并不比她让他了解得多。但他没有对她撒谎，没有直接撒谎，他只是没能提起那些事。他有朝一日会告诉她。

现在他把一切都说了，从托马斯起初的友情和之后的背叛，还有他今天从佳佳那里得知的一切。希拉一声不吭地听着，但布隆夫曼能感觉到她吸收这些信息时的颤动。他第一次真正理解字斟句酌的真意。她斟酌着。他这辈子可能还没有说过什么话受到如此全神的病态的关注。他日复一日平直的生命线突然悸动起来，只因为他住在某个刚刚失去生命的人隔壁。

"哦，我的天。"他说完后希拉说。

"我知道。"他说。

"为什么你从没跟我说起过？"

"我也不知道，"他说，"有点尴尬，我觉得。"

"尴尬？被人入室盗窃？"

"因为我住在这里，"他说，"而雪松苑这么豪华。我那时候或许应该搬家的。"

"或许是，但现在你肯定要搬了。"

"是吗？"

"是的。刚有人在你隔壁的公寓里惨遭谋杀，"希拉说，她话语中的着重号又快又迅猛，“爱德塞尔，说真的，谋杀。你可能会受伤。”

“但你不觉得，”他说，“谋杀已经过去了吗？该杀的人都已经杀了？如果真像她说的那样，是因为毒品——”

“她？”

“佳佳。”

她叹了口气：“当然这事里还混了个佳佳。你怎么知道这事不是她亲手干的？”

“嗯，不会，我觉得不——”

“或许她知道是谁干的。她参与了，她当然参与了。她还认识你，你认识她。假设她怀疑你知道得太多，她可能也会找人把你裹在毯子里朝你开枪。”停顿，“或许我反应过激了。电视看多了。但这很让人担心，爱德塞尔。”

“她真的很难过。我不觉得她会伤害任何人。她个子很小，她的胳膊细得像意大利面。她真的很难过。”他又说了一遍。

“我毫不怀疑，”希拉说，“但谁又知道发生了什么事？”很奇怪，她怎么会在这么短的时间内对这起意外产生这么强烈的感情，对佳佳，对托马斯·爱迪生，她完全知道他该怎么做。布隆夫曼应该换个地方住，他早就该这么做。但她能告诉他他应该怎么做——这很奇怪。特别是刚在她的公寓里发生那样的情况之后。他离开了她，无论是字面上还是修辞上。“根据你告诉我的情况，爱德塞尔，这个托马斯·爱迪生——说真的，谁会给自己的孩子起托马斯·爱迪生这种名字？他和佳佳——还有这个，佳佳？——他们是情侣，犯罪伙伴，而她——”

“我觉得他们不是，”他说，“不是情侣。我觉得他们只是朋友，好朋友。”

“爱德塞尔，”她说，就好像对一条无法学会基本指令的狗，“听听你自己说的话。”

希拉生气了。他从没看到过她生气的样子。

“我听着。”他说。

他沉默了。他不再对那个意外发表意见，因为他开始感觉到自己的袒护很奇怪，不仅是对托马斯·爱迪生——他确实有些积极的特性，不管怎么说（比如，他比布隆夫曼多很多朋友，比希拉多，他还会修车）——也对佳佳。他觉得希拉肯定是误会了托马斯和佳佳的关系——虽然，布隆夫曼自己也知道，他其实也完全不清楚究竟是怎么回事。

“我只是说，”她说，“而且我也不想再重复了，因为不知道为什么你不爱听。但你应该考虑换个小区住，换个哪怕偶尔也不会有人被谋杀的小区。”

“当然，”他说，“你说的对，是应该考虑一下。我也不知道要搬到哪儿去，但——这整个就是个虎口狼窝的问题。我估计——”

“你可以搬来跟我住。”她说。

“很好笑。”他说。

不可能组合在一起的一堆词，荒诞，这个建议本身的荒唐几乎让它滑耳而过，太古怪不知道该怎么接。他想象过、幻想过太多片段、太多对话、太多可能性和场景，如果他有朝一日有机会和一个女人开始一段关系——太多太多幻想。但他从来没走出过这么远，从来没有，连他的幻想都从没有要求过搬去和她住在一起。

“直到你找到更好的地方，我是说，地方够大。”

“你是说暂时的。”他说。

“是的，”她说，“当然。暂时的，至少考虑一下。我有一间空房，我甚至还有一张桌子和一把椅子，只是还没有组装起来而已，但——”

她勉强挤出一声干笑。

“希拉，”他说，因为他想要说的话深深地埋在他身体里，一片一片，藏在他阴暗的心底，“我不能搬去你家。不可能发生的事。因为我们已经不——我们刚刚，几分钟之前刚发生的一切，我们分手了。”

“真的吗？”

“真的。”

“你没这么说。”

“我说了那么多。”他说。

“但你没说。你没有跳过扫帚三次。”

“什么？”

“没什么。”

“你骗了我，希拉。”

“我知道，爱德塞尔。我知道。但这并不意味着你可以和我分手。还没完，甚至都不可能。”

“你说不可能是什么意思？”

“因为我们甚至都没有在一起，”她说，“我们认识彼此的时间不够长，还不能算在一起。我们才认识多久？”

四十五天，他想，但要是从他们第一次聊天算起是七十八天。

“我不知道，”他说，“不长。”

“不长，反正不够长——还不够。再过三周左右你就可以和我分手了，”她说，“或许两周。也可能是我甩了你，如果这很重要的话。但是现在，就这几星期，我们只是两个碰巧在一起玩并且玩得还挺开心的人，这样说合不合理？”

“我不知道，”他说，“我觉得你可能在占我便宜。你知道我不知道该怎么做，该怎么和别人在一起，更不用说分手了。你知道我没有……经验。”

“是的，”她说，“你没有。（括号，我就爱你这一点。）但我觉得我可以占你便宜，如果我是那样的人的话。”

“你是那样的人吗？”

“你看，如果你连这个问题都答不上来的话，我们在一起的时间绝对不够长到可以分手。”她停下叹口气。“我对自己说过，再也不要找反刍动物了，”她说，“他们太呆了。”

他听见她在微笑。

灰白色的光透过他的窗帘照进来。在认识希拉之前，黑暗代表一天的结束，但这一切都已经改变，随之而来的是神秘感，冒险，可能性——生活。

“我想我们应该一起去旅行。”希拉毫无缘由地说。

“什么？旅行？”

这算什么？这是从何说起？这条建议表达得如此随意，太即兴。但难道她已经知道了？难道她从头到尾都知道他想要的是什么？他只想要什么？他为什么最早的时候会和她搭讪？而现在对他抖出来，在这最后一刻，她是不是想让他好好考虑一下离开她的后果？布隆夫曼糊涂了。

“是的，旅行，我也不知道去哪儿，这个想法突然出现在我脑袋里，但我们可以去。我们是成年人，我们有点小钱，你妈妈和贝蒂娜在一起没问题。”

他点点头。“你喜欢……海滩吗？”他问她，就好像这也是他刚刚想到的一样，作为可以去旅行的许多目的地中的一个例子。

“可能不喜欢。”

“不喜欢？为什么？”

“事实上，”她说，“我从没去过海滩，我从没见过海洋。”

“从来没有？当真？这不是你编出来的？”

“这不是我编出来的。我在印第安纳州长大——这也是真的，海滩不是拐个弯就能到的。另外，我们在学校里读了好多关于海洋的书——《奥德赛》《白鲸记》《小美人鱼》——没有哪本书让人觉得湿答答很吸引人。说实话，我怕得要命。但我觉得永远不需要接近海也可以过得幸福快乐，就像我觉得没有必要去外国一样。怎么了？”

“没什么原因。”他说谎了。

“有很多我们可以去的地方附近一滴水都没有。”她笑起来。

现在情况有些变化。他用一只耳朵和肩膀夹住电话，拉开前窗的窗帘。一辆车。他看着它的车头灯刷过房子的外墙。一开始他以为是佳佳回来了，但那不是。

是斯坦顿警官。

塞莱娜。

他看着她下车——缓慢地、谨慎地，像下马一样，就好像想确认停车场的柏油路面不是一层黑色的薄冰伪装的，可以承受得住她优雅的体重。他们是不是在警校受过这样的训练，站起来朝后、朝前，再朝上张望的方式——因为或许附近的屋顶上藏着个狙击手？谁知道呢。她的头发现在看上去更短了一些，刘海梳到一边，鬓角掖在耳后。

“爱德塞尔？”希拉的音调表示她已经对他说了好一会儿。布隆夫曼没有听到她的话，“喂？地球呼叫爱德塞尔！”

“对不起。”

“出什么事了？”

“警察来了。”他说。

“警察！”

“我得挂了。”

“为什么？”

“去跟他们说话。”

“但你什么都不知道。”

“我不知道我是不是什么都不知道，或许我知道。”

“但你想……牵涉进去吗？说真的，我看了每一集《犯罪现场调查》以及所有的片花，我敢说这是权威意见：这么做从来没有好下场。”

“让我先去看看。”他说，就像他在征求许可，事实上，他就是在征求许可。

希拉叹了口气。“那我过来。”她说。

“不行，”他说，“别。求你了。”

“我来了，爱德塞尔，”她说，“我觉得你需要我。”

“不行！”他说，比他想要表达的语气更强烈。他深深吸了一口气，等他的脉搏平静下来：“不用了，希拉。事实上我很好。我只是……不想让你看到我住的地方。这地方不太好，事实上是糟糕透了，就是那种——”

“——会有人被干掉的地方？”

“是的，”他说，“完全正确。”

“对我来说无所谓，爱德塞尔，”她说，“能有多糟糕？它叫国王公寓，我的神呀。”

“我觉得名过其实了，”他说，“就应该叫‘能住人的房间’，或者‘避难所’。这样就够了。”

“我很快就能过来，”她说，“我已经定位了。”

“你定位了？”

他心跳加速了。想到她为他定了位，并准备过来看他，这让他很感动。这正是他会做的事，正是他准备他们第一次约会的时候做的事。他承受着原谅她的一切的冲动，但只有那么一部分的他想要这么做，就为了这个小小的举动。

“三点二公里。”他们异口同声说，然后他们俩都低声说了句——又是异口同声：“心有灵犀。”

之后两个人都沉默了好一会儿，但布隆夫曼知道轮到他了，她在等着他说来吧。但他不会说，他的心又坚硬了起来。男人就应该是这样的，他想，有一颗小而坚硬的心。“我回来以后给你打电话，”他冷酷地说，“我和警察谈过以后。”

“一回来就打。”她说，他听见她吻了电话。

但他没有回吻。

六、案发现场

布隆夫曼一下子打开门，吓了塞莱娜一跳，她以猫的本能向他一扭。

“塞莱娜。”他说。她不知所措地看着他，然后慢慢认了出来，放松下来。

“布隆夫曼，”她说，“我刚要敲门。”

“哦。”他说，有些为她刚要做的事情惊讶。

“你母亲都好吗？”

他笑了，想到2D。

“她……挺好，”他说，“谢谢关心。你知道的，也好不到哪儿去，不过谢谢你的关心。”他又说了一遍。

她越过肩膀朝他身后公寓里张望。“一个人？”她问。

“是的，”他说，“完完全全。完完全全一个人。”

她评估了一下情况。“哦，之前我忘了告诉你，没有调查出任何结果来，”她说，“你家被人入室盗窃的案子，我是说，我很抱歉。”

“哦，那个，其实有点结果。”他说。

“真的？我们有逮捕嫌疑人吗？”

“没有，”他说，“不是你们调查出来的……是我。”他饶有深意地瞥了托马斯·爱迪生生前住的公寓一眼。

她马上就懂了。“啊，”她说，“死者。”

布隆夫曼看着她把新的信息吸收掉，还有她对他的刮目相看。

这肯定不是她心目中的布隆夫曼，这个比真正的警察还会破案的人。她拿出记事板在上面写了些什么，停下来想想她都写了些什么，或是她打算写什么，脑子转动着。然后她直勾勾地看着布隆夫曼，直视着他的眼睛。

“你还有什么事情没有告诉我，布隆夫曼？”

“还有什么？”你是个很迷人的女人，他心想，你的眼睛很好看。“关于什么？”

“关于阿托？关于这起意外？”

“没了，”他说，“我是说，我很乐意效劳，但我想不出我还知道什么。我刚到。”布隆夫曼似乎总是在一切发生的事情接近尾声的时候才到场，“我和佳佳说了话。我猜你也是。这是我知道这件事的唯一原因。”

斯坦顿警官咨询了一下她的记事板。“佳佳，”她说，“林佳子。”

“是的。”

“那她告诉你了是吗？”塞莱娜说。

“什么？”

“是她发现尸体的。”

“哦，”布隆夫曼说，“这我不知道，她没告诉我。”

“她发现了尸体，报了警。”

“也就是说她走进房间就看到他躺在那儿？太惨了。”

“她脑子里会永远印着当时的画面，永远。她对此无能为力。”

他想到希拉说过的什么话：“他们是……一对？”

当然，这问题很奇怪，连布隆夫曼都觉得奇怪。塞莱娜似乎也发现了这一点，她飞快地审视了一下布隆夫曼。“她说不是，”

她说，“但谁知道呢。”

“我觉得他们不是。”布隆夫曼说。

“真的？你怎么会这么觉得？”

“我也不知道。”他说，他真不知道。他都不知道他为什么要这么说。有时候他觉得他脖子后面有根细线，被某个隐形人拽着。

塞莱娜点点头，朝爱迪生的公寓走了一步，停下：“你之前进去过？”

“当然，”他说，“是的。”

“你介意现在跟我进去一趟吗？我想再转一圈。或许有什么你能看出来的地方，不对劲的地方。有可能你能提供一些方向。”

“方向？”

“指向杀害他的凶手或凶手们的方向，”她说，“我只跟你说，布隆夫曼，我们有些一筹莫展。”

“哦，”他说，哦，确实，“当然。我很乐意，塞莱娜。”

我很乐意，塞莱娜。他几乎想用手掌拍自己的脑袋。但她并没有纠正他。塞莱娜行不行？塞莱娜可以。也许她没注意到，或者不够关心。

也许不是。

她举起黄色犯罪现场警示带，等着他钻过去。

“什么都别碰，”她说，“只用眼睛，明白了？我已经在违反规定了。”

他点点头，跟在她半步之后，塞莱娜的对讲机噼啪作响，广告着其他地方的其他犯罪行为。她也很安静。眼前展示着托马斯·爱迪生的收藏：啤酒罐、装满香烟的烟灰缸（其中有些看上去像是手工的）、一个碎酒瓶、一沓报纸广告插页，袜子鞋子和蓝色牛仔裤堆在角落，沙发上有一条尺寸过大的黄色毯子，一个眼睛镂空嘴唇褶皱的非洲面具靠着沙发桌。它之前就在这儿，他记得，唯一的装饰品，挂在沙发上方，仿佛盗取来的上帝的脸。还有圣诞树，还亮着灯。

然后他低头看自己的脚。“塞莱娜，”他说，“快看。”

他指着一块地方，看上去像洒了一点红酒。但那不是红酒，连他都知道。塞莱娜温柔地环住他右手的手腕把他拉回来。“谢谢，”她小声说，“但我们看到并采过样了。”尽管如此，她还是跪下仔细看了一看，她这么做的时候，现实中发生过的一切重重地击中了布隆夫曼。有个男人在这里被杀害，就在这里，离他自己的公寓只有几英尺。连中三枪。发生的时候如果布隆夫曼在家会怎样？他会离开自己相对安全的公寓去调查枪声的来源这件事发生的概率很小。但假设呢？希拉是对的，他应该搬家。

布隆夫曼颤抖起来，晕头转向，但塞莱娜没有。他怀疑她已经出现在这种场合许多次。对她来说这不算什么，就像工作的时候填写船运表格对布隆夫曼来说不算什么一样。这个想法他很久以后才想到，此刻他的脑子是一片无垠的空白画布。他甚至没有意识到自己已经处于崩溃前期，直到塞莱娜在他的肩膀上搭了一只手。

“没事的。”她说。

“什么？”他说，“哦，我知道，只是——”

“我知道。”她的手在他的肩膀上停留了一会儿，又停留了一会儿，她的手还在他的肩膀上，还在——她温柔的力量多神奇，一直到他的颤抖平缓下来她的手都没有动，“我记得我的第一次。我们在谁的卧室里，非常暗，我都不怎么认识我的搭档。不知道会出现什么，很吓人。”

她的手还在他的肩膀上。“你是不是健身了？”她问。

“一点点。”

“看得出来，”她使了个眼色，对一个身处凶杀现场的女人来说这很像挑逗，“坚持下去。”

她移开手，关掉对讲机上的旋钮。

“有什么蛛丝马迹吗，布隆夫曼？你注意到有任何可疑迹象吗？”

“没有，”他说，“我没有——一直都这样，我觉得。”

“你介意跟我一起进卧室吗？”她看得出他很虚弱，态度也发生了相应的变化，“就一分钟。”

“是的，”他说，“我是说，不介意。”

他们一起走进去。多肮脏的地方呀。他记得地板上的床垫，这儿一件那儿一条的衣物，一本关于跆拳道的书，一本《人物》杂志，更多啤酒罐、红酒瓶和香烟。

但没有地毯，地毯不见了。

“没什么？”她问。

“对不起，”他说，“真希望我能帮上忙。”

“本来就是不妨一试，”她说，“干这行什么都不妨一试。”

她又长长久久地环顾了一下四周，叹了口气。“我讨厌这样，”她说，“我讨厌事情发展成这样。我算是认识他的，你知道，抓过他几次。他人不错。”

“他告诉我了，”布隆夫曼说，“说他认识你。”

“他说了？”她朝布隆夫曼转过身，就好像他终于派上了用场，给了她一点有用的信息，“他记得我？”

“他记得，”布隆夫曼说，“他记得你，还带着那么一点……好感和敬意。”

塞莱娜点点头。“那就好，”她说，“真好。”她叹了口气，“但迟早会有人来杀他的。你知道吗？他有这样的记号。我觉得有些人生来就是被杀死的命。”

她没有动，两个人都没动，直到他们听见收容所传来一声犬吠，一声孤独的哀号把他们拉回到现实世界中。“你想没想过远离这一切？”她说，“这世界如此肮脏。有时候我只想跳上车离开。”她笑了，“别告诉我的上司我说这话。”

“哪儿？”

“什么哪儿？”

“你想去哪儿？”

她抬起头向上注视着，看向悬浮在空中的某个只有她能看见的想法或感受。“这问题很容易，”她说，“去海滩。我最爱海滩。大海发出的声音，风吹过芦苇的声音。防晒霜的味道——我连这都喜欢。”然后她好似笑了笑，向出口走去。“梦还是要做的，是不是？”

“是的，”他说，“不然梦又怎么会实现呢？”他在某张贺卡上读到过，他相信这句话。比如他的梦，是想和人结伴去海滩。自从他第一次和工号61217的卡尔拉·达安琪罗说过话之后，这就是他的梦想。一直以来那么长时间他的伴侣似乎都会是希拉，但现在这已经变得越来越遥远。塞莱娜登场了，她热爱海滩，并且连布隆夫曼都能看出来，她喜欢他，至少有一点。

这次是他为她举起了犯罪现场警示带，因为这是绅士做的事。然后他说：“让我送你上车吧。”然后他边说边觉得，不可能再想出比这更荒唐的话来了，谁会送女警官上车？

但她答应了。他甚至为她打开了车门，虽然他很好奇这么做是不是又违法了。但她似乎很欣赏他的这个动作。

“谢谢，布隆夫曼，”她说，“从来没人为我这么做。”

“真的？”

“警车门没人开过。”

“我打赌整天有人为你开便车的门。”

她笑了：“哦，是的，整天，因为我一天到晚有约会。”

她等着。他的手还搁在车门顶端，撑着车门，她把自己的手搭在他的手边，准备关上车门。她的手碰到了他的手，两个人都没有改变姿势。

“我能问你个问题吗？”

“随便问。”她说。

“你觉得我生来是被杀的命吗？”

不是她预计的问题，但她很快恢复镇定。她又打量了他一下，思考了一会儿。“不是，”她说，“绝对不是。你会活到龟鹤之年，在你爱的人的簇拥下死于睡梦中。”

“听上去不错。”他说。

“不是吗？”

然后她坐进车里，发动引擎启程。离开时她向他挥手，她的手臂完全伸出车窗，像风中之树前后摇曳。

七、保持通话

布隆夫曼没有像他说的那样一回家就给希拉打电话。并不是因为他忘了，他现在脑子里没有留给她的空间，也没有留给别的一切的空间。脑子里已经装了太多东西，太多图像、念头、想法：凝着鲜血的犯罪现场，塞莱娜搭在他肩膀上的手，斯基普·索斯比拖着他那一箱东西回他罗巴克的破烂公寓，当天早晨玛丽·黛的葬礼，他母亲在怀上他的床上睡着……一切都飘浮在那里像一片太空废墟。他的脑袋就像一锅糊烂的炖肉。他没法给她打电话，但应该给她打电话的念头在他的脑袋周围盘旋，就像一只卡通苍蝇，无止境地嗡嗡乱转。他认得那只苍蝇，就是他应该给妈妈打电话的时候在他周围嗡嗡的那只，他会想象她在厨房桌边手里拿着话筒，等待着在第三声铃响后接起电话——等着，这样就不会显得太执着。他会试图忽略这只苍蝇，挥手驱赶，但最终他还是会屈就。

就像他今晚一样。

如预期的那样铃响了三声她才接起电话。

“喂？”布隆夫曼说，“妈妈？”

他平均每两晚给她打一次电话，一周去看她两到三次。当然，他是她带大的，自打他出生以来，他几乎没有真正离开过她超过几个小时。然而，他已经不再了解她，如果他曾真算了解过的话。他打电话的时候不知道接电话的会是哪个妙丽·布隆夫曼，她将展现给他的是谁，她一百万个崭新自我中的哪一个，她现在已经搞不清楚自己到底是谁。

停顿，然后是刻意的“喂？是谁呀？”

“是爱德塞尔，妈妈，”他说，“你儿子。”

累。“当然是你，”她说，显然松了口气，就好像她还有其他孩子可以期待一样，“电话总是响。贝蒂娜不肯接；我也不知道为什么。是的，我说的就是你，贝蒂娜！”她对着房子的一角尖叫道。然后她用温柔的声音回到电话里：“谢谢你，打电话来，还能想着你的老母亲。”

“我一直在想你。”

“不，”她说，“你没有，而且你不应该。我只会打扰你的非凡冒险。”

“我的非凡冒险？”

他对她提起过这个公司的名字？他不记得了，大概吧。但哪怕他提过，那也肯定是好多好多周之前了，她怎么可能还记得？

“是的，”她说，他感觉到她靠近自己的枕头里，调整好姿势，“全都告诉我吧，给我讲个故事。”

“好吧，”他说，“那我就告诉你，但听了别害怕，因为我没事。发生的时候我不在，现在已经过去了，住在我隔壁公寓里的人今天被人谋杀了。”

“什么？我的天！太棒了！”她说，“贝蒂娜！有人在我儿子隔壁的公寓里被干掉啦！”

听上去就像他又中了个奖，或者当选进了白宫。

“发生了什么事？告诉我！”

“那个，我去看了，就刚才，和警察一起，因为他们觉得我可能可以为他们破案提供帮助。”

“然后呢？你帮上了吗，布隆夫曼侦探？”

“地毯上有血。”

“哦，我的上帝！”她说，“好可怕。血。很多吗？”

“不多，”他说，“只有几滴。”

“不管怎么说，”她说，“血就是血。窃以为换我肯定当场昏死过去。他们对你好吗——警察？他们有时候好有时候不好，我感兴趣的是他们对你怎么样。警察先生谢你了吗？”

“是个女警官，”他说，“你见过她，记得吗？塞莱娜，塞莱娜·斯坦顿。”

“塞莱娜·斯坦顿！”她大笑起来，“我记不记得她？我记得吗？有些老掉牙，我知道，但天知道制服有多性感。我们的蛇脑[①]里有什么东西特别喜欢制服。那天奥肯[②]的人来过，我光看着他拿着工具在我们的前院走一圈就觉得很过瘾。你会再见她吗？”

“谁？”

“女警官，”她说，“别走神！专心点儿！”

“我不知道，”他耸耸肩，“大概吧，她很可能还会再来。”

“我就喜欢你在外面搞这些名堂。破破案，伤伤心。”

“是我没错。”他说。

“我知道，”她说，“我一直知道你是什么样的人。贝蒂娜！

---

① 三重脑理论中人类大脑最原始的部分，多称爬行动物脑。

② 美国灭害公司。

节目又开始啦！帕克刚上飞机。快来看他旁边坐的谁！”她大笑起来，“我得挂了，宝贝，但说快点儿，告诉我希拉怎么样了。”

“希拉？”他说。

“她跟你还挺腻的，如果我没记错的话，可爱得像颗扣子。”她顿了顿，“是有个叫希拉的对不对？不是我编出来的。”

“不是，”他说，“她是她自己编出来的。”

他妈妈说了些什么，但她的话模糊了。她的声音变得微小而遥远。他能想象电话掉进了床单的褶皱中，彻底被遗忘。如果他愿意，他能整夜听她们看电视，但他不愿意。

布隆夫曼关掉电话，一切都安静平和下来。他刚觉得有些平静，直到一只飞蛾撞上了玻璃窗，说不定这只飞蛾是托马斯·爱迪生的鬼魂。据说刚离世的游魂常化身为不能说话的动物回来。与此同时，一片幽灵似的黄光射进屋内。但它的真实光源并不神秘，布隆夫曼之前见过这束光很多次，他很清楚地知道那是什么。

是托马斯·爱迪生门廊上的灯。有人打开了它。

八、不轨之夜

就是那种行为不轨的六月夜晚，沉重温暖但下面压着一层凉意，这种夜晚应该有自己专属的名字，诸如爱支顿伯格或莫干斯图根之类，定义精确到荒唐的德系单词。布隆夫曼走出门并解开了一颗衬衣的扣子，让空气可以流通进入他的领口。他能感觉到汗滴顺着他的胸口滚落，就像玻璃窗上的雨珠。他能感觉到自己的血液在耳朵里鼓动。

是的，爱迪生门廊上的灯是亮着的，门也开着，里面有人。他看不出里面是谁，也不知道有多少人，他只能看见一个诡异的影子划过白墙。像鬼魂，真的，像托马斯·爱迪生的鬼魂。他知道那不是鬼魂——因为根本没有鬼，作为成年人他提醒自己的次数有些多——但这肯定够格被当作闹鬼。犯罪现场的警示带已经撕掉，影子闪烁地印在客厅的墙上。一个大家伙，可想而知是个虎背熊腰、肌肉发达、铁面无情的家伙。布隆夫曼僵在那里，看着那个人黑暗的倒影。他在干什么？不得而知。寻找更多毒品？放在沙发底部的钱？或只是在清理他知道自己留下的蛛丝马迹？因为这很可能是杀手返回现场。因为杀手总是会回来。

他的选项有：小偷、瘾君子，或是杀手。还会有谁？

是佳佳。她坐在沙发上，她迷你的身型被吞噬在靠枕下，她穿着牛仔靴的脚翘在玻璃客厅桌上，一边是翻倒的烟灰缸，另一边是几乎被压扁的米勒海雷夫啤酒罐，啤酒罐盖满了烟灰并塞满了烟蒂，满到有一根根本没全塞进去。她面无表情地看着布隆夫曼。她穿着绿色T恤，上面画着一辆过山车，过山车下面注明了日期和地点是二〇〇五年州际集市——许多年前。棕色的灯芯绒裤、靴子。她看着布隆夫曼，就像在等他出现——更准确地说，是不在乎他到底在不在。

“嗨，”他说，“佳佳。”

“布隆夫曼，”她说，“远亲不如近邻，是不是？”

她用脚踢翻一罐啤酒，恶心的液体洒满玻璃台面。布隆夫曼从他站着的地方都能闻到。

整个房间只有一盏灯亮着，她左手边的一盏台灯。他能看见她的半边脸，但另一半消失在黑影里。看上去很夸张，感觉也很夸张，对布隆夫曼来说。

“你犯法了，”她说，“你闯进来了，你知道吗？”

“我想是的，”他说，“但你不也是。”

“是呀，但我不一样。犯法是我的过去时之一。”过了半秒钟，她笑了，“坐。”

她指着一张面对着她的乐至宝[①]。他坐下。佳佳几乎笑了出来。

“那是他的椅子，”她说，她看上去很麻木，眼神平淡，“除了他没人坐这张椅子，要是有人坐了他一定会冲那人大发雷霆。”她咬咬自己的下嘴唇，颤抖着，像是冻的，“他有时候捉摸不定。”

“你是想让我离开这张椅子？”

“没事。他死了，”她说，使个眼色，她的眼睛几乎是黑色的，“我觉得你很安全。”

布隆夫曼从没遇见过像佳佳这样的人。她让他联想起田鼠，虽然他从没见过田鼠，也不知道它们跟家鼠有什么区别。他只是想着这个小家伙迷失在一望无际的田野中。这就是她。他此刻就是这么觉得的，她看出来了。

“你救不了他，布隆夫曼。”她说。

“我知道。”他说。但他并不知道，如果他没有送索斯比去罗巴克而是在这儿的话，他或许还能做点什么。他或许能隔着纸

---

① 美国沙发家具品牌。

一样薄的墙听见有人打架，给塞莱娜打电话，她马上就会赶到，还带着增援。

她捧住他的脸。“这是你最后一次在这里见到我。”她说，但似乎不是在对布隆夫曼说。她在对这个公寓本身——对墙壁、天花板、地板，还有其中栖身的任何亡灵。“最后一次见我坐在这张破烂的老沙发上，等着接下来会发生的事——不管发生什么事，不管阿托会想出什么鬼把戏，”她转向布隆夫曼，“他有那么多了不起的想法。有时候我叫他本·富兰克林，就为了惹毛他。不知道为什么，他真的会生气。”

他看着她在那个世界的悲伤记忆中发出微弱的光，那个已经消失的世界，在那里本杰明·富兰克林会让托马斯·爱迪生生气。布隆夫曼像看电视那样看着她，在一个偶然按到的频道，好奇，又想要换台，但却渐渐为其吸引。真的吗，她是谁？她属于什么古怪的亚文化圈——收集癖、愤怒的前妻、发胶或泡沫塑料成瘾者、地下明星？他为她的存在所着迷。

“嗯，他对我总是很友善。”布隆夫曼说。

她大笑起来：“除了闯进你家盗空你那些破玩意的那回。”

“不对，”他说，“他连那么做都是出于善意。他说，‘我罩着你’。我真的相信他是这么做的，不知道为什么。”

“你真可爱，”她说，她看上去是当真的，“但你是对的。”她把毯子拉到腿上：“他是个好人。如果除他之外任何人闯进你的公寓想偷你的那些破玩意，他一定会罩着你。他……他会为你撑腰。”

她的眼睛里盈满了泪水。她试着眨眼来忍住眼泪，但眼泪太多。

泪珠从脸颊上滚下来，她的下巴，脖子，她的脸在昏暗的灯光下闪烁。

“我们不是一对，”她说，“那种一对。我是他的朋友，他最好的朋友。别人并不在乎他，”她又从桌子上踢下一个罐子，“但别说我们只是朋友，真正的朋友从不只是朋友。朋友就是别人都走了以后留下的人，哪怕你死了他们都会留在这儿。那些从来没打算离开的人。我就是，所以我在这儿。我想这也是为什么你也在这儿。”

他点点头。他想是的。

“我必须说再见，并且，我必须在这个已经没有他的地方，知道他永远不会再回来，让这件事深深刻进我这该死的脑袋里，这样我就可以继续，继续到下一站……不管下一站是哪里。现在还不知道会是什么。但我必须离开这里，那是肯定的。”

佳佳用她孤寂的黑色眼睛盯着布隆夫曼，目不转睛，哪怕他移开视线，他还能感觉到她的目光。

“带我去吧。”她说。

“不好意思，你说什么？”

“去海滩，”她说，“德斯坦。你要去那儿，对不对？带我一起去吧。我的车坏了。带我去那儿，然后……把我放下。或者不用，或许我们可以处一段时间。我不知道，但让我们忘掉这些破事。我不做佳佳了，我要做回我的佳子。我会假装自己真是日本人，忘掉我会说英语。从头开始，洗心革面。你怎么说？我们会很开心的。”她对他做出一副开诚布公、戏谑，又略带挑逗的表情。

“大概吧，”他说，“没问题。我是说，为什么不？或许能行。”

或许，他能带她去，她符合领奖的条件。但这已经不仅仅是找个伴而已，而是要找个合适的伴，符合这个条件要难得多。他喜欢佳佳，但她并不是他心里真正想要的那一个。他不知道罗伊——他的父亲，对妙丽是不是也有类似的感觉。他一个人和她在 2D 独处一室的时候是不是也意识到自己喜欢她，但她最终还是不能满足他的条件。

布隆夫曼结结巴巴起来，他涨红了脸："是可以考虑考虑。"

她憋不住笑出了声。

"你真是个极品，你知道吗？"她说，"你知道为什么我这么喜欢你吗？我喜欢你因为你就是……那么的你，如果这样说得通的话。你就是完美的你。可爱、体贴、非常谨慎，但并不快乐，因为你觉得那样对你的生活来说要求过高，于是你为你的不快乐而快乐。你到底打不打算去，布隆夫曼？去德斯坦？我只是好奇你骨子里到底有没有那个种。"

"我骨子里有。"他说。

"我希望有。但哪怕你没有，也无所谓。不是每个人都得去佛罗里达的。"

"我得去，"他说，"我想去。"

"那就去！我也想去，但我懂了——你为什么要带个吸毒的婊子去？吸毒的婊子总是抽到下下签。但我不是，我发誓，我从没有碰过，一次都没有。"

"我从没说你碰过。"

"你不用说。"

她用手捂住脸揉着眼睛。她从嘴里捋出几丝头发，他这辈子还没见过更悲伤的女人。

“我懂了，布隆夫曼，你很擅长做你自己。阿托也很擅长做他自己。当他要借钱买包烟的时候，当他早餐喝啤酒的时候，当他出去找工作竭尽全力却一无所获的时候——他做这些都很在行。他在哪儿有个孩子，女儿，但他和她已经失联很久了。他就是个彻头彻尾的失败者。但总要有人输，不是吗？不然的话胜者从哪里来？没什么好羞耻的。他很善良。他可能是有史以来最好的失败者，失败者之王，然而他最后变得那么野心勃勃，还卷进了毒品。这从来就不是他，他没有那么强，也没有那么恶。大错特错。现在他死了。”她举起自己的手，大拇指朝上，食指伸展开，比上一只眼瞄准，对着布隆夫曼开了一枪，“砰，死了。这就是试图违背自己的结果。所以你或许不该去佛罗里达。可能没有好下场。”

“我觉得你不能这么一概而论，”他说，“我没有贩毒。我只是想要健健身再找个和我一起去海滩的人。我不觉得谁会因此朝我开枪。我要去德斯坦，我不是你想的那样。”

“那就证明一下。”她说。她的眼睛阴沉下来。她在沙发上调整一下姿势，向远端靠了靠，用手在空出来的地方拍了拍。她的视线没有从他那儿挪开。“证明一下。”她又说了一遍。她笑了。她朝他扔了一截湿烟蒂，击中了他的胸膛。然后她张开双臂，有时候他妈妈会这样欢迎他从学校回家——大张着的双臂邀以拥抱。“来吧，布隆夫曼。”她说。

来吧，罗伊。

他觉得自己变了个人：非布隆夫曼，是平行宇宙布隆夫曼，是直到今天他都不知道自己有的贫瘠双胞胎兄弟布隆夫曼。他是他自己但又不是，不然的话，他怎么解释接下来发生的一切？

他站起来。咖啡桌在他们之间形成障碍，他可以安全置身于另一侧的空间，他绕过去的时候感觉到冒险的刺激不亚于在亚马逊漂流过一道河湾，或跨过一道国境线，到一个他不熟悉风土人情的异域，接触一门陌生、精致而美丽的语言。他站在她上方，有些颤抖，她握住了他的手把他拉向她的怀抱。她一只手放到他的脖子后方，把他拉下来贴着她抱紧。她的脸压在他的胸膛上，她在哭泣。他能感觉到温暖潮湿的眼泪渗进他的衬衣沾在他的胸膛上。他让自己的手放在她的肩胛骨之间，她把他拉得更近（她比看上去要强壮），直到他们严丝合缝地贴在一起。她哭着，他安慰着她。这就是发生的一切，仅此而已。他闭上他的眼睛。她用一条腿缠住他的腰，一条胳膊围绕着他的肩膀。她的呼吸深沉起来，更有节奏。她抱着他——紧锁着他——像一只猴宝宝，然后她慢慢从他的胸口抬起头，她的鼻子蹭过他的脖子和下巴，她吻了他，又吻了他一下。她的嘴唇向上摸索着，直到他的嘴唇边，然后她聪明而隐蔽的一个动作（他忍不住这么想，剖析着发生的每一个瞬间），她的嘴唇向左（他的左，她的右）压住了他的嘴唇。

她看着他，看到了他眼中的一切，不管是什么。恐惧？是的，很可能，绝对是恐惧。“别担心。”她说。然后，轻轻推开他，她脱下自己的T恤扔在地板上。她的乳房如此娇小可爱，他注视着它们，头晕目眩。佳佳扯起他自己的衬衣，至少把一部分衣角扯了出来，解起扣子来，直到最后放弃。她开始胡乱摆弄起他的皮带，但皮带太紧。她叹了口气，然后闭上眼睛，十指扣紧他的后颈，把他的脸拉近她的脸。于是他张开嘴。她的舌头滑了进去在里面游走。几秒钟之后——或许只有两秒——他的舌头也开始在她嘴里做起了同样的事。她的手在他的后颈上把他的脸拉得更近，直到他们的脸紧紧地压在一起，在任何一种可能的情况下这都能算是一场意外，他几乎出于习惯把“对不起”说出了口，因为他们俩至少有一个人会留下瘀痕，嘴唇生疼、刺痛。“罗伊，”她说，“哦，罗伊！”他觉得自己的脑子短路了，返回到深深的记忆里，他脑海中的一切都混乱不堪，直到他对真实发生的一切毫无知觉——这时，他凭借自己都不知道自己拥有，甚至不知道自己愿意拥有的意志力，他从中抽身而出，并停了下来。他退了出来，魔咒解除。她期待着他的回归，她双唇微张，但他只是离得更远，直挺挺地坐起，轻描淡写地微笑。从头到尾，大约过去了六十秒钟。

“我能感觉到你抵着我的腿，”她说，“你想要。”

“是的，但是——”他尽力想找一些能说出口的回应，但他一条都想不出，“但不行。是的，但不行。我确实想搞个天翻地覆——我妈妈基本上是在求我这么做——但不是这样。我在这儿——托马斯·爱迪生的公寓里。”

佳佳用她的手指捋过他的头发，甚至把刘海捋到一边，完美的分发。她把她的掌心留在他潮湿红润的脸颊上。

“哦，布隆夫曼，”她伤感地说，“你都不知道自己错过了什么。”

“你完全正确，”他说，“我不知道。”

透过这套公寓和他的公寓之间纸一样薄的隔墙，他听见他的固定电话响了，肯定是希拉。现在除了她已经没有别人给他打电话了，因为他的妈妈已经记不起他的电话号码。她在为他担心，布隆夫曼几乎能从铃声的质地中听出这份担心。

远处传来一阵警笛。他的电话一直在响。然后电话铃停了，警笛也不再遥远。现在离国王公寓更近了，越来越近。毋庸置疑，警察在朝这边赶来。布隆夫曼估计某个邻居看到了屋内的他和佳佳，或者他们的影子，看到了撕开的犯罪现场警示带，于是报了警，布隆夫曼自己就可能做这种事，放在过去的话。佳佳看上去并不在乎，不用怀疑，她肯定去过警笛的另一边。

“哦！”她说，有件事让她几乎高兴起来，“我忘了！”

毯子还盖着她的臀部和腿，她向后仰着，探到沙发另一边翻找着什么东西，然后“嗖”地一下变出了一样很像——实际上就是——他的牛仔帽的东西，五角星什么的一应俱全。可怜的破旧玩意儿。过去的几个月日子不好过，跟布隆夫曼自己也差不多。它看上去像是被一辆车压扁过，又被一只大拳头顶了回来，所以那已经不能算是个帽子了，真的，只能算是个帽子一样的东西，前帽子，五角星的三个角弯了，还有两个完全折断。她用一只手拉住腰际的毯子，赤裸着双乳跪在他上方，用另一手把帽子戴到自己头上，并向一边歪了歪。

“你知道那是我的帽子，是不是？”他说。

“知道。但阿托把它给了我——你知道的，他偷去之后。”

“当然是他给你的。”布隆夫曼说。

她看上去是想把它摘下来还给他，但那一瞬间稍纵即逝。她摆了个造型。

“你觉得怎么样？”

“什么怎么样？”

“我戴你的帽子怎么样？我能留着吗？”她说，“求求你。”

“留着？我的帽子？”

“是的。我是说，你看，我戴正合适，它对现在的你来说太小了。”

她戴确实正合适，非常好，就像这顶帽子非她的脑袋莫属。但他想念他的帽子。他想念它就像想念他的母亲，他过去的生活，那个过去的世界里他唯一需要操心的就是保持恰到好处的与世无争，这样就不会引起任何人的注意。但现在有人注意到了他，希拉注意到了他，再也回不去了。

“这顶帽子曾经救过我的命，”他说，“很久以前。”

“真的？”她把它摘下来攥在手上，来来回回地翻转，一圈又一圈，里里外外地查看，想破解其中的魔力。然后她看看布隆夫曼。“你觉得它能救我一命吗？”她问他，“因为那样就太棒了。”

警车已经到了。两辆，红蓝相间的警灯闪烁回转，在托马斯·爱迪生家的墙上跳跃着，就像这是一家迪斯科舞厅。警笛唤醒了收容所的狗群，慢慢地，就像它们本来都在睡觉，其中一条开始吠叫起来，随后一条接一条。

布隆夫曼走出托马斯·爱迪生的公寓的时候，塞莱娜已经下车。她看见他后停了下来，看上去不是松了口气就是很失望——从他的角度很难判断。她回头看看另一辆车，那儿有个表情严肃的警察死死地瞪着布隆夫曼，她冲他挥挥手，让他留在原地的信号，她能控制住局面。他点点头。但他还是看着布隆夫曼，就像没有什么比把他铐起来更让人愉快的了，或许，再把钥匙扔掉。

塞莱娜朝他踱过来，手插在后腰。“布隆夫曼，布隆夫曼，布隆夫曼，”她说，“你这是惹的什么事呀？”她把他的注意力引向窗框里的佳佳，还戴着牛仔帽，她赤裸着双肩，毯子将将盖住她的乳房。

“事情并不是看上去那样。”他说。

“事情就是看上去那样。”她说。但她一点都不沮丧，实际上她看上去很满意，“我没把你当成那样的男人，但还挺性感的。我服了。”她冲他使了个眼色，笑了：“但另一方面，你触犯了好几条法律，擅闯犯罪现场只是其中一条，我希望你清楚这一点。”

他点点头，她用眼神瞄瞄身后的那辆车。“我想放了你，因为我喜欢你，但还有别的眼睛看着我们。”她从警用腰带上取下手铐，“请举起手来。”

“你喜欢我？”他边举手边说。她把手铐铐到他的手腕上，“咔嚓”一声把它们锁上的时候希拉从阴影中冒了出来，在疯癫的七彩灯光下现了身。她肯定是紧跟在警车后面停的车，他根本不知道她到底看到了多少，但根据她的表情，她已经看够了。她在离门廊几英尺远的地方停下脚步，一切尽收眼底：警车，塞莱娜，戴着手铐的布隆夫曼——他的衬衣下摆扯在裤子外面，他的皮带松松垮垮——还有佳佳，几乎赤身裸体，透过窗户观赏着这一切，脸上挂着魔鬼般的微笑。塞莱娜转身看到绝望又心碎的希拉，又转回来面对布隆夫曼，脸上的表情是困惑中夹杂着失望、震惊，和忍俊不禁。

“开什么玩笑？”希拉说，“天哪，布隆夫曼，你真是条肮脏的狗。”

希拉看上去像是迷失了自己重要的部分，连布隆夫曼都知道是什么。这就是心碎的样子，他想，极度悲伤、绝望，孤身一人，还有愤怒、怨恨和一丝的苦涩。

她的嘴唇无声地动着，但他可以轻易读懂。“永远不要相信有蹄类。”她说。她死死地盯着布隆夫曼的眼睛，眼神里清清楚楚地写着剩下的话：再见、永别，就当我不认识你。他知道在她眼里他变成了什么样的男人，他变成了克罗顿——那个摄影师，但他不是那个人。他是谁都不可能是那个人。她开始离开——你太晚了，布隆夫曼，太晚了——但就在她融化进黑暗中之前，他喊住她。

“希拉！”他说。他看着她的背影，她的头发披在领口上，在美丽盘旋的法律之光下：“比起电影我更喜欢看预告片。我这辈子从没买过一条内裤，因为这是我妈妈喜欢做的事。侏儒让我害怕。我从没骑过摩托车也从来不想骑。我不是孤儿，但我总是装成那个样子，我不想再装了。我也有一条能抓东西的尾巴。”他停顿一下，她的脑袋向左倾斜了几度，“加这句话看看你是不是在听。”她在听，他能看出来。但她还是没有转身，她就站在那儿，离消失在夜色中——几乎可以肯定，也是从他的生命中永远消失——仅一步之遥。“希拉。”他又说了一遍。

他转身面对塞莱娜。她的手放在他手上，在手铐下握着它们。他回头看看佳佳，她还围着毯子坐在那儿，看电影似的看着这一切。她朝他挥挥手。收容所里的狗已经开始集体大合唱，把它们的交响曲唱到心碎。他从不知道它们那么急切地渴求关注。布隆夫曼通过叫声能辨别出几条狗来，他甚至给它们起了名字。那是“下巴颏儿”，他会说，或是“逍遥派”，还有“小吉米·迪恩”，还有“哥们儿”。每天晚上都是这样，每天晚上都很悲伤，每天晚上都充满希望。因为每个真正倾听的人都能听出来它们在干什么。它们在呼唤树林另一侧的某个人，某个它们曾经熟悉或期待相遇的人，它们对着黑夜哀号，就像科学家向宇宙发送无线电波，期待着未知的伴侣。

“希拉。”他说，最后一次。但这次很温柔，这样她才能听见。

第九十五天

非凡冒险

领奖期限过去三周之后，七月将近尾声，布隆夫曼拨打了给“非凡冒险”宣传册背后那个800开头的声讯电话，要求和经理说话。他等了将近四分钟，一个自称比佛利·泰勒的女人接起电话。他做好准备向她解释发生的一切，他的目标一直是在规定的时间范围内领奖——但他第一句话还没说完就被她打断了。

“你在说什么？”她说，“规定的时间范围？”

“在期限之内，”他说，“你看，我知道这个奖六月二十六日就过期了，但情况有些……复杂，还有——”

“没有什么期限，”她说，愉悦的语气中略显疲惫，“短租公寓总是有时间的。很多单元都还空着，您随时都可以来。”

“真的？”他说。

“有些业务员喜欢暗示说可能有期限。说‘机不可失，失不再来’之类的话，您知道的，这给领奖增添了些紧迫感，使之更吸引人。其实没有，请随时来。让德斯坦成为您的世外桃源。”

她是个友好的女人，而且听上去不紧不慢，所以他觉得自己有义务与她分享一下卡尔拉·达安琪罗——工号61217与他分享的其他条件。

“这是她说的？”比佛利·泰勒说。她大笑起来，实际上她是咯咯地笑，“这到底是怎么一回事。”

“什么？”

“携带伴侣从来就不是必需的条件。实际上，没有任何条件，除了参加那个介绍。”

“那么说没有附加条件？”他问。

“没有，”她说，“您只需要出现，布朗夫曼先生——”

“布隆夫曼。”他说。

“对不起。布隆夫曼，给我一秒钟。我需要查点东西。”

他听见打开抽屉的声音，纸张簌簌作响。她又拿起电话：“您确定她的名字是达安琪罗？因为我找不到任何达安琪罗在我们这儿工作过的信息。我的记录里没有她，哪儿都没有。”

“非常奇怪。”他说。

“是的，”她说，“真是非常奇怪。”

在这件怪事的照耀下，他等待着她取消他的领奖资格，但她没有。不存在卡尔拉·达安琪罗这件事的存在对她来说似乎根本无所谓。

“这是不是意味着我还能来？”他说。

“当然，”她说，“请随时光临。”

“那我现在就来，”他说，“就现在，如果可能的话。”

她说没问题，她会用爱德塞尔·布朗夫曼——布隆夫曼——的名字预订房间，就那么简单。

没有任何附加条件。

德斯坦离伯明翰有五小时的车程，比布隆夫曼的旅行舒适圈远了一个小时。四小时让他保持在家的卫星轨道上，五小时就让他感觉进了深不可测的宇宙空间，所以最后一个小时非常艰难。但这是生活在世界中的新方式之一，他能去深不可测的宇宙空间旅行了，他能让自己“走出去”。他当然有个驾车的旅伴，这很有帮助，实际上，是她一路开车送他们过去的。

他们周五半晌午出发，下午到达时的景致美得上得了明信片，血橙色的太阳悬浮在蓝绿色的海洋上方，甚至从沙景公寓的停车场看到的风景就已经美得让人喘不过气来。宣传册上的介绍一点都不假，美不胜收。其实，现场甚至比照片更美，因为照片拍不出太阳的热度和大海的声音，以及海风吹起头发的感觉，防晒霜的香味。

然而，他们没有去海滩，还不是时候。首先，他们想看看公寓，是免费的，他反复提醒自己，完全免费，此外还有之后两天的免费欧式早餐。

公寓完全不让人失望，无与伦比。有一间主卧和一间小客卧——比方说，假如妈妈也想来——扇贝装饰的台灯。厨房里有个厨房岛，长长的黑色大理石台面。布隆夫曼做梦也没想到自己会站在带厨房岛的厨房里，但之后两天他都会出现在这里。他们对客厅里厚重的绿色粗毛地毯确实有点小意见（对他们俩来说都有点像遭人忽视的草皮），但在上面躺过之后他们才意识到，必要的情况下地板实际上可以当床用，就有这么软。他证明了这一点，因为他躺上去后不小心睡着了，醒来时已经过了十五分钟，他过了好一会儿才想起自己到底在哪儿。“我在德斯坦。”他想。他身边的地毯上有一张压印着“沙景”字样的纸条。他捡起纸条。她写的是：

来找我。（提示：我在海与岸的交界处。）

纸条旁是沙景官方水笔，太别致了，到处都是。他已经往他的卫浴用品袋里塞了一支。

他有两条崭新的泳裤，一条白色的上面有好多蓝色的锚，还有一条红色的上面是一打白色的棕榈树（他是数了的）。他换上红色的那条，套上一件她昨天在廉价用品店为他找的夏威夷衬衫。

看上去很“逗”，她说，就是那种去海岸交界处会穿的衣服。另外，他还戴了太阳镜和一顶软趴趴的帽子。他出门的时候在门厅的镜子里照了照，看上去挺完美，如果非要他自己说的话——自己的一个完美的模板。完美的布隆夫曼。

他乘电梯下到一楼，跟着木板小径穿过长满草的沙丘，没有任何警示或开场音乐，海滩就这么跃入眼帘。太阳，沙滩，整片海洋，惊心动魄。他能一眼望到地平线，看上去就像世界的尽头。他有生以来第一次明白为什么水手们曾以为那边有怪兽，或是为什么他们会认为地球是平的，最终会驶出边缘掉下去，因为在他看来也是这样。布隆夫曼打心底相信地球是平的，对他来说这就是未知的世界。

还有人，到处都是人。晒背的，冲浪的，乘气垫船一直漂到目测安全范围之外的，在巨伞下看书的，情侣、孩子、家庭，各种各样的肤色和类型。但他没看到希拉。

“爱德塞尔！”

他左顾右盼再向前看，她就在那儿，挥着手，坐在巨大的毯子上，离海浪保持着安全的距离。毯子的折角在微风中扑腾。他也挥手，然后转转折折穿过白色的热沙坐到她身边。她穿着蓝色连体泳衣，双肩完全裸露，已经晒成粉色。

这一切真的发生了，他想，我和希拉·麦克纳布一起出现在这片海滩上。会有其他可能吗？他觉得会。尽管在几个月前看来还完全不可能，但还是有那么一丝机会他会带三个女人中的任何一个来，因为三个人中的任何一个都能满足当时他所理解的分时公寓领奖条件。他对佳佳和塞莱娜确实有好感，但希拉不同。她是唯一他想记住一起来过的人。也就是说，甚至在和她来这儿之前，他已经设想过这段尚未发生的经历会带给他什么感觉，他发现在他们出发前的日子里，这种感觉他已经每天享受好多遍。这就是成年人做的事，通过想象一个一个场景来编排各自的生活，不是吗？还是只有成年后的布隆夫曼才会这么做？他不知道，事实上他也不关心，他很快乐。

“看到那个家伙了吗？”她问。他的眼睛跟着她的手指，看向西面。“那个板寸头亮眼睛？刺猬。他老婆，大长腿，走路一蹦一蹦的——牛羚，大概吧。孩子们像兔子。”她摇摇头，“爱德塞尔，这儿有一诺亚方舟的人。”

但布隆夫曼眼里只有她，她比他的任何幻想都要美丽。

他们坐在那儿，汲取着阳光和海浪温柔的声音。

“很高兴你能来。”布隆夫曼说。

“我也很高兴你能来而不是在蹲监狱。”

“谢谢你，”他说，尽管他已经谢过她好多次，“你本来没必要把我保释出来的。”他用了一句他从来没想过会有机会用在自己身上的话：“发生了这么多事之后，你还能这么做真是太好了。”

他在里面关了大约四十五分钟，要不是塞莱娜和希拉讨论起了雪松苑，以及伯明翰的年轻人恶意破坏标示来取乐的事，他还能关得更短一些。她们大笑了一场，希拉说。希拉喜欢塞莱娜。她甚至可以想象有一个塞莱娜这样的朋友，她后来对布隆夫曼说。他也可以——他们作为情侣的第一个共同朋友。而这段插曲——他被捕然后让她保释出来的那个晚上——是他们作为情侣共享的第一段惊悚故事。这故事他百听不厌。他们可以用这个故事佐餐好几年。

“是交了一些小钱，”希拉说，“没错，但主要还是靠我保证要看住你，别让你惹麻烦。但我要是把你留在那儿的话肯定是疯了，那两个女人显然对你有意思。”

“你嫉妒了？”他稍稍直起身子。这是头一次有人为他嫉妒，不管在任何方面。

“我不这么觉得，”她说，“我想说的是，我把你弄出来是想声明一下对你的所有权。那个佳佳是张外卡。现在我觉得你是我的，是我从市监狱里买来的。”

让希拉占有对布隆夫曼来说不能不说是件愉快的事，他没有反驳，并且在沾满沙子的毯子上朝她又挪近了一点。他很快就开始热了起来，于是他脱掉夏威夷衬衫，勇敢地向世界敞开自己。他比鱼肚白还白，但另一方面，他还挺健美。他正走上一条定义清晰的道路，但他都不知道自己是不是还需要这个定义。

“看看你自己，”她说，“你这一身酷炫的肌肉是哪儿来的？”

他耸耸肩：“健身房有针对特定身体部位的特殊器械，二头肌、胸肌，等等。”她点点头，就像他在告诉她一些她不知道的事情。他低头看看自己：“我还挺喜欢自己其实能看到胸部的终点和腹部的起点。”

“很酷的。”她说。

他们坐在那儿看着海浪直到他们之间的沉默成为某种实体本身。

“那么，爱德塞尔，”她说，“我们是不是——？”

“什么？”

“你知道的。我们要不要……”

他知道。“搞一搞？”他说。

她看看他，微笑，点头，转开视线：“如果你不想搞我们就不搞。”

“我知道。但我想搞——真的。”

“真的？不要有压力，好不好？不作期待。”

“好的。”

希拉深深吸口气，蓄势待发。“那我觉得我们应该现在就搞，”她说，“这样就不用老挂念了。如果我们喜欢明天可以再搞一次。”

“我们有时间？”他说，“介绍会之前？”

“当然，”她说，“第一次我们简短一点。”

他站起身。她向他举起手，他接过她的手，把她拉起来。她站在他身边，他们同时注视着水世界。

海洋看上去把阳光吸了进去又炸开，连泡沫都自带光芒。然后太阳躲进一团巨大的云里，布隆夫曼知道云都有自己的名字——哥罗勒斯、哥兰布勒斯、色肯哥伦布勒斯，诸如此类。他会去查一下，他想学习一下云的名字。

他们朝世界尽头迈了几步，一朵浪花冲过来拍在他脚上，带走脚上裹着的沙粒。

“看看这些水。”希拉说，她已停下前进的脚步，“这真是个好主意吗？我是说，水里可有鲨鱼，爱德塞尔。”

“真的，”他说，“水里什么都有，我觉得。”

“但它们不在这儿，”她说，“我是说，就在这儿。”她指着他们面前的一片海面。

“我是鲨鱼专家，”他说，“但我觉得没有。反正别人比我们走得更远。如果有鲨鱼的话，被咬的肯定是他们而不是我们。”

“很壮胆，”她说，“谢谢。”

他们的视线从希拉飘向地平线再飘回到希拉身上。风吹着她的头发在脸上飞舞。出于某种无法估量的原因，他喜欢这一幕。“但我也害怕。”他说，低头躲了躲飞得太近的海鸥。

两人都没有再迈一步。

她握住他的手，把它端到唇边亲了两下，然后又亲了第三下。

“我们这么想，爱德塞尔。第一次做什么事都会害怕，对不对？对，”她说，也不等他说出过分深思熟虑的答案，“但这个周末……会有太多第一次。我想说的是，我们最好习惯害怕。”

他们穿过海岸的时候，太阳闪耀海风飘荡，海浪升起翻卷又落下发出“嘘”声。布隆夫曼和希拉迈步进入这一切，从沙滩进入浪花，一步一步直到海洋拍打起他们的脚踝，然后一直升到他们的膝盖、大腿、腰、胃、胸口、肩膀，溅到他们眼睛里。他们完全泡了进去，被海浪卷起，脚趾几乎碰不到海底的沙子，上上下下，在波浪中漂浮。布隆夫曼吸收着这一切。

“我们在海里漂，希拉。”他说，“我喜欢。非常喜欢。”

“我知道！我也喜欢，”她说，“看看我们，我们就像……海豚，或是其他友好的海洋生物。”

他踩着水朝希拉靠近，浪花聚到他的下巴上，他迎着她的嘴唇：“或者只是两个出来游泳的人类。”他说。

“或者就是这样，”她说，“就是这样。”

图书在版编目（CIP）数据

布隆夫曼脱单历险记 / (美) 丹尼尔·华莱士 (Daniel Wallace) 著；宁蒙译. -- 南京：江苏凤凰文艺出版社, 2019.4

书名原文: Extraordinary Adventures

ISBN 978-7-5594-3139-4

Ⅰ. ①布… Ⅱ. ①丹… ②宁… Ⅲ. ①长篇小说－美国－现代 Ⅳ. ①I712.45

中国版本图书馆CIP数据核字（2018）第295573号

书　　名	布隆夫曼脱单历险记
作　　者	[美] 丹尼尔·华莱士
译　　者	宁　蒙
责任编辑	唐　婧　黄孝阳
出版发行	江苏凤凰文艺出版社
出版社地址	南京市中央路 165 号，邮编：210009
出版社网址	http://www.jswenyi.com
发　　行	北京时代华语国际传媒股份有限公司　010-83670231
印　　刷	北京富达印务有限公司
开　　本	880 × 1230 毫米　1/32
印　　张	10.75
字　　数	150 千字
版　　次	2019 年 4 月第 1 版　2019 年 4 月第 1 次印刷
标准书号	ISBN 978-7-5594-3139-4
定　　价	49.80 元